闲闲拾光
Free time
——闲·闲·拾·光——

四川文艺出版社

图书在版编目（CIP）数据

时光微微甜／酒小七著．一成都：四川文艺出版社，2018.7（2020.4 重印）

ISBN 978-7-5411-5112-5

Ⅰ．①时… Ⅱ．①酒… Ⅲ．①长篇小说－中国－当代
Ⅳ．①I247.5

中国版本图书馆 CIP 数据核字（2018）第 127536 号

SHIGUANG WEIWEITIAN

时光微微甜

酒小七　著

责任编辑　王筠竹
特约编辑　DORIA
封面设计　小　茜
封面绘图　三　乖
版式设计　蚂蚁王国

出版发行　四川文艺出版社（成都市槐树街 2 号）
网　　址　www.scwys.com
电　　话　028-86259287（发行部）　028-86259303（编辑部）
传　　真　028-86259306

邮购地址　成都市槐树街 2 号四川文艺出版社邮购部　610031
印　　刷　北京美图印务有限公司
成品尺寸　148mm×210mm　1/32
印　　张　16　　字　　数　420 千
版　　次　2018 年 7 月第一版　　印　　次　2020 年 4 月第二次印刷
书　　号　ISBN 978-7-5411-5112-5
定　　价　59.80 元（全二册）

目录

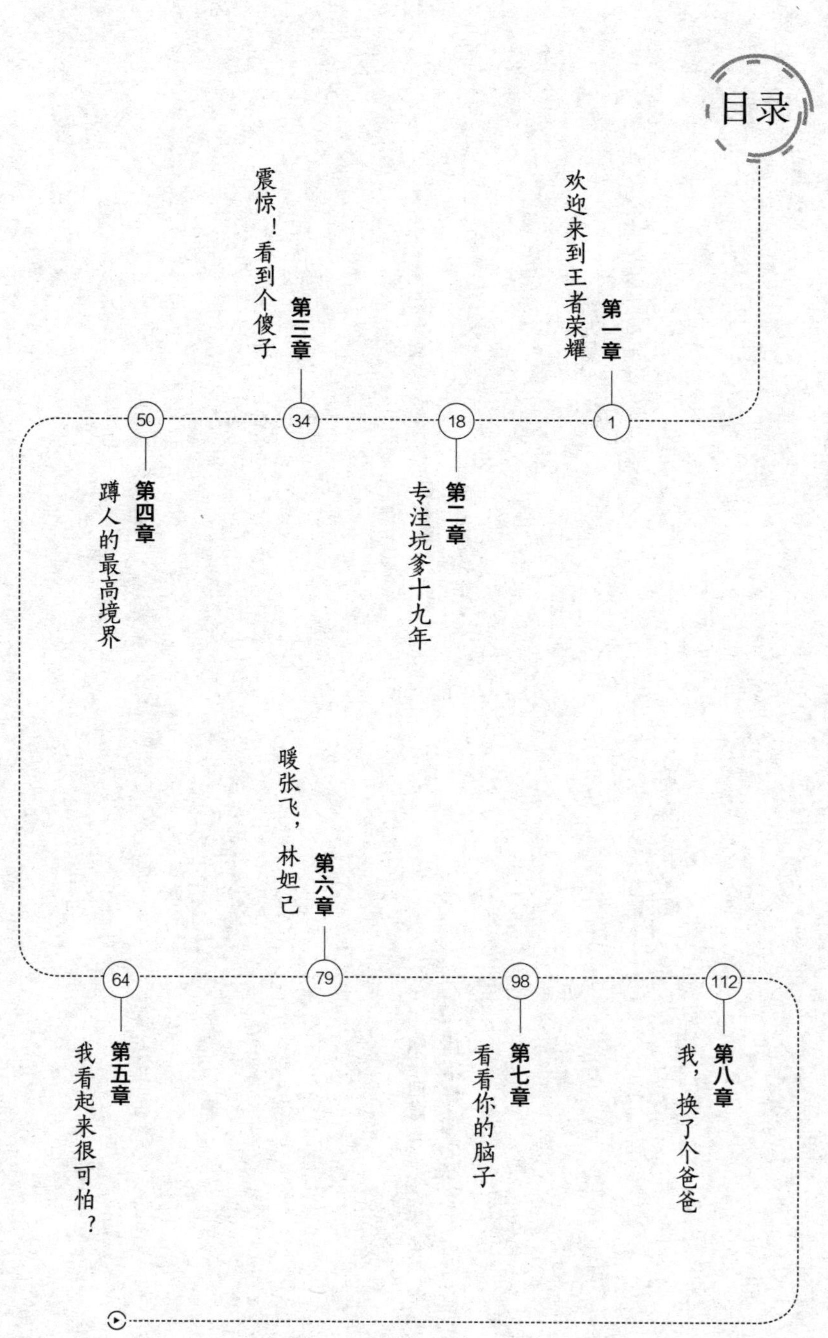

目录

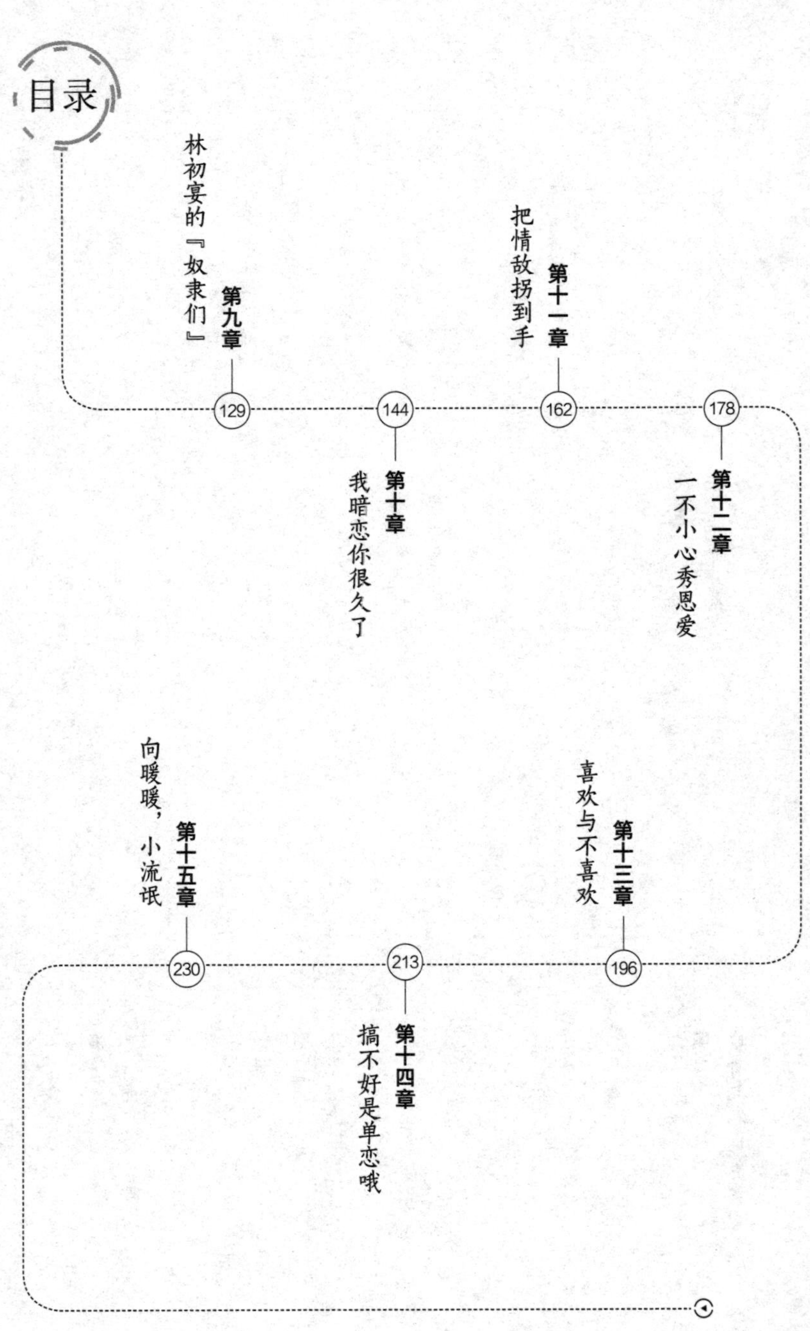

第一章 欢迎来到王者荣耀

姓名：向暖

性别：女

专业年级：经管学院 20×× 级本科生

学号：××××××××

申请原因：我对电子竞技抱有极大的兴趣和热情，希望在初入大学时能够加入电竞社，与电竞社的小伙伴们一起成长。请给我这样一个机会，谢谢！

玩过的电子游戏：奇迹暖暖

沈则木扫了一眼面前的申请表，提笔打了个鲜红的叉，扔在一旁。那里，被叉掉的申请表已经积了厚厚一沓。

歪歪坐在他旁边，一边翻看杂志，一边时不时扫一眼埋头工作的沈则木。看到向暖的名字时，歪歪伸手拿起那张申请表，屈指轻轻弹了一下，龇牙一笑：“这个人我们必须收。”

沈则木低着头，漫不经心的样子：“嗯？”

“少年，事到如今我不得不告诉你一个秘密了。”

沈则木看了他一眼。

“那就是——长得好看的人活该心想事成。哪怕她唯一玩过的游戏是个少女变装秀，她也可以在我们电竞社享受到女神般的待遇。”

沈则木非常不赞同地摇头，俊朗的眉轻轻皱了一下：“我不同意。”

“呵呵呵，沈则木同学，需不需要我提醒你，电竞社的社长是我？怎么样，现在是不是特别后悔当初因为嫌麻烦不愿当社长？”

沈则木撂下笔，起身：“你随便吧。”说着向外走。

歪歪乐呵呵地看着他挺拔的背影：“周四别忘了社团开会哦！”

向暖收到电竞社的通知信息时，笑得那叫一个春心荡漾。

终于，她离沈则木又近了一点。

认识沈则木还是新生报到那天，向暖走错路，不小心闯进男生宿舍楼，沈则木很耐心地把她带到她的宿舍楼，还帮她取了钥匙。

天气有些热，她走在他身后，看着他一手拉着她的红色行李箱，另一手随意地垂着。视线往上，她看到他漆黑利落的短发，和沁着薄汗的后颈。

不知道是不是因为羞愧，她全程心跳都有点快。

后来打听到沈则木是大三学长，电竞社的社员。

所以就有了现在这个抱着手机傻乐的怀春少女。

周四这天，向暖特地穿了直男们最喜欢的白裙子，柔软的长发垂在肩头。来到会议室，她才发现电竞社的妹子比想象中的多，大概占了总人数的三分之一，而且一个比一个漂亮。

这么多漂亮妹子，不会都是冲着沈则木来的吧……呜呜，压力好大。

今天的会议内容是迎接新同学。新人们一个个自我介绍，轮到向暖时，她有点紧张，不小心打了个磕绊，于是更紧张了，忍不住看向沈则木。

恰好这时沈则木也看了她一眼，他靠在椅子上，姿态有些慵懒，眉眼疏疏淡淡的。就这样猝不及防地，她和他的目光在空气中交会，向暖的大脑一片空白。

时间仿佛停止了，向暖恍惚听到有人在笑。

歪歪社长见她憋得脸通红，带头鼓掌道：“向暖加油！”

向暖有些感动，又有些沮丧。因为……沈则木好像已经不认识她了……

好吧，认真说来他们也只有那一面之缘，他不记得她纯属正常。

会议接近尾声时，歪歪社长让大家都进了社团的微信群。向暖在群里找到沈则木，加他好友。

意外的，好友申请飞快地通过了。

还没来得及雀跃，她就听到身边两个女生低呼：

“他加我了！加我了！”

“我也是我也是，学长好好哦！”

向暖恍然，想来沈则木也没仔细看申请者是谁，来者不拒。

散会后，向暖帮学长们收拾了一下会场，于是留到最后才走。走到活动中心门口，她听到歪歪问沈则木：“你一会儿做什么？”

“上自习。”

“都这个时间了上什么自习？走了，我们回去开黑。”

沈则木没搭理他，骑车走了。

向暖一脸好奇宝宝的样子，问歪歪：“社长，开黑是什么意思呀？”

“就是几个人坐在一起打游戏。”

“哦哦，社长你们玩的是什么游戏呀？”

“《王者荣耀》。你要不要来玩？学长带你。”歪歪龇牙一笑，笑得像朵大菊花。

《王者荣耀》，向暖很高兴又掌握到关于沈则木的重要信息，回到寝室后她立刻下载安装了这个游戏。

欢迎来到《王者荣耀》！

随着这句铿锵有力的话，系统自动进入新手指引教程。向暖随着新手指引玩了一会儿，感觉虽然迷迷糊糊的，但是看起来还挺简单？

很快她就发现不那么简单了。新手教程告一段落，她进入真实的玩家对战，被人家打得七零八落，死了一次又一次，而且每次都是死得不明不白的……

“什么鬼嘛！”

向暖气得扔开手机。可是一想到这是沈则木钟爱的游戏，她又忍不住捡起手机，不甘心地，又点开游戏。

这次，她发现沈则木是在线的。

咦咦咦，男神竟然在线，男神的名字下面竟然有个“邀请”的小按钮，这完全就是在邀请她点嘛！

向暖好激动，小心翼翼地戳了一下“邀请”，然后心情忐忑地等着对方回应。

沈则木同意了。

嗷嗷，好幸福！

一进游戏，向暖非常狗腿地和沈则木打招呼。

是暖暖啊：学长好！

泽木：……

泽木：你不是歪歪？

是暖暖啊：呃，我是向暖啊……

泽木：我点错了。

向暖：啊？那怎么办？能退出去吗？

当然不能……

沈则木有点无语。歪歪在帮人练号，非要缠着他一起组队，沈则木答应之后，看到组队邀请，没怎么看就点了同意，结果竟然点错了。

算了，错就错吧，游戏都开始了。

至此，沈则木的心情还是平稳的。

然后他见证了队友们疯狂的、匪夷所思的送死行为。

沈则木有些烦躁了，忍了一会儿，他终于忍不了了，开启嘲讽。

泽木：小学生？

初晏：哥哥姐姐们好，我今年上二年级了。

泽木：……

那之后沈则木发现自己的容忍度变高了，毕竟是祖国的花朵，不好骂小孩子，算了，权当倒霉吧。

连带着，对剩下几个人也没再嘲讽。

这一场乱糟糟的战斗，当然是以失败告终，沈则木再厉害，也很难带动一群猪队友。

退出游戏后，他收到微信消息。

是暖暖啊：学长你好厉害呀！

微信名和游戏名一样，倒省得他辨认了。

过了一会儿，见他没回复，她又发信息。

是暖暖啊：对不起，学长，我是不是太菜了……

明知道对方希望听到的是安慰，但沈则木这会儿被她逼得一阵烦躁，于是非常实事求是地回：那个小学生都比你强。

小学生都比你强。

这话简直像暴雨梨花针一样全方位多角度打击着向暖，她灰心丧气地回了个“哦”。

聊天就此终止了，她切回到游戏，看着刚才那局的战绩总结，那个 ID 名是“初晏”的小学生，评分确实比她高那么一点点……

她点开小学生的头像，本来想查看对方的资料，可是手一抖，点了添加好友。

对方很快通过申请。

一想到自己不如小学生，向暖心里就有那么点小酸楚。她看了眼时间，都快十一点了，于是酸溜溜地给小学生发信息。

是暖暖啊：小学生，怎么还不去睡觉，你爸妈都不管你吗？

初晏：我不是小学生。

是暖暖啊：你自己说你上二年级的。

初晏：哦，大学二年级。

是暖暖啊：……

是暖暖啊：你好无耻啊！竟然装小学生！是不是觉得装成小学生别人就能很快原谅你？呜呜呜，怎么这么无耻呢……

初晏：你好吵。

是暖暖啊：还不是因为你无耻。

初晏：一起玩？

是暖暖啊：我为什么要和你一起玩？

初晏：我需要一个比我还菜的，转移注意力。

是暖暖啊：走开！

初晏果真发来了组队邀请。向暖本来想点拒绝，但是她犹豫了一下。沈则木说她不如初晏，现在不正是翻身的机会吗？

于是向暖点了同意。她还就不信了，看看到底谁才是最菜的！

以防万一，向暖一进游戏，就在己方频道敲了一行字——

是暖暖啊：哥哥姐姐们好，我今年上一年级啦！

初晏：……

她这句话很快引来队友的回应。

豌豆TV虎哥：擦！小学生？！

豌豆TV虎哥：小学生挂机别出来，求你了，我在直播一百连胜。

豌豆TV虎哥：爸爸给你跪下了。

初晏：小学一年级打字可真快。

豌豆TV虎哥：咦？

豌豆TV虎哥：不对，不可能这么快，小学一年级才几岁。

豌豆TV虎哥：老子差点被你骗到！装什么小学生！

是暖暖啊：咳。

豌豆TV虎哥：果然！果然是在装小学生！

是暖暖啊：对不起……

豌豆TV虎哥：天哪，我第一次见到这种脏套路。臭不要脸！

是暖暖啊：哭泣。

初晏：无耻哦。

此时的向暖还非常单纯地一心只想捶死初晏，她尚且不知道自己装小学生的行径被多少人围观了。

第二天上午，向暖只有一堂课。她下课后去了图书馆，翻开高数课本用笔袋压住，摆好作业纸，从笔袋里挑了一支最好用的签字笔，然后开始用手机上网，百度“《王者荣耀》攻略”。

向暖始终认为自己是有潜力的，之所以打不好这个游戏，完全是因为不够熟悉。

也不知道她哪来这股强大的自信，大概是《奇迹暖暖》百分之九十以上的服装收集度所赋予她的。

她的室友闵离离就坐在她旁边，此刻正在看一本名叫《名草有主》的小说。闵离离有一张人人羡慕的巴掌脸，鼻梁上架了一副大眼镜。这会儿闵离离一边看书一边笑，看了一会儿，扭头想看看向暖在做什么。

“怎么又是《王者荣耀》，暖暖你走火入魔啦！”闵离离忍不住吐槽，习惯性地推了一下她的大眼镜——那眼镜真是太大了，仿佛是给大象定做的。

向暖：“嘿嘿，嘿嘿嘿。”

“……”说实话，闵离离是感觉到一丝惊恐的。

向暖发现一个好玩的软件，叫王者荣耀助手，里面真是包罗万象，应有尽有。

她安装好软件后，随意翻看各个板块，没急着看攻略，而是找到了八卦专栏。

八卦专栏今日的置顶推送是——《王者荣耀》防喷新套路？学了这招再也不怕被队友骂了！

哇，这真是她非常迫切需要的，于是她非常迫切地点进去。

这个帖子讲的是，在一个叫豌豆TV的直播平台，有一个叫虎哥的主播。虎哥为了吸粉，搞了个直播一百连胜的活动，如果连胜中断就抽奖送大礼包。昨天一百连胜的第一场，虎哥遇到一个自称是小学生的队友，不过很快被机智的虎哥揭穿了。这一过程有一万三千人同时在线观看。

虎哥与他的直播间粉丝一致认为，这个叫“是暖暖啊”的玩家，装小学生是因为自己太坑又怕被队友指责，而在此后的战斗中，“是暖暖啊”

的战绩十分辣眼睛，也同样佐证了这个观点……

向暖没看完就退出来，然后退订了八卦专栏。

呜呜呜，怎么会那么巧嘛！

她现在尴尬得不行，脸微微发着烫。

闵离离好奇极了："玩游戏玩得脸这么红？暖暖你玩的是色情游戏吗？"

"不是……"

中午向暖在食堂偶遇了沈则木。

她当时正在和闵离离排队买糖醋里脊。向暖喜欢吃糖醋里脊里面的菠萝，闵离离喜欢吃里脊。向暖担心糖醋里脊被抢光，站在队尾抻长脖子一个劲儿地看，突然就听到身后有人叫了她一声："向暖。"

她回过头，看到了歪歪社长，以及他旁边的沈则木。

"社长好。"她笑着跟歪歪打了个招呼，目光好似不经意间地转向沈则木，又飞快地躲开，小声说了句，"沈学长好。"

周围环境嘈杂，也不知他有没有听到。

沈则木轻轻侧了一下头，像是忽然想起了什么："小学生？"

向暖："……"

男神你竟然看八卦版，你怎么可以看八卦，这不符合你的气质好嘛！

"演技需要磨炼。"沈则木又补了一句，看着向暖一脸吃到苍蝇的表情，他感觉有点满意。

他对向暖倒是没太大意见，坑一场游戏而已，不至于结仇。只不过呢，看着坑别人的人自己掉坑里，这总归是件让人心情舒畅的好事儿。

沈则木端着餐盘，迈开长腿慢慢地走，找座位。歪歪跟在他身旁，有些不确定地问他："'小学生'是新的撩妹流行语吗？"

"不是。"

"我说呢，向暖哪里像小学生，明明是女神。"歪歪自言自语着，想起一件事儿，于是轻轻碰了碰沈则木的胳膊，笑道，"我听说向暖也在玩《王者荣耀》，怎么样，有没有兴趣带她？”

“如果每个社员都需要我带，我早就累死了。”

“她不一样，她那么漂亮。”

“所以？”沈则木说出这两个字时，不以为意地挑了一下眉。

歪歪突然想到，沈则木从来不缺美女的追求，所以，长得漂亮在沈则木这里还真没办法成为带妹的理由……

想想沈则木美女环绕，再想他歪歪五指相依，内心禁不住涌起一阵酸楚。于是他酸溜溜地挖苦沈则木：“那么多漂亮女生倒追你，怎么从来不见你谈恋爱？”

沈则木眼尾一挑，斜斜地扫了他一眼，一个眼神把歪歪吓得一抖：“你……不会是想对兄弟我下手吧？”

“就算下手我也是要挑一挑的，你这样的，我还真下不去手。”

歪歪感觉自己受到了羞辱。他停在原地，一脸悲愤地看着沈则木远去的背影：“喂！绝交啊！”

两个直男绝交了一个下午，到晚上和好了。

晚上向暖再登录游戏时，发现有好多微信好友邀请她一起玩。

好惊喜哦。

向暖对闵离离说：“难道他们发现了我菜鸟外表下的绝佳天赋？看来是很有眼光的。”

闵离离哭笑不得：“拜托你照照镜子好不好，他们就是冲着你绝佳的外表来的，目的很单纯，不要怀疑。”

向暖觉得不可能所有人都这么肤浅，正想着，又接收到一条组队邀请。

看到是歪歪社长，她连忙点了同意。

进队伍之后才发现，沈则木也在。她看着他的 ID，轻轻呼了口气，心跳都变得快了。

然后想到中午的事儿，又有点窘。

沈则木始终不发一言，仿佛又不认识她了。

向暖今晚的表现和昨晚没什么差别，不是在送死，就是在送死的路上。闵离离一边看书，一边时不时地瞟一眼向暖的手机屏幕。过了一会儿，闵离离说："暖暖，你怎么不把屏幕调亮一点？"

向暖解释道："那是因为我死了，死了屏幕就暗下来，等复活就好了。"

闵离离："哦哦，我就没看到你屏幕亮过。"

"哎呀，你这个人会不会聊天！"向暖好尴尬，推开她的小脑袋。

歪歪和沈则木搭配着开启了屠杀模式，向暖看着屏幕上不断刷新的友军击杀信息，再看看自己的战绩，她非常非常不好意思，于是在队伍频道说了一句话。

是暖暖啊：对不起，我又拖后腿了。

歪啊歪：没关系，你负责卖萌就好。

向暖看着那句话，突然一阵挫败。她低着头，长长地叹了口气。

闵离离："你怎么了？你这样子仿佛农民伯伯眼看着自己一年的收成全被猪拱了……你至于吗？"

"你说，是不是在别人眼里，我永远只能是个废柴花瓶？"向暖问她。

"知足吧你。大部分人只能做到废柴，而你至少是个花瓶。"

"你真的好会安慰人哦。"向暖吐槽道。

一局游戏结束，向暖躺赢了。歪歪社长又发来组队邀请，她点了拒绝，然后给歪歪发了个信息：谢谢社长带我，这游戏我还不熟悉，我想先自己研究一下。

宿舍里，歪歪看着向暖发来的消息，摸着下巴想了一下，对身旁的沈则木说："我怎么觉得，向暖不太高兴啊？"

沈则木有点不耐烦："下次带妹不要拉上我。"尤其不想看到那个坑神。

歪歪斜着眼睛看他，一脸冷漠："你说，是不是你得罪她，让她不高兴了？"

"我可一句话没说。"

沈则木打发了歪歪，退出游戏，想了想，他翻找到昨晚和坑神的聊天记录。

对不起，学长，我是不是太菜了……

那个小学生都比你强。

哦。

——好像，是有点过分？

沈则木犹豫了一下，不知是否该对她说声抱歉，但犹豫只持续了一秒钟，他便放弃这个念头。

他宁愿给人留个刻薄无情的印象。

因为，清净。

这一边，向暖拒绝了歪歪的组队邀请后，心情有点低落，无聊地滑着好友菜单。

游戏的好友菜单是按照实力排名的，向暖的实力在好友里垫底，是最后一名。而倒数第二名，则是昨天那个无耻的初晏。

初晏这会儿也在线，向暖给他发了个信息。

是暖暖啊：晚上好，小学生。

初晏：小学生，晚上好。

是暖暖啊：一起？

初晏：好。

是暖暖啊：果然，坑货就该和坑货一起玩。

初晏：你说谁是坑货？

是暖暖啊：你！啊！

她发这两个字时，漂亮的眼睛眯起来，笑容有点坏。

闵离离偷偷瞄了她一眼，自言自语道："笑得这么淫荡，还说不是色情游戏。"

初晏那边一阵沉默，向暖以为他玻璃心了。

过了一会儿，他回道：我第一次玩这个游戏。

是暖暖啊：好巧哦，我也是第一次。

是暖暖啊：那让我们一起从菜鸟走上巅峰吧！ Fighting！

初晏：好吧。

呵，你还挺勉强……

两人一起组队。虽然向暖依旧花式送死，但她这次心情很放松，完全没有面对沈则木时的那种压力。

打了几场，初晏突然问她要微信。

是暖暖啊：我才认识你第二天，我觉得我应该矜持一下。

初晏：只是发张图片。

是暖暖啊：好吧。

两人加了微信号，初晏的图片立刻发来了。

向暖好奇地点开图片。

图片上是一只胖猫，穿着清宫皇帝造型的小衣服蹲坐着，一只前爪搂着一把折扇，另一只前爪搭在人类的手腕上。猫的表情严肃无比，看起来十分霸气侧漏。

猫脸旁边的配文是：扶朕起来朕还能送。

向暖气得鼻子都歪了，回了他一句“你去死吧”，就删了他的微信。

初晏竟然厚颜无耻地又申请加她。

拒绝。

再申请。

再拒绝。

回到游戏，向暖看到他的留言。

初晏：别闹了，加回来。

他再次申请添加她微信好友时，向暖考虑到自己是个温柔又大度的淑女，就同意了。

加了好友之后，她有点好奇地点开他的朋友圈。

初晏的朋友圈……呃，有点一言难尽啊……

以下是初晏的朋友圈节选。

10月12日：连续吃一星期馒头榨菜是什么感受？（配图馒头）

10月8日：饿，想抢。（配图流浪猫在吃烤肠）

9月26日：没钱买新的，自己缝一下。（配图T恤上的破洞）

向暖看得眼睛都直了。炫富的朋友圈她见得多了，炫穷的还是头一次遇见。而且从初晏的语气来看，他似乎对贫穷也没什么尴尬或无奈的负面情绪，反而……挺自豪的？

这是，哪个星球降落的奇葩啊……

向暖好奇得很，好想问问初晏是闹哪样，可这是人家的私事儿，她只是个才认识两天的网友，也不好打听太多，于是按捺住那股冲动，面无表情地切回到游戏。

游戏里，初晏对向暖说：明天我有事儿，你自己玩。

向暖心想，明天周六，初晏这么穷，大概是要做什么兼职，于是应道：好哦。

初晏又说：明天你自己在人机模式练习，不要组队了。

是暖暖啊：为什么？

初晏：少祸害几个人，当积德了。

是暖暖啊：……你去死。

向暖是有一点心虚的。自己组队确实会被队友骂，和初晏在一起，虽然同样被别的队友骂，但至少让她有种不孤单的感觉……

两人打游戏打到十点多，向暖问初晏：你明天兼职不用早起吗？

初晏：我没有兼职。

唉？向暖有点困惑了，问他：那你明天做什么？

初晏：赚实践学分。

是暖暖啊：那你……

你的日子可怎么过啊……她好想这样问，可又担心太冒犯。

初晏：我怎么了？

是暖暖啊：没什么。

初晏：稍等，我拿夜宵。

是暖暖啊：羡慕有夜宵吃的人。

初晏：饿吗？

是暖暖啊：饿。

初晏：想不想吃小龙虾？

是暖暖啊：想……

初晏：我马上就可以吃了。

是暖暖啊：哈哈！信了你的邪。你的小龙虾是不是长得白白胖胖的，配上榨菜吃？

初晏好几分钟没回复，正当向暖以为他生气了，他发了个图片。

火红的小龙虾挤在餐盒里，一半身体浸泡在汤汁中，色泽鲜亮，看着就让人流口水，尤其是在这样的深夜。

向暖一半是眼馋一半是困惑，不自觉地舔了舔嘴唇，问他：你既然有钱买小龙虾吃，为什么要在朋友圈说自己天天啃馒头？

初晏：发着玩。

林初宴靠在寝室的椅子上，单手握着手机，发完那三个字时，他抬起头，看到自己刚提上来的小龙虾已经少了好几个。

寝室那帮人，简直是一群饿狼。

林初宴："给我留点。"

在抢食物这方面，林初宴一直是弱势群体——他吃东西太慢了。

郑东凯左右开弓，吃得嘴唇都红了，一边吃一边问林初宴："你怎么不多买点？"

郑东凯是林初宴的高中同学兼大学室友，他染着浅棕的发色，戴着狗牌一样的项链，成天把自己打扮得花枝招展，企图以此来吸引异性的目光。

这会儿林初宴没理郑东凯，低眉扫了一眼桌上的手机，看到是暖暖啊发来一串省略号。

郑东凯又说："初宴，能不能借我点钱，我这个月生活费花光了。"

"好啊，等我明天去捐个精。"

"咳咳咳。"郑东凯呛到了，一阵狂咳，咳完了，他拍着胸口说，"不用了，你的身体比较重要。”

另外两个室友，毛毛球和大雨，也是一脸被噎到的表情。

过了一会儿，郑东凯悠悠叹了口气，一脸的悲伤：“好怀念高中时可以跟你借钱的日子。”

林初宴也有点悲伤了：“一样。”

高中时他的钱像自来水一样，拧开就花，怎么花都花不完。

现在呢……唉。

正感伤呢，他突然听到楼道里有人喊了一句：“打麻将三缺一，有人来吗？”

林初宴动作飞快地拉开门，朝着楼道说：“算我一个。”

“林初宴？”

“对，是我。”

“滚！！！”

“……”林初宴感觉更忧伤了。

他上个学年打麻将很顺利，赢了很多生活费，这个学期……就被全校的麻将爱好者抵制了。据说斗地主爱好者听到风声，也已经对他下了不公开的封杀令。

郑东凯说：“初宴，要不你就去做一下兼职吧。”

“你怎么不兼职？”

“我爸妈又不会为了锻炼我独立生活的能力而断掉我生活费，哈哈哈……”郑东凯说着说着又开始幸灾乐祸。兄弟归兄弟，林初宴平时靠一张脸就吸引了太多妹子的目光，导致他郑东凯不管怎么另辟蹊径都逃脱不了单身的厄运，所以他心里还是有点小怨念的。

毛毛球和大雨的心态大概也是如此，所以被逗笑了。

三个男生围在一起笑，那个场面有点猥琐。

林初宴从笔筒里抽了一把剪刀，问他们：“我的剪刀好看吗？”

“什么意思……”

“你们，给我剥虾。”

“哈哈，我们要是不呢？”

“等你们睡着了，我帮你们剪丁丁。”

“什么鬼，你以为我们会信吗？哈哈哈！”

“呵。”

林初宴的长相精致而秀气，是个气质干干净净的美少年。这会儿在白色灯光的映衬下，他的面庞更显得苍白，脸部的光和影对比强烈，像烈日下的寂静山峦，一双眼睛又黑又亮，仿佛染上了异样的光芒……干净美好的气质不见了，反而有点鬼畜。

鬼畜少年牵着嘴角轻轻一笑，笑得唇红齿白，邪性变态。

郑东凯两腿一软，差点跪下。

突然好害怕是怎么回事儿！挺住挺住！啊啊啊，不行啊，虽然不相信，可万一呢……如果真有个万一，丁丁就一去不复返了！

三个室友的心理活动差不太多，于是他们鬼上身一样，动作非常一致地开始剥虾。

最后林初宴慢悠悠地吃着室友“进贡”的虾肉，一脸奇怪：“这种威胁都信？愚蠢。”

室友们：“浑蛋啊！”

林初宴吃着虾，见手机屏幕亮了一下，是暖暖啊又给他发了消息。

是暖暖啊：你告诉我好不好？

初晏：什么？

是暖暖啊：到底为什么要发那样的朋友圈，好想知道。

初晏：你说一句“初神强，我投降”。

是暖暖啊：初神强，我投降。

初晏：做人要有气节。

是暖暖啊：快说快说嘛。

初晏：发给爸妈看。

向暖看到这句话时，大脑里一下点亮了一个大灯泡。

是暖暖啊：我的天哪，你好无耻！你在爸妈面前卖惨博同情，是为了多要点生活费对不对？好脏的套路!

初晏：没有生活费。

是暖暖啊：哈哈，你骗鬼呢！我鄙视你!

初晏：真的。

是暖暖啊：编，接着编。说实话，你演技真好，我第一次见到有人把厚颜无耻演绎得这么淋漓尽致。佩服佩服。

初晏：……

向暖觉得，初晏无耻归无耻，但确实是个很有头脑的人。

卖惨骗生活费这招，听着就十分靠谱的样子，所以她也想试试效果。

她从初晏的朋友圈里盗了一张拍得最好的照片，想了想，干脆一不做二不休，连内容一起抄袭了。

啧啧啧，好想鄙视自己。

但是可能因为太激动，她发的时候忘了设置分组，所以这条朋友圈所有人都可以看到。可她自己还不知道。

晚上十一点，沈则木写好了今天的作业，从书桌前抬起头，他一手握着水杯，一手拿起手机刷了下朋友圈，恰好看到向暖这一条——

饿，想抢。（配图流浪猫在吃烤肠）

噗——沈则木不小心把水喷到了作业上。

那个女孩……沈则木仔细回想向暖的样子，看外表挺文静的，原来是个神经病。

第二章 专注坑爹十九年

早上，林初宴按时来到礼堂，学生会的人已经在跑前跑后地安排了。今天晚上要举行迎新晚会，白天是彩排时间。

组织部部长看到林初宴，满意地笑道："林初宴，你今天很帅嘛！"

"谢谢。"林初宴说着，低头扫了一眼自己的行头。白衬衫黑西装，西装上衣有点肥大，裤子有点短，这么一穿，很像个初入保险行业的穷困实习生，不知道帅在哪里。

就这身卖保险的行头，还是借的。

好在西装在校园里并不常见，学生们对这种严肃正式的穿着包容度很高，类似于表演服……所以现在组织部部长就没看出什么不妥。

组织部部长说："你的节目改了，改为压轴。"

林初宴有点奇怪："用钢琴独奏压轴？"

"对，请对自己的魅力有信心。"

林初宴是无所谓的，反正他只是为了赚实践学分。

因为节目顺序的调整，所以他彩排的出场顺序也延后了。百无聊赖地等待时，他请组织部部长帮自己拍了个全身照。

组织部部长很懂的样子，从下往上拍，恰好拍出了他的长腿，与此同时，那短了一截的裤脚也在所难免地进入镜头。

组织部部长看着照片，摇头："你这表情不对，看起来像个难民，我再给你拍一张。"

"不用，这个很好。"林初宴相当满意，把这张照片发给了自己的妈妈。

林妈妈的电话很快打过来了，一接通，劈头盖脸地说："你爸让我问问你，是不是被骗进了传销团伙？"

"不是。我今晚表演节目，你们要来看看吗？"

电话那头一阵沉默，林妈妈似乎是有点抱歉，说道："我们……不过去了，今天是我和你爸的结婚纪念日。"

林初宴当然知道今天是他们的结婚纪念日，他故意叹了口气，听起来似乎有点委屈："那我祝你们结婚纪念日快乐。"

电话那头没声音了，林初宴猜测他们应该是在商量事情。果然，过了差不多一分钟，林妈妈说："你爸爸说，今天可以给你发一个红包。"

"嗯。"林初宴应了一声，低垂的眼睫轻轻动了一下。

林妈妈压低声音："我跟你说，红包最多包一千啊，妈妈已经尽力了。"

"谢谢妈妈。"

如果林初宴讨价还价，林妈妈可能不会觉得怎样，现在他表现得那么乖，她就心软了，想了一下，问："你的衣服是哪来的？"

"跟班长借的。"

"表演节目就穿这套？"

"嗯。"

"节目是几点？"

"晚上七点开始。"

"你这套衣服不合身，还给班长吧。我让人给你送一套过去。"

"好，妈，能不能帮我好好搭配一下，还有配饰。"

"嗯？"林妈妈感觉这要求很可疑。

林初宴顿了顿，像是有些难以启齿，低声说道："台下有女生看。"

"哈！"林妈妈感觉有点意外，"是不是恋爱了？"

"没。"虽然是否认，声音却很小，仿佛透着心虚。

“我知道了，放心吧，我儿子那么帅，随便打扮一下都能让女孩子神魂颠倒。”

“不要随便打扮，要好的，衣服和手表，都要好的。”

“好了好了，知道了，妈妈做事儿你放心。”林妈妈很高兴，声音透着一股子欢快，“有空把那个女孩的照片发给我看看。”

林初宴没说好也没说不好。

林妈妈做事儿果然靠谱，下午的时候，林初宴收到一套他以前穿过的定制礼服，和一块宝格丽腕表。

林初宴把腕表取出来，挂在手掌上看了看，然后眼睛一眯，笑了。

安坐在角落里的美少年，笑容清新而纯净，仿佛春雨洗过的竹林，或是一幅写意山水画。组织部部长感觉到自己词汇量的匮乏，竟然无法淋漓尽致地形容出眼前的美好。

星期六，向暖本来想在寝室打游戏，闵离离认为她这是不务正业，拉着她去逛街了。秋天到了，夏天的衣服和凉鞋都进入打折区，向暖挑了一件小碎花露肩膀的连衣裙、一件黑色印花带亮片的短袖。那件短袖的设计有点过分，印的是蝴蝶，翅膀上贴着很多不同颜色的亮片，简直要闪瞎人的眼。向暖看一眼就特别嫌弃，可是摸着布料感觉质地很好，就试了试。

导购说：“这件衣服试的人很多，您是上身效果最好的。”

向暖也觉得没有想象中那么难以接受，重点是牌子不错，质量好，价格还低。

难得难得。

然后就进入砍价的环节。导购试图说服向暖，这件衣服她穿着很好看，值得买走，结果闵离离来了一句：“那是因为她长得好看，身材也好，穿什么都好看，跟你的衣服关系不大。”

导购哑口无言，看着向暖胶原蛋白满满的脸蛋、漂亮灵动的大眼睛、能掐出水的白皙皮肤，以及包裹着牛仔裤的笔直修长的腿……虽然生气，但是无法反驳。

那件衣服确实放了挺久，很难卖，能穿出效果的是真颜值爆表。

导购说：“好了好了，你长得好看你说了算。”

最后她们以低到令人惊喜的折扣买下了这件T恤。

向暖感觉自己占了好大的便宜，拍拍闵离离的肩膀说：“走，姐请你！”

闵离离很高兴。两人来到五楼餐饮区，正纠结吃点什么，闵离离眼尖，看到一家店在搞活动，于是拉着向暖走过去。

这是一家新开业的烤肉店，搞活动的噱头竟然和《王者荣耀》有关：凡是《王者荣耀》游戏玩家进店消费，可以根据其段位水平享受到不同的折扣，最高能享受到五折。

《王者荣耀》这个游戏，根据玩家比赛成绩的积累，目前划分为七个段位，最低是“倔强青铜”，最高是“最强王者”。除此之外，每个区的前一百名还能得到“荣耀王者”的称号，简直炫酷到飞起。

闵离离拉着向暖的胳膊，很是雀跃：“暖暖，你不是在玩这个游戏吗？我们可以打折耶！”

向暖拉住她的手腕：“赶紧走，离开这里。”

“为什么呀？”

为什么？因为只有最强王者才能享受到五折优惠，而她只是个倔强青铜啊……最底层的菜鸟，进店消费只有九五折，形同虚设，自取其辱。

这个社会就是这样壁垒森严。所以，就算是为了吃到五折的烤肉，她也要早日升上最强王者！

那一刻，向暖的内心活动是很丰富的。

两人正拉扯着，闵离离眼睛一亮：“咦，帅哥。”

向暖闻声看去，呃，沈则木……

略一想，也就明白了。能吃到五折烤肉，为什么不来？

和沈则木一同走过来的是一男一女，男的是歪歪，向暖认识。女生个子高挑，短发，长得很精神，这会儿也在打量向暖。

向暖迈着淑女步走上前和他们打招呼。

歪歪看起来很喜欢这样的偶遇，热情地给向暖介绍："这位美女是我们班的姚嘉木，和沈则木是双木组合，哈哈哈。"

沈则木看了他一眼。

姚嘉木大大方方地和向暖她们打招呼，虽然这位学姐看起来热情又可亲，但向暖就是能从她的态度中感受到一丝防备，这是女生独有的直觉。

"你们也来这儿吃？"歪歪问道。

沈则木闻言，看向立在店门口的易拉宝，飞快地扫了一下活动内容，最后，视线停在最下方的"倔强青铜，9.5 折"那行字上。

向暖："……"

无声嘲讽，最为致命。

闵离离这个小傻子，听到歪歪说"一起吃吧，我们能享受到五折优惠"，立刻屁颠屁颠地跟上，完全不把自己当外人。

向暖无奈，只好跟在后面。她确实很想亲近沈则木，可并不是在这样的场合。

几人落座后，一边翻着菜单一边聊天。歪歪问向暖和闵离离："你们今晚不去主校区看迎新晚会吗？"

闵离离有点遗憾："我们没抢到票。"

南山大学有两个校区，主校区在市内，向暖和沈则木所在的学院都已经搬到近郊的新校区。今晚的迎新晚会在主校区的礼堂举办，票量有限，不是每个新生都能抢到。

歪歪闻言安慰她们："其实也没什么可看的，来回要坐两个小时的车呢。"

"是呢。"

姚嘉木问向暖："你也玩《王者荣耀》吗？"

"我刚开始玩，不太会。"向暖有点尴尬，心想千万不要问我段位。

"你是什么段位呀？"姚嘉木果然哪壶不开提哪壶。

向暖反问："学姐你是什么段位？"

"我再赢一局就能升王者了，就等着沈大神带我了。"姚嘉木说着，朝沈则木眨了眨眼，那样子有点俏皮。

向暖很羡慕姚嘉木能这样和沈则木互动，她就不敢。

除此之外，向暖还羡慕她的游戏实力：“学姐你真厉害！”

“哪里哪里，对面那个才厉害呢，荣耀王者。”

只有每个区的前一百名才有资格称作荣耀王者。

向暖一脸膜拜地看着沈则木，那表情不是装出来的。

沈则木却仿佛没听到她们的交谈，他低头翻着菜单，从她的角度只能看到他端正的眉睫和鼻峰。沈则木问：“吃什么？”

姚嘉木跟他很熟，这会儿也不理他，自顾自地和向暖聊天：“向暖，你可以让你们沈学长带你，有他带着升级很快。”

向暖说：“我不用人带，早晚有一天我会自己打到王者。”

沈则木眉峰一动，撩起眼帘看了她一眼，目光有些意外。他以为她在赌气，可是看那表情，一脸认真，自信得像只花孔雀。

等等，哪来的自信？

姚嘉木愣了一下，紧接着哈哈一笑，朝向暖竖起拇指：“小姑娘，有志气。”

沈则木低下眼睛继续翻菜单，一边翻，一边说了一句：“不愧是倔强青铜。”

“倔强”两个字咬得尤为清楚，像是用粗号碳素笔在课本上用力画出的重点。

迎新晚会进行了两个多小时，散场后，学生会的人打算聚餐，组织部部长钩了一下林初宴的肩膀，问：“林初宴，去不去？”

林初宴并不是学生会的，所以眼下这种邀请其实还蛮难得的，善意满满。

“不去，你们玩。”林初宴拒绝了。

“好吧。”组织部部长有点遗憾，回身望了一眼，发现学生会的女生们也都是一脸遗憾。

他禁不住感叹，这个林初宴，女生缘还真是好。

林初宴被年级主任留下说了几句话，等他离开礼堂时，人已经散得差不多了。

他松了松领口，掏出手机看看时间，十点整。

一个女生走上前："林……林学长。"

"嗯？"林初宴低头看了她一眼。女生低着头，脸微红，语气期期艾艾的。

这种情况，林初宴见得多了也就应付熟练了。如果是遇到表白，就说自己已经有了心上人；如果是遇到什么邀请，就说很抱歉我没空……所以这会儿他都不带思考的，听到女生结结巴巴地开始表白时，他已经有了台词。

坏就坏在他手机突然振了一下，收到一条信息，他忍不住看了一眼。

是暖暖啊：我被举报了！封号了！

噗——林初宴一个没忍住，笑出了声。

那个女生简直无法相信，自己鼓足勇气的表白换来的竟是毫不掩饰地嘲笑。她惊讶地看着他，眼睛里含着泪水，脸涨得通红如猪肝，既无地自容又委屈万分。

林初宴有点尴尬，收起笑容，刚要开口，女生已经转身跑了，一边跑一边擦眼泪。

林初宴挺想跟这个伤心欲绝的可怜女生解释一下，可惜她已经跑得没了影，而他连人家长什么样都没记住。

收回视线，林初宴回复是暖暖啊：不听话的下场。

向暖从初晏的回复里感受到一丝幸灾乐祸，她气道：都这个时候了，你就不能安慰我一下吗？

初晏：怎么安慰？

是暖暖啊：我被封号二十四个小时，这期间不能组队。所以你也不要组队，不要和别人玩……大声回答我，能做到吗？

是暖暖啊：检验我们友谊的时刻到了！

初晏没说话。

向暖心想，自己这个要求好像有那么一点过分？毕竟两人才认识三天，还是隔着网络，哪来的友谊啊……

可是她好担心初晏升级太快，他们两个不能一起玩了，她上哪儿再找这么一个坑货去？

过了五六分钟，初晏的消息发过来。

初晏：好。

一个字，干干净净，简简单单，却让向暖忍不住笑了。

林初宴之所以隔了几分钟才回消息，是因为他去了超市，林林总总地拿了些日用品，还有乱七八糟的零食，吃过的、没吃过的，反正买回去很快就会被寝室那帮饿狼吃光，不会浪费。说来有点奇怪，他以前并没有那么强烈的购物欲，现在变穷了，反而看什么想买什么，仿佛在对某些未知的东西实施报复。

他一边逛超市，一边和向暖发消息。

向暖得到了林初宴的承诺，很满意，于是截了个图发给他，说道：留证据了。

林初宴的注意力被图片里他的备注信息吸引了。

初晏：最强小学生？

是暖暖啊：咳咳咳。

是暖暖啊：我觉得挺酷的，对吧？

是暖暖啊：你给我的备注是什么呀？

林初宴没有给她备注，一直是“是暖暖啊”，但这会儿来而不往非礼也，他手指飞快地立刻改了她的备注，截图发给她。

是暖暖啊：荣耀第一坑？

是暖暖啊：浑蛋！

初晏：脸红红。

是暖暖啊：求求你，这种气氛就不要卖萌了……

不行，好气。为了报复初晏，向暖把他的备注改成了“荣耀第二坑”。

向暖被举报是因为打得太烂，战绩太渣，送死太多，队友觉得她是故意的。而系统经过公证的审判，认为她确实是故意的。

她觉得自己好冤枉。

被举报判定成功之后就要扣信誉分，信誉分扣到一定数量，就不能组队去坑害别人，只能打打人机，等熬过一定时间才能解禁。

向暖所谓的“封号”，就是眼前这样的情况。其实严格意义上讲，不算封号，她至少还可以登录游戏，可以和系统的 AI 一起玩耍。

周日一整天她都泡在图书馆，上午专心写作业，下午又忍不住摸出手机，登上游戏。

“这游戏有毒。”向暖对闵离离说，“你千万别玩。”

“我才不玩色情游戏。”

不能组队，向暖只好在人机模式玩。她发现，系统的 AI 还挺聪明的，好几次把她打死了……简直是奇耻大辱。

闵离离也在玩手机，刷八卦。

两人各玩各的，过了一会儿，闵离离突然碰了碰向暖的胳膊，小声说：“暖暖你快看。”

向暖摘下一只耳机，看到闵离离送到她面前的手机。

手机里正在播放一段视频，内容是一个男生在弹钢琴，这视频一看就是偷拍，画质太渣，糊得不像话，以至只能看出男生脸庞白皙俊秀，五官都看不清楚。因为闵离离插着耳机，所以向暖听不到声音，不知道男生在弹什么。但是那双手飞快地在钢琴上跃动，像是乱舞的蝴蝶一般，因为弹得太快了，根本看不清手指的动向，只有一片残影。

“手速真快。”向暖低声评价了一句，摘下闵离离的一只耳机放在自己耳朵上，想听听他弹的是什么，结果入耳全是女生的尖叫。

向暖赶紧把耳机还给闵离离。

“这个人人品不好。”闵离离说。

“哦？”

“我看到论坛在八卦他，说人家女生和他表白时，他当着面笑出声。”

“这就过分了。”

“是呢。不过长得可真帅呀，你要不要看？”

“没兴趣。”向暖戴上耳机，一边继续人机大战，一边心想：再帅还能有沈则木帅？

她在图书馆把这周的作业都写完了，晚上回到寝室洗了个澡，敷了个面膜，一看时间，十点了。

嚯嚯嚯，解禁了！

登上《王者荣耀》后，向暖先在好友名单里看了一眼初晏的段位，很好，依旧是倔强青铜，于是愉快地给他发了组队邀请。

初晏今天用了个向暖没见过的英雄：嬴政。

《王者荣耀》是一款5V5的对战游戏，玩家自己或者由系统凑起五个人组成一队，每个人在入场前都要选一个英雄，在本局游戏使用。目前《王者荣耀》总共出了六十多个英雄，这个数字还在增加。向暖因为是个小萌新，级别太低，只拥有七个英雄，所以她能选的也只有这七个英雄。

想要更多的英雄，必须花金币买，而金币是每天拼死拼活地打架赚来的，赚得很慢很慢……

这局游戏，向暖依旧选了她这两天常用的英雄——小乔。

小乔是个萝莉，非常娇小，走在嬴政身边，简直像爸爸带着女儿。

向暖窘了一下，默默地离他远了点。

初晏突然说：跟在我身边。

是暖暖啊：哦。

于是又默默地蹭回去。

嬴政有个大招是向敌方扫射光剑。光剑的数量非常多，一扫出来，满屏都是。

向暖跟在初晏身边，看到他每隔一段时间就放大招，像个移动炮台。她感觉嬴政这个英雄真是太炫酷了，不愧是秦始皇。

这局游戏结束，初晏的嬴政拿到了全场MVP。

向暖连忙退出去查看嬴政这个英雄的资料，她也想买一个。一看之下有点惊讶，别的英雄都能用金币买，只有嬴政，必须要用人民币买。

她再次感叹，不愧是始皇大大。

向暖对初晏说：小学生，挺有钱的嘛。

初晏：今天干了票大的。

向暖看着这行字，突然有了一股报警的冲动。

她稳了稳心神，问道：怎么发财的？分享一下呗！

初晏：卖了个表。

是暖暖啊：喂，你怎么骂人啊！

初晏：没骂人，就是字面意思。

是暖暖啊：……

事实证明，人民币也并不是无懈可击的，初晏第二局游戏依旧用了嬴政，然而遭到了敌方刺客的疯狂狙击，死得很惨。嬴政在游戏里的职业定位是法师，虽然自保能力比小乔这样的超级脆皮要强一些，但终归是最脆弱的职业。

向暖本来还流口水想买个嬴政的，结果看到自己和初晏一次又一次共赴黄泉，她打消了这个念头。

她想起那些新手攻略经常提到的一句话：没有渣英雄，只有渣操作。

所以有嬴政不一定大杀四方，没有嬴政也不一定一败涂地，关键还是看自己的操作，以及自己适合哪类英雄。有人能用系统赠送的丑亚瑟一路打上王者呢。

一局游戏结束，初晏给向暖分析：刚才那局，阵容不行。

向暖心想，借口。

初晏：我们没有坦克。

坦克是挡在队友前面顶伤害的，就像一堵强大的城墙，保护己方的小脆皮们。而射手和法师有了坦克的保护，就可以躲在后面疯狂地输出伤害，安安稳稳地当个大炮台。

这样肯定是效率最好、最经典的模式。

向暖觉得初晏说得有道理。

是暖暖啊：是这样哦。

初晏：下把你玩坦克。

是暖暖啊：为什么是我？

初晏：因为你有一个优点。

是暖暖啊：哦？

初晏：你不怕死。

是暖暖啊：……

是暖暖啊：你有必要把送死说得这么含蓄吗……

初晏：你玩坦克。

向暖动摇了。她感觉很神奇，初晏虽然看起来不靠谱，可总是能用歪理邪说征服她，这也算是一种了不起的才华了。

于是她查看了一下自己的英雄包裹。她目前有三个坦克英雄，其中有两个是系统送的：亚瑟和项羽。这两个英雄是东西方两种风格的彪形大汉，离她的审美差了十万八千里，所以她是拒绝的。

剩下一个是庄周。这个英雄可不得了，商店里八百八十八金币，是所有英雄里价格最低的，所以向暖买来充数。

庄周的外形是个少年，坐在一条大鱼上昏昏欲睡，画风清新唯美，怎么看都和肉盾格格不入，但英雄说明书上的定位就是坦克。

于是她开着庄周去和初晏会合了。

初晏这次没有选嬴政。因为队伍里已经有人选了法师，他决定照顾一下阵容搭配，于是选了射手。

选的射手也是菜鸟们最喜欢用的英雄之一——鲁班七号。

鲁班七号是机器人，小小的一只，萌度和小乔不相上下。向暖看到初晏玩这样一个人物，莫名就想笑。

庄周毕竟是有坐骑的男人，骑着条鱼跑得很快，鲁班小短腿是跟不上的。

初晏：等我。

是暖暖啊：好吧。哈哈哈！

初晏：……

玩了大概几分钟，向暖有了新发现。

是暖暖啊：庄周的配音好好听呀！

过了一会儿，初晏回：花痴。

两人在小地图上看到有人在打群架，急忙赶过去支援。向暖骑着鱼冲进人群，看到自己大招是亮的，于是点了个大招。庄周的大招相当给力，可以给队友集体解除控制和减少伤害。

这会儿正好有个玩韩信的队友被敌军眩晕，动都动不了，血条噌噌地掉，眼看着要挂掉，向暖这个大招来得非常及时，仿佛下乡送温暖一样。韩信的眩晕立刻解除，带着一丝丝血，活蹦乱跳地撤出战场。成功逃生的韩信似乎很感动。

冷漠花开：谢谢你。

向暖看到队伍频道的这句感谢，心头一暖。玩这游戏几天来，她遇到的大多是谩骂和挖苦，表面上再多的不在乎，心里也会难过、自责、愧疚。但是今天，有人感谢她。

这种感觉真是太棒了，充盈而满足，比凑够了《奇迹暖暖》的“韶颜倾城”套装还要赞。

团战结束后，向暖奇迹般地没有死。果然坦克有坦克的好处。

然后她回应了韩信玩家的谢意。

是暖暖啊：不客气，为人民服务。

冷漠花开：你是女生？

是暖暖啊：对呀，你也是？

冷漠花开：我男的。

初晏：浪什么浪，过来。

两人的聊天被初晏突如其来的一句话打断。

战场瞬息万变，初晏的小鲁班刚才被三个大汉围攻了，这会儿躲在防御塔后面的草丛里瑟瑟发抖。虽成功脱身，那三个大汉却虎视眈眈不肯离去。

向暖连忙掉转鱼头走向他，一边走还一边发了条信息。

是暖暖啊：来了来了，小可怜。

初晏：……

冷漠花开此人显然并不像他的ID那样冷漠，又和向暖说话。

冷漠花开：庄周过会儿一起玩吧？我需要一个好的坦克。

好的坦克！哈哈哈……向暖心里乐开了花。

是暖暖啊：好呀。

冷漠花开：打完这局加个好友吧。

是暖暖啊：嗯嗯。

初晏突然掉线了。掉了大概有两分钟，又重新连接上，他客气地在频道里道了个歉。

初晏：抱歉，接了个电话。

是暖暖啊：没事儿没事儿。

初晏：暖暖。

是暖暖啊：嗯？

向暖有点意外。初晏很少这样一本正经地叫她，从来都是有事儿直接说事儿。

初晏：刚才你前女友的电话打到我这里，问我你是不是把她拉黑了。

向暖看到这行字时，满脑袋都是问号，她刚想问问初晏是不是中了什么邪，然而他打字速度简直要上天，不等她讲话，他立刻又发来一句。

初晏：她还不知道你已经和海涛哥在一起了。

是暖暖啊：……什么鬼？你到底在说什么？

向暖看着初晏发的那些梦话，短短两句，信息量不要太大，完全可以脑补出一条热门新闻。她好不震惊，不明白初晏为什么突然这样粗暴地强行加戏，仿佛一个从精神病院跑出来的表演爱好者。这都什么跟什么呀！

不过眼下队友等着她去战斗呢，所以向暖暂时没和他掰扯这件事儿。

那之后己方队伍频道一片安静，安静得有点尴尬。

向暖又救了冷漠花开一次，但是这次他什么都没说。

气氛真是……更尴尬了呢。

游戏结束后，向暖对初晏说：你搞什么飞机！

初晏：傻。

是暖暖啊：凭什么说我傻，你才傻。精神病，说梦话。

初晏：他看你是女生才想要勾搭你，你可以思考一下他的动机。

是暖暖啊：不至于吧……

初晏：我比你懂男人。

是暖暖啊：就不能是因为我玩得好吗?

初晏：呵。

一个字，嘲讽力度 max。

向暖有点气，不理他了。她看到好友信息有更新，点开一看，是刚才那个冷漠花开主动加她好友。

向暖突然振奋，连忙对初晏说：你看你看，他现在加我了！人家根本不在乎性别好吧，不是谁都像你这么小心眼。

初晏：祝你们聊得愉快。

是暖暖啊：哼哼。

向暖刚通过好友申请，冷漠花开就说话了。

冷漠花开：死基佬！骗子！滚！

向暖冷不丁被人骂成这样，心一沉，抖着手指回复他：虽然我不想和你做朋友了，但我必须解释一下，我没有骗你。

这话没有发送成功，因为对方已经飞快地删掉了她的好友。她感觉受了很重的内伤。

点开和初晏的聊天框，向暖看着那句“祝你们聊得愉快”，心想，初晏是不是已经预料到这样的结果?

她弱弱地对初晏说了句：好吧，你是对的。

初晏：看微信。

微信上，初晏给她发了一张图片。一张……抚摩哈士奇狗头的动态图。

是暖暖啊：喂喂，你过分了啊……

初晏：傻。

是暖暖啊：你傻你傻你傻。

初晏：以前没玩过游戏？

是暖暖啊：以前玩的《奇迹暖暖》里面都是女生，别人都叫我姐姐的。

初晏：很厉害？

是暖暖啊：嗯嗯。我是我们公会的老大。

初晏：怎么做到的？

是暖暖啊：多充钱就行了。

初晏：……

向暖有点不好意思，想了一下，说：你看，你也是坑，我也是坑，我们就不要互相嫌弃了好不好？

初晏：好吧。

向暖看着初晏发的那两个字，眨了眨眼睛，问他：那你是因为什么和我一起玩的？也因为我是女生吗？

初晏：不是。我没那么饥渴。

是暖暖啊：是吗？

初晏：我很多人追的。

是暖暖啊：好巧哦，我也是。

真能吹……他们不约而同地想。

我这么善良，就不拆穿你了……他们继续不约而同地想。

第三章 震惊！看到个傻子

向暖周一下午没课，本想去图书馆，可是歪歪社长打电话问她有没有空。

“有空的，社长，什么事儿呀？”

“不要叫我社长，叫我学长就好。”歪歪说，“我今天去主校区办点事儿，你和我一起吧，熟悉熟悉流程，以后这些事情就由你们来做。”

向暖感觉歪歪学长此举是要把她当亲信培养，于是高兴地点头：“好的！”

歪歪学长要做的事儿就是去主校区团委那里批个活动申请书。有了申请书才可以正当地组织社团活动，而且还能拿到团委资助的活动资金。

“我们的社团活动都有什么呢？”向暖问道。

“挺多的，我们每学期办得最多的就是校内电竞比赛，这学期的快开始了。”

校内电竞比赛分好几个类别，连《球球大作战》都有，其中参与人数最多的是《王者荣耀》。

歪歪学长问她：“向暖，你要不要报名？”

“我不行的，我才白银呢。”

秩序白银是比倔强青铜更高一级的段位，不过这两类在歪歪他们那些玩家眼里没什么区别，通通归类为低端局。

歪歪没说带向暖，不是他不想带，而是他感觉向暖可能不喜欢这样聊天。于是他说：“就是玩呗，别太在意段位……你最近在练什么英雄？”

“庄周。”

“庄周挺好的。”

“对，很好看，声音也好听。”

歪歪：“……”不知道怎么接了。

向暖有点不好意思，挠了一下头，说道：“那个……庄周的大招挺好的。”

“不光大招，庄周的其他技能也好用。第一个技能可以让敌人减速，第二个技能可以给自己和队友加速，还能叠加出很高的伤害。”

很高的伤害……向暖汗了一把，说：“学长，我们玩的可能不是同一个庄周。”

歪歪被逗乐了，笑眯眯说道：“你可能不了解那个二技能的被动。”

《王者荣耀》里的英雄，大多都是有一个被动技能和三个主动技能。被动技能是英雄自己就有的状态，不需要释放，主动技能需要手动释放。另外有一些主动技能，也自带被动效果。

比如庄周的第二个技能，每隔一定时间就会自动释放一次，不占用技能冷却。

歪歪解释道：“二技能打到某个目标的次数越多，叠加起来的伤害就越高，如果是三次以上，伤害就会非常可观。所以，你最好是掐着时间，等二技能被动的那一次放出来的瞬间，放一个二技能，这一下就叠加两层，接下来再随便叠上一两层，对面可能就哭了。”

向暖感觉像是打开了新世界的大门。她之前哪想过这些，放技能的时候就是哪里亮了点哪里，还吐槽过庄周的伤害怎么这么低。原来不是人家伤害低，而是她不会用。

“还有，一技能释放时不要和敌人隔太远，因为这个技能有延迟，你放出去人家可能已经跑出技能范围了。另外大招别随便乱丢，大招的冷却时间比较长，一波团战下来你可能只有一次释放大招的机会，所以一定要用在刀刃上。这个自行体会。”

“嗯嗯！”向暖忙不迭点头，“谢谢学长！”

“不客气啊。互相学习，互相帮助。”

向暖把歪歪学长说的话都记下，心想晚上就找初晏试试。

南山大学的主校区已经有百年历史，有些建筑还保留着民国时期的风格。校园里绿化很好，很多参天大树，现在正值秋天，草坪上落了黄叶，有游客在拍照。

向暖还是第一次来主校区。两人在团委那边办完事儿，歪歪领着向暖在校园里溜达参观，一边参观还一边给她介绍校史。走着走着，走到一片假山附近，假山旁边有条人工开挖的小溪流。向暖停下来看里面的锦鲤，扯着面包渣，看它们挤在一起抢食吃。

她突然听到假山后面有人在说话，那语气很暴躁：“原价二十多万的东西你给老子卖十二万？我怎么生了你这么个败家儿子？你在哪里，给我出来！”

最后那句话几乎是吼出来的，向暖吓了一跳，手一松，面包掉进水里。

与此同时，在远离市区的某度假山庄，林初宴泡在温泉里，手机放在泉水边，开了免提。

林雪原吼他时，手机仿佛都要震起来。

林初宴不为所动，反正现在两人离得远，他爸爸就算提着刀也砍不到他。他懒洋洋地靠着温泉的池壁，说道：“爸爸，你冷静一点，那块表本来就是我的。你忘了吗，那是刘叔叔送给我的十八岁生日礼物。”

“呵呵，你跟我掰扯这个，你要脸吗？你要不是我儿子，他连个钢镚都不会送你！更何况他送了你多少，等他孩子过生日我就得还回去，你现在还跟我说那是你的？”

“爸爸，你不要生气。那块表其实不算卖了，只是放在典当行，三个月内可以赎回。”

“我给你翻译一下这句话的意思：我就是臭不要脸地套现了，你们要是舍不得就去赎……是不是？”

“对不起，爸爸，我实在是太饿了。”林初宴开始换路线走。

恰在这时，服务员敲门进来，送了精美的果盘和饮料。林初宴指了指，示意她把东西放在温泉旁边。

少年大半个身体浸在水里，布满花瓣的水面袅袅地浮动着白色的水汽，使他的身躯和面孔显得有点朦胧。室内空气潮湿，他的刘海被打湿，贴在额前，柔软而凌乱。

服务员弯腰把东西放下去，瞟了一眼水面。

他突然仰起头，朝她做了噤声的手势。嘘——

明亮的眼睛有一点弯，唇角轻轻牵着，修长好看的食指挡在唇前……那一刻她深切感受到什么叫一眼万年。

怎么会这么好看……服务员满脑子都是这个想法。然后她红着脸，轻手轻脚地退出去了。

林初宴还不知道自己无意中调戏了别人，他全部注意力都在手机那一头，林雪原短暂的迟疑，让他知道，爸爸心软了。

但是很快林爸爸又吼他：“我不给你钱还不是为了你好？你说说你，四体不勤五谷不分，把你扔大街上一准饿死。让你做个兼职，自己赚钱有那么难吗？你钢琴十级就不能做个家教？你高考数理满分，做家教家长们肯定抢着用你。你说说你……”

“太累了。”林初宴用三个字点评了爸爸的建议。

“你大爷的！你老子我当年上学时连双好鞋都没有！一天睡四个小时，做三份兼职，我也没累死！”

林初宴心想，我和你不一样，我爸爸比你爸爸有钱。

当然嘴上是不可能这么说的，否则爸爸要炸掉了。

林初宴说：“爸爸，我真是佩服你，难怪当初追妈妈的人那么多，她却只看得上你。”

尽管林雪原有时候特别想把这糟心儿子掐死……但是他也不得不承

认，这臭小子太会聊天了。他专门往人最痒痒的地方挠，挠完了让你感觉身心舒畅，你知道他目的不单纯，满嘴甜言蜜语，你也可能会嗤之以鼻，但依旧会舒畅，因为这种情绪不受理智控制。

这样的人，放古代一定是欺上瞒下、两面三刀，还能混得风生水起的大奸臣。

想想都可怕。

林雪原哼了一声，说："别跟我耍花招，老子有的是办法治你！"

向暖不是故意要听别人聊天的，她非常想看那些锦鲤把面包吃完，所以就多待了一会儿。歪歪站在她身旁，一脸八卦地竖起耳朵。

等锦鲤吃完面包，两人离开，路过假山时，看到那位父亲还在训儿子。

林雪原一边跟儿子讲电话，一边扭头看了他们一眼。

他的气场太强大了，好凶的样子，向暖吓得呆了一呆，结结巴巴地说："对对对不起，我我我们路过的……"

林雪原没想到自己会吓到路过的学生，看那小姑娘挺可怜的，他捂着手机，也跟她道了个歉："抱歉，我儿子……"说着晃晃手机，"是个滚刀肉，臭不要脸。"

向暖好窘，心想这个儿子太奇葩了，能把老爸气得跟路人吐槽。

歪歪很懂的样子，走近一些拍了拍林雪原的肩膀："大哥，看开点。"

林雪原低眉看了一眼肩上的爪子，斜了他一眼，声音有些硬："叫叔叔。"

歪歪和向暖马不停蹄地逃窜了。

林雪原收回目光，对着手机吼道："别以为当个富二代就可以高枕无忧，等老子死了，我把财产都捐了，让你喝西北风！"

手机那头传来饱含真情的祝福："爸爸，我希望你长命百岁。"

向暖吃过晚饭登录游戏，见初晏没在线，她把手机放在一边，开始整理书桌。

手机里不断地有人发来组队邀请，她视而不见，等到把这一周以来弄得乱七八糟的书桌变得整整齐齐，她扫一眼手机屏幕，发现此刻屏幕上停留的最新组队邀请是——泽木！

天哪！男神邀请她玩游戏！

向暖感觉满脑子冒粉色泡泡，连忙点了同意。

沈则木的队伍里有三个人，除了他们两个，歪歪也在。

向暖一进队伍，歪歪就开始号：向暖，你不接我的邀请，接沈则木的！

向暖汗了一下，忙回道：对不起啊歪歪学长，我刚才没看到。

歪啊歪：呵呵！

是暖暖啊：真的……

此时此刻，歪歪待在宿舍里，对一旁的沈则木说："她当我是三岁小孩吗？"说着，把手机递还给沈则木，"给你，我对这个看脸的世界绝望了。"

是的，刚才只是一个测试。歪歪给向暖发了个组队邀请，没人回应，他突发奇想，用沈则木的手机测试了一下，结果，向暖立刻摇着尾巴过来了。如果她谁都不回应还好，现在这样明显的取舍，让歪歪感觉好委屈、好挫败、好不甘心。

沈则木接过手机。他也不知道自己为什么允许歪歪这样做，大概……是出于对残障人士的关怀吧。

但不管怎么说，队伍组了，也不好说只是测试，那就打完这一局吧。

向暖怕歪歪生气，哄他：学长，我请你吃冰淇淋吧。

歪啊歪：好呀好呀！

歪歪立刻高兴了，沈则木再次用关怀残障人士的眼神看了他一眼。

向暖还是用的庄周，骑着条大鱼跑来跑去，追又追不上，打又打不死，名副其实的战场搅屎棍。

歪歪对沈则木说："你有没有发现，她反应其实挺快的？"

沈则木嗯了一声。

这确实让他有点意外。看得出向暖对其他英雄的招式了解得不多，所以打得没有顾忌，横冲直撞。但是她对庄周技能的拿捏挺不错的，几次大招都放得很到位，几乎是在己方队员被控住的瞬间就交出大招解救人质，这应该不是预判，预判靠的是经验，显然向暖没有这个玩意儿，她有的只是反应和手速。

其实她总体的表现并不好，骑着条鱼撞了好几次墙，孤身一人跑到人家防御塔下浪，被人胖揍一顿，浪得只剩下一层血皮后疯狂逃窜……花样作死，只有你想不到，没有她做不到。

但沈则木愿意给她一个及格分。

沈则木的存在让向暖压力很大，玩游戏也玩得有点分心了，老想着他的存在，又不敢跟着他，怕拖累他。

所以她觉得自己表现得不好，另外一个原因是——初晏上线了，用微信消息疯狂地轰炸她！

向暖终于死了一次，她连忙切到微信看消息，发现消息是标点符号，一下子十几条。

很显然，他上游戏之后发现她在组队游戏中，所以故意轰炸她。

向暖屏蔽了初晏的消息，刚回到游戏，他又打来微信通话邀请。向暖手忙脚乱地按掉，飞快地回道：我在和男神组队！

初晏：速战速决，一会儿找我。

是暖暖啊：就不，我要和男神一起玩。

初晏：你男神嫌弃你，我不嫌弃你。

是暖暖啊：扎心了啊……

初晏没再骚扰她。

向暖切回到游戏，看到自己已经复活了，于是摆着鱼尾巴又加入战场。

这场游戏打得很顺利，还真是“速战速决”，打完后沈则木破天荒地问了一句：还玩吗？

是暖暖啊：学长，我和朋友一起去打排位，我想早点上王者。

泽木：嗯。

沈则木有点佩服向暖。一般情况下，一个人如果是白银段位，他的目标可能只是更高的黄金，或者铂金，哪像她，身在白银，心系王者。而且人家不是开玩笑，是坚信自己要上王者的。

就好像一个学渣坚信自己期末能考九十分，真是……无法理解的爆棚自信。

歪歪探过头来偷看他们的聊天记录，看到向暖拒绝沈则木，他乐了："哎哟喂，原来你的魅力也不过如此啊！我以为能有多大，原来只是比我大一点点，哈哈哈哈，好满足！"

沈则木挑了一下眉。

这一边，向暖还在纠结初晏刚才说的话。

是暖暖啊：你怎么知道男神嫌弃我？

初晏：随便说说，没想到你承认了。

是暖暖啊：……

初晏：我今天对这个游戏有了新的理解。

是暖暖啊：哦？

初晏：这不是一款杀人游戏，更不是一款送死游戏。

是暖暖啊：乖，说人话，把嘲讽收一下。

初晏：这本质上是一个推塔游戏。为了更好地推塔，才引起战争，人们为了提高战争的能力，才想方设法挣钱买装备。所有的一切，都是为了推塔。

是暖暖啊：你这是废话。

初晏：很多人玩着玩着就忘记这一点。

向暖看到这句话，愣了一下。确实啊，她玩游戏就是这样，要么是在打群架，要么是在跑路，要么是在营救队友，真正特意去推塔的时候反而不多。

而评判一局胜负的标准，就是谁能推掉对方的水晶，不是哪个队伍杀人更多。

向暖说：你说得有道理。

初晏：我买一个孙尚香，我们去推塔。

是暖暖啊：我怎么感觉你的金币都花不完。

初晏：我没有金币了。

是暖暖啊：所以拿什么买孙尚香?

初晏：充钱。

是暖暖啊：……

真是个败家熊孩子。《王者荣耀》里那些用金币买的英雄，如果金币不够，可以充人民币买，可是这样太不划算了。虽然向暖自己也会为游戏充钱，但不是这么个花法，她也是要考虑性价比的。

初晏买好了孙尚香，向暖开着庄周和他会合。孙尚香和鲁班七号一样同属射手。孙尚香有个技能是在地上翻滚，可以滚出去一段距离，滚过之后打人会更疼。这个技能逃跑和打人的时候都很好用，所以比小鲁班的生存能力要好一点。

向暖坐在鱼上，看着孙尚香在身旁翻来滚去，像个皮球，浪得不行。

孙尚香这个英雄是比较适合拆塔的。两人玩这局游戏的宗旨就是拆塔，不顾一切地拆塔。

王者峡谷的地图是一个菱形，敌我双方的老巢，也就是俗称的泉水，占据着菱形的两角。泉水旁边就是双方最最重要的东西——水晶，谁能先把对方的水晶打掉，谁就是胜利方。

水晶外分三路蔓延着共计九个防御塔，这些防御塔会攻击贸然进入的敌军，所以，想要接近水晶的话，需要先推掉这些防御塔，至少要把某一路上的三个防御塔全部拔掉，给友军开路。

防御塔攻击力很强，不能随便打，否则就是自杀，要等自家的小兵进入防御塔范围，吸引防御塔的火力，这时候玩家再进去打防御塔……

说起来似乎很容易，真正操作起来还是有点麻烦。

最简单的——你打人家防御塔的时候，人家队友是能看到的，他们又不是死人，当然会过来打你……

所以最后到底是你拆了塔，还是敌人拆了你，都不好说。

向暖和初晏这个组合有个优势是，他们跑得蛮快的，于是就在三路防御塔之间流窜，也不打架了，光想着拆拆拆。中间也被伏击了几次，死得很惨，但这无法阻挡他们对防御塔的热情。他们的队友显然也是一群菜鸟，打得不好还喜欢骂人，向暖直接把队友们都屏蔽了。

最后的最后，他们队虽然战绩凄惨，评分极低，但是赢了。因为她和初晏把敌人的防御塔拆了个精光，最后很容易就推掉了水晶。

向暖的战绩评分只有 3.0，可以说是非常辣眼睛了，然而她的评分竟然是全队最高的，比初晏还高，于是她获得了 MVP 的称号。

嘻嘻嘻！好开心好开心，她几乎要抱着手机跳舞了。

这种因自己和队友的不懈努力而最终赢取胜利的感觉，比抱大腿躺赢要好多了！超有成就感！

向暖兴奋地对初晏说：再来再来！

两人又开了一局，打算故技重施。

然而同样的套路不可能一直管用。刚才那局游戏之所以能赢，更多的是因为对手没有好的意识，光想着杀人，给了他们可乘之机。这一次的对手显然比上一局厉害很多，配合得也好，向暖和初晏被打得抬不起头，结果就输了。

向暖有点挫败，对初晏说：对不起，我没有保护好你。

初晏：开语音。

是暖暖啊：啊？

初晏：打字指挥不方便。

是暖暖啊：哦哦，我知道，怎么开呀？

初晏：QQ 吧。

向暖把 QQ 号发给他时，心想，初晏的声音会是什么样呢？会不会是猥琐贱男的那种？

越想越觉得可能唉……

两人加好 QQ，打开语音通话，初晏先说话了：“喂？能听到吗？”

向暖：“……”

我的天哪！他怎么会有如此干净的嗓音？！这个初晏一定是假的！把那个贱男初晏还给我！

初晏以为她听不到，奇怪地咦了一声，挂断通话后又拨了一次。

向暖呆呆地接通。

初晏：“这次能听到吗？是暖暖啊？我是初晏……”

向暖有点陶醉，单纯为好听的声音而陶醉。

初晏的声音很纯净，不偏不倚的温柔清透，让人想到阳光下穿白衬衫的少年。认真说来，他的声音有点接近庄周的配音。不同的是，庄周的配音有后期的处理，一听就让人觉得是二次元的，而初晏的声音既好听又真实，听到耳朵里，耳膜像是被做了按摩，酥麻舒爽。

向暖忍不住说：“你再说句话。”

“嗯？”初晏有点疑惑。

“我的耳朵快要怀孕了。”她小声说。

那边传来一阵笑声，笑声很轻很淡，像随着阳光渐渐消散的晨霭。

向暖被他笑得一阵耳热。

初晏：“花痴。”

周四晚上电竞社照例要开会。

歪歪感觉上次开会大家都有点拘谨，可能和不熟有关。他这次自掏腰包买了些零食，沉甸甸地提着，往活动中心走。

走了一会儿，歪歪对沈则木说：“你就不打算帮我提一下吗？”

“不。”沈则木拒绝得很干脆。

歪歪想到自己一会儿要有求于人，于是不仅没气，反而变得更加谄媚了，嘿嘿一笑：“喂，我说……”

“不。”沈则木又拒绝了一次。

“我说的不是这个。”

“我说的也不是这个。”

两人非常默契地互相看了一眼对方，眼里都有点嫌弃的意思。

歪歪说的事儿，和今天的例会内容有关。电竞社每学期都会举行电竞比赛，为了推广这个活动，历届社长们挖空心思，恨不得去卖身。南山大学的社团有几十个，每个社团都想搞点事情出来，横向比较之下，怎样抓住人的眼球，那就是重中之重。

上学期，歪歪按照沈则木的身材在淘宝定做了一套《王者荣耀》的cos服装，cos的人物是李白。《王者荣耀》里李白的形象英俊潇洒又飘逸，拥有迷妹无数。沈则木穿这身衣服往校园里那么一站，啧啧啧，效果不要太好。因为有李白小哥哥给电竞比赛站台，所以报名的人很多，那届比赛举办得相当成功。

这次，歪歪打算重温昔日辉煌，沈则木却撂挑子不干了。

穿成那样站在路边，很多人围着他合照，让他感觉自己像是从马戏团走出来的，特别不适应。最重要的是，他不喜欢人多。

歪歪说："你知不知道，那套衣服很贵的，不穿多可惜。"

沈则木："公费报销。"

"公费也是钱啊，我的大少爷。"

沈则木不为所动。

歪歪又说："我也没办法啊，我巴不得自己穿呢，可我长得不好看啊，穿出去会被人打的！为了我们社团的未来，你就委屈一下呗。求求你了，我晚上给你暖床。"

"滚。"

"呵呵，沈则木，看来你是希望我把你的微信二维码打印出来贴满全校了。"

"只要长得好看就行？"沈则木突然问。

"对啊，这就是个看脸的世界。"歪歪说着说着不知怎么想到自己的命运，"我现在好绝望！"

沈则木意味不明地"嗯"了一声。

歪歪收起沉痛，扭脸发现沈则木的视线落在不远处。他顺着他的目光，看到了向暖。

那一刻，歪歪突然明白沈则木所谓的"只要长得好看就行"是几个意思，他怒道："沈则木，你这个禽兽！"

向暖是来开会的，在活动中心门口遇到沈则木和歪歪。她朝他们打了个招呼：“学长好……学长，我帮你提吧？”

“不用不用……”歪歪虽然累得手酸，但也不想辛苦美女。

沈则木这是第一次认真打量一个女孩，他的视线在她脸上梭巡一圈，没说话。

向暖被他看得很不好意思，心跳快了几分，不自觉地低头，紧了紧搂在怀里的一个粉色笔记本。她感觉到自己的脸在发烧，控制不住。

沈则木突然开口了：“向暖。”

向暖条件反射般挺直身体：“嗯，学长。”

沈则木：“我想拜托你一件事儿。”

向暖：“什么事儿呀，学长？”

歪歪：“你这个禽兽，你真的开口了！”

向暖万万没想到，沈则木要拜托她的事情是cos李白。

“为什么是李白呢？”她感到困惑。

“因为只有李白的衣服。”

“呃……”

由此可见，电竞社的日子过得还蛮清苦的。

向暖觉得这不是什么难事儿，更何况提要求的人是沈则木。沈则木让她上刀山下火海她必定是拒绝的，但是cosplay嘛，就完全不用犹豫。

歪歪说：“向暖，你这周末去主校区cos李白，我们电竞社在那边群众基础薄弱，需要更多的宣传。”

“好，我自己吗？”

“放心吧，让沈则木带着你。你什么都不用干，跟着他就行。”

向暖偷偷看了沈则木一眼。

沈则木也在看她，他对她说：“谢谢你。”

向暖脸一红：“不……不用客气。”

之后开例会，歪歪给其他人分配任务，除了少数几个在校园里摆摊设点搞宣传，大部分人被分派去宿舍宣传拉人。

歪歪把衣服拿给向暖，向暖光是看一眼，就感觉不太对劲儿：“怎么这么大呀？”

“因为是去年沈则木穿的。”

向暖也不知道歪歪说这话是有心还是无意，反正她是更想穿了呢。

周六这天，向暖和沈则木约了早上九点在她宿舍楼下见。

李白的衣服太大，向暖个子不够，穿不出那种潇洒风流的感觉，看着更像是个发育不良的公子哥儿。她很想穿双高跟鞋撑一撑，脑子里假设了一下李白穿高跟鞋的画风……不行，太恶搞了。

为了效果她又想化个妆，本打算把自己的面孔画得硬朗一些，然而化妆技术不够给力，化了半天，一照镜子……哪来的妖孽！又手忙脚乱地卸妆。

最后戴假发的时候，感觉那个假发怎么戴都不好看，怎么戴都像是城乡接合部的发廊小弟……

这样折腾来折腾去，到九点四十，她才下楼。

沈则木站在楼下，手里拿着东西。向暖看到他挺拔的后背。

可能是因为第一印象太好了，她看到他小白杨一样的背影，总是会有种怦然心动的感觉。

“学长。”向暖小跑过去，他恰好转身，她有些歉意，“对不起。”

“没事儿，我取宣传单，也才来不久。”

向暖看到他左手拿的是卷成筒状的宣传海报，右手提着一个无纺布的袋子，袋子里依稀能看到是厚厚一摞 A4 纸打印的宣传单。歪歪学长认为用油面的硬纸宣传单不仅成本高还不环保，所以就一直倡导这种黑白打印的。

沈则木退开两步看她的 cos 效果。向暖有点心虚，摸了摸脑袋，说：“那个假发我戴不好，就自己扎了一个古代男人喜欢扎的那种丸子头。”

“这样挺好的。”沈则木点头。

南山大学的主校区和鸢池校区之间有固定的公交车线路，从始发站到终点站需要一个小时。为了节省时间，沈则木打了个车。下车时向暖想和他分摊车费，沈则木摆了摆手："你今天来是帮我的忙，费用我自己出。"

向暖鼓起勇气顺杆往上爬："那你管饭吗？"

沈则木莞尔："管。"

一个字，让向暖的心情好到飞起。

两人往图书馆的方向走。图书馆旁边有一小块空地，是校方划出专供学生活动用的，这里来来往往人流量大，是黄金宝地。

向暖走着走着，从路边不知名的树上揪了一根翠绿枝条，枝条上的叶子还没变黄，难得难得。她咬着那根枝条笑了笑。

《王者荣耀》原画中的李白也是叼着这样一根枝条，轻佻却勾人。

向暖的眼睛是不太典型的桃花眼，睫毛挺翘，眼尾长而略弯，笑的时候会微微挑起来，眼底清亮湿润，少了几分迷醉，多了几分灵动。

这会儿沈则木看她咬着根绿色枝条，笑得轻快，初晨的阳光穿过树叶落在她光洁漂亮的额头上，斑驳而生动，他莫名地就想起一句诗：鲜衣怒马少年时，一日看尽长安花。

然后又想，她确实适合把头发梳上去。

向暖还不知道沈则木在观察她。沈则木不说话，她也不好老缠着他说话，而且她在他面前总是紧张，不知道该说点什么。

到了图书馆旁边的活动区域，沈则木让向暖等在那里，他去团委借来桌椅摆开，海报也挂好，一切准备就绪，向暖就像个吉祥物一样戳在那里，累了就坐一会儿。

沈则木负责给路过的同学讲解他们的活动。向暖感觉沈则木讲话就像花钱，总是想方设法地节省，争取用最少的钱办最多的事儿，所以他才会给人高冷的印象。

但其实不是，从她认识他的第一天开始，她就知道他并不是高冷的人，反而比很多人都温柔细心。这才是她喜欢他的真正原因。

午饭他们在食堂吃。

两个校区的食堂装修得几乎一模一样，简直是强迫症。食堂里也分等级，比如一二三层卖的是一般的食物，比较便宜，四层卖精致的小炒。两人点了两份小炒、一份米饭。向暖不要米饭，沈则木以为她减肥，结果她点了份奶黄包。

这些在他眼里是小孩吃的东西。

向暖的衣服很宽大，松松垮垮的，这会儿就显出不方便了，多余的布料总是耽误她夹菜。她不得不时刻提高警惕，以防弄脏，毕竟这可能是电竞社最值钱的东西。

沈则木有点看不下去了，用公筷给她夹菜。

向暖又脸红了，心跳加速的结果就是疯狂地啃奶黄包，啃着啃着，桌上手机振动，她收到一条消息。

初晏：我看到一个傻子，不知为什么就想到你。

向暖低着头，翻了个大大的白眼，回道：你真会聊天。

初晏发来两张照片。

初晏：像不像地主家的傻儿子？

是暖暖啊：……

她吓得奶黄包都掉了。

第四章 蹲人的最高境界

向暖看着初晏发来的，她打扮成李白吃奶黄包的照片……感觉这个世界真是太刺激了。而且，照片拍得太烂了好吗……这照相技术，应该扔进马桶里冲掉。

她压抑住心头的震惊，尽量使自己表现得平静，以防被发现。她不知道初晏在哪里，但肯定离她不远。

冷静，冷静，他还不知道我就是我。她心里想着。

沈则木见向暖神态有异，眼神闪烁，动作缓慢而呆滞，仿佛神游天外。他有点奇怪，正要问候，见她若无其事地捡起掉在桌上的奶黄包，又要往嘴里送，好像是故意装作很淡定的样子。

沈则木轻轻皱了下眉，筷子一伸，稳准狠地夹住她手里的奶黄包。

向暖目光一转，看向他。

“不卫生。”他说着，将抢下来的奶黄包扔在一边，又给她夹了个完好无损的，放在碗里。

“哦。”

沈则木从她强装镇定的表象看出了她的心慌意乱。

“你怎么了？”他问道。

“没没没，没什么……学长我们快吃，吃了快走。”

向暖又看了一眼那两张辣眼睛的照片，从拍照的角度来看，初晏应该在她的右前方。她偷偷瞄了一眼，那个可疑的位置有三个餐桌，其中两桌客人刚走，服务员正在收拾，剩下的一桌，有个胖胖的男生在独自吃铁板烧。胖男生长得很正直，气质与向暖理解中的初晏有差异。

看来初晏已经走了。她悄悄松了口气，把手机关机。

下午向暖一直不在状态，总是神游，若有所思。幸好她本来就只是来当吉祥物的，没耽误什么事儿。走过路过的想合照，她也来者不拒。

沈则木见她做这些事情并无反感和抗拒，莫名地，他松了口气。

南山大学主校区附近的美食很多，沈则木本打算带向暖在附近吃点好的，哪知道她执意要回去。两人打了个车，回到鸢池校区时，沈则木接到姚嘉木的电话。

姚嘉木："沈木头，你是不是和向暖在一起？我正好想请那小姑娘吃饭呢，她上次给我推荐的乳液超级好用！"

沈则木看了一眼旁边的向暖，这女孩的状态好像终于好点了，这会儿正在用手机搜美食，一边搜一边说："要不吃黑鱼吧？"

从他这个角度，只能看到她头顶扎的那个"丸子"，随着她说话和动作，"丸子"轻轻地晃动，有点滑稽。

沈则木对向暖说："姚嘉木想和你一起吃饭。"

向暖愣了一下："啊？那让她过来呗。"

其实这时候，但凡有点想法的女生都不可能接受另一个女生来搅局，可她没有拒绝的理由。所以，来就来吧。

一顿饭由两个人吃变成三个人吃，气氛就完全不一样了。向暖吃得别别扭扭，姚嘉木倒是挺健谈，可向暖不想和她说话。

她总觉得姚嘉木不单纯是来找她吃饭，更多是监视沈则木的动向。希望只是她想多了吧。

吃过晚饭，三人散着步回学校，向暖和姚嘉木不是同一栋宿舍楼，所以双木组合先把她送回去。

向暖离开后，姚嘉木玩笑着问沈则木："这小姑娘，是不是不太喜欢我呀？”

沈则木没看她，他一手抄着兜，一手提着海报，淡淡答道：“她也没理由必须喜欢你。”

姚嘉木一愣。

向暖为了做戏做全套，从中午到现在手机一直关机。回到寝室开机后，第一件事儿是对初晏撒了个谎。

是暖暖啊：对不起哦，我今天在外面，手机没电了。

初晏：嗯。

向暖心里挺紧张的，还要装出一副淡然自若的样子，问他：这是在食堂拍的？

初晏：是。

是暖暖啊：你们食堂好眼熟啊，你是不是南山大学的？

初晏：是，你也是？

是暖暖啊：嗯……

初晏：……

向暖知道，初晏肯定也很惊讶。中国那么大，两人偏偏是同一个学校的，真是太巧了。

初晏：你什么专业？

向暖：我在鸢池校区呢。

她刻意强调了校区。因为两个校区之间的学生不常串门，这样一讲，搞得好像她跟今天那个“地主家的傻儿子”完全没有关系。

我真是太机智了有没有！她在心里给自己点了个赞。

初晏：嗯，我在主校区。

之后他没再追问她专业，更没要求见面，只是吐了个槽，说鸢池校区像远郊农场，太荒了。

向暖笑了，回：哪有你说的那么夸张，这边已经有商业区了好不好！

向暖有点奇怪，但稍一想，又觉得这才是初晏。初晏这个人吧，虽然有时候挺坏的，坏得让你牙痒痒，但他的教养和分寸拿捏得很好，不会过线。所以感受到向暖的回避时，他就自然而然地转移了话题。

向暖轻轻呼了口气，问他：游戏?

初晏：嗯。

两人连了麦。可能是因为知道彼此是校友，两人感觉上更熟悉了，熟悉到初晏很不客气地对向暖说：“别吃我经济。”

“喂，不就打了你个兵。”

《王者荣耀》这款游戏，某种意义上算一款经营游戏。奠定玩家战斗力基础的，是等级与经济。等级越高属性越好，而钱越多，自然就越能买到更好的装备。

升级和赚钱主要依赖小兵和野怪。这些资源都是有限的，该怎样分配，是王者峡谷里永恒的难题。这里每天都有因抢夺资源而发生的流血事件，以及因资源分配不均而引起的内讧。

但不管怎么说，几乎王者峡谷里所有的英雄，都有一个共识，那就是辅助不能吃太多经济，要把钱和经验留给自家射手、法师、战士、刺客等等。

总之，辅助是食物链的最底层，要像个伟大的母亲一样，把好东西让给队友，还得保护好他们。

所以现在向暖被初晏像赶羊一样赶走了：“你去旁边，别分我兵线。”

“那我走了，不和你玩了。”

“别走太远，你得保护我。”

“你好讨厌。”虽然这样说着，她却真的没走太远。

初晏让她躲在草丛里给他探视野，距离恰到好处地既分不到他的钱，又可以帮他侦察到附近的敌情。

画风清新的庄周小哥哥猫在草丛里，看样子有点猥琐。

正当向暖百无聊赖时，她的视野里出现了三个敌方的彪形大汉！除此之外，小地图上还有一个敌军正在往这边赶。

“喂，有人来了！”向暖说完这话，扭头一看初晏，好嘛，这家伙一丝犹豫都没有地掉头就跑。

那些人本来是想打初晏的，然而初晏跑得太快，向暖就遭殃了。她再皮糙肉厚，也禁不住一群人围攻。

向暖感觉好心碎："你怎么一点犹豫都没有，良心不会痛吗？！"

初晏声音带笑："一会儿给你报仇。"

好吧，向暖只是吐槽一下，她也知道辅助是食物链的最底层，关键时刻辅助要卖血卖命救队友。群架打不过，辅助要背锅；支援不及时，那你还玩什么辅助！

类似于这样的职责，比比皆是，习惯就好。

孙尚香是个很吃发育的英雄。前期默默地搞经济建设，后期买了神装，秒天秒地。初晏有非常出色的逃跑意识，死的次数少，发育得很顺利。

这局游戏到后期，孙尚香简直杀神附体，有一波团战，孙尚香一个人一口气收了对面四个人头，这四个恰好是一开始围殴向暖的那帮人，还真是给她报仇了……

敌方有个亚瑟玩家，看到孙尚香超神，他在公共频道喊话：对面的孙尚香，一会儿一起玩不？

初晏：不。

初晏：我有拖油瓶。

向暖在游戏里看到这行字，朝手机吼："喂，我不要面子啊？！"

那头传来初晏的笑声，声音有些低，好像是漫不经心的，有点欠揍，又说不出的好听。

好听到什么程度呢？她的火气都被那笑声一点一点冲散了，就……就没有继续生气了……真是太没出息了！

向暖说："组我。"

初晏："先不玩。"

"嗯？你要下了？"

"不是。"初晏解释，"庄周这个英雄有点单调，比较挑阵容，不够全面。"

"你是在嫌弃我吗……"

“不，这是英雄设定原因，与操作无关。虽然你的操作确实——”

“你给我闭嘴。”向暖面无表情地打断他，然后她又听到他的笑声。

初晏好像很爱笑。

初晏说：“你去买个张飞。”

“不行，我要攒钱买貂蝉。”向暖认为貂蝉是《王者荣耀》里最漂亮的英雄，身为一个《奇迹暖暖》大佬，她无法拒绝这样的诱惑。

对面没说话，而是非常简单粗暴地给她发了个红包。

初晏：去买张飞。

向暖在英雄商店里找到张飞，才看一眼就斩钉截铁地拒绝：“不行，不好看。”

初晏又给她发了个红包。

初晏：买皮肤。

是暖暖啊：你逗我呢，人物搞成那样，皮肤能好看到哪里去。不买。

初晏没回复她，也没说话。

向暖心想，事关尊严与信仰，我是不会妥协的！

大概过了两分钟，她的微信有新消息提醒。

初晏：买张飞，我给你唱歌。

是暖暖啊：那你先唱。

回完这条消息，向暖在心中鄙视自己——回那么快干吗呀！都不矜持一下！

两人的QQ通话还是连接状态，所以初晏直接开口了，问她：“唱什么？”

“还可以点歌呀？”

“不一定，要看我会不会唱。”

向暖一时还真想不出让他唱什么，于是说：“那你唱一首你唱得好的。”

“我唱得好的，有很多。”

呵呵，真不谦虚。

向暖想到一个好主意："你看一眼你听歌软件的播放列表，现在停在哪首就唱哪首。"

"嗯。"初晏顿了顿,应该是在翻歌单,然后他说,"《夜空中最亮的星》。"

这首歌向暖听过，很好听。原唱是一个比较小众的乐队，爆红后有很多人翻唱。向暖感觉最好听的还是原唱那个版本。

"这首我会。"初晏说，"你现在可以把耳朵竖起来。"

向暖黑着线吐了个槽："又不是兔子。"

初晏开口了，没有伴奏，耳机里全是他的嗓音。似乎是怕打扰到别人，他刻意把声音压低了一些。

"夜空中最亮的星能否听清，那仰望的人心底的孤独和叹息……"

他起得突然，向暖本来还没反应过来，可等他唱了两句，她的注意力全被拉进歌声里，真是神奇。

"我祈祷拥有一颗透明的心灵，和会流泪的眼睛。给我再去相信的勇气，越过谎言去拥抱你……"

《夜空中最亮的星》这首歌的原唱，有一种坦诚的力量感。阅尽沧桑痴心不改，历经孤独少年如初。穿过人性，它给你看的是人类心底最初的纯净与真诚。

从这个角度来看，初晏干净的嗓音还蛮适合这首歌的。

但他唱出了不一样的风格。也许是少了些经历，也许是因为没有伴奏，或者单纯是因为唱功不够好。总之，他唱得轻描淡写，更像是一种委婉多情的呢喃。没有原唱那种虽安静却蓬勃的力量感，他更像是耐心地对你温柔低语。每一个咬字都清晰而生动地在你的耳朵里回荡。闭上眼睛，你甚至能想象出他唱歌时的表情，沉静而认真的脸庞，眉眼里带着一点笑意。

听原唱，像是孤独一人走在风雪交加的夜里，站在无人的街头仰望天空；听初晏唱，像是孤身一人漫步在雨夹雪的夜里，搓着手，走到街角时，恰好看到一家灯火通明的奶茶店。

这个时候能表达心情的，就只有会心一笑了。

他一首歌唱完，她还沉浸在这种情绪里，有无法言说的愉悦感。

初晏：“去买张飞。”

向暖：“……”不破坏气氛会死啊！

向暖自己充钱买了张飞，然后把初晏给的红包都还给他了。

是暖暖啊：唱得不错，再来一个。

林初宴盯着她那句话后缀的小波浪线，感觉自己仿佛是被调戏了。

向暖好遗憾，初晏没有“再来一个”，他又开了一局游戏。

这局是一把匹配。

《王者荣耀》的五人组队模式有两种，一种是普通的匹配，一种是排位赛，前者不影响段位积分，后者顾名思义，是用来积累成绩争段位的。

所以一个人如果拿到了不熟悉的英雄，一般是先去匹配里练练手。

向暖在这局游戏里简单熟悉了一下张飞这个英雄的技能。

张飞的第一个技能是“走开死基佬”，丈八蛇矛一抡，一下子把面前的敌人抽开。

第二个技能是“锅从天上来”，张飞甩个金色的半透明大锅，把自己和队友扣住，这个大锅是用来抵免伤害的，俗称为“护盾”。比如说，假如你现在有一个 200 点的护盾在身上，当敌人给你造成 300 点伤害时，护盾可以抵消其中的 200 点，而你只会损失 100 点生命，非常划算。

张飞的第三个技能可不得了，“丑男大变身”。使用大招之后，张飞从丑男变成超级大丑男，只要正面看到他的敌军，都会被丑瞎，当场眩晕，动弹不得。而看到他绝世侧颜的敌军，也会不受控制地倒退……

以上是向暖对这个英雄的理解。实际技能描述和她的描述有出入，但意思上差不多。

张飞的大招非常给力，进可攻、退可守。不仅如此，变身后的张飞，再使用技能时也会有不一样的效果。原先的一二技能是辅助性质的，张飞变成超级大丑男之后，一二技能都会有很高的伤害，还能使敌人减速，给自己加速，特别可怕。

当然，这个大招也不是那么容易获取的，要攒怒气值，怒气值满了才能变身。

向暖第一次玩这个英雄，而且作为一个白银段位的渣渣，她的理解比较粗浅。虽然如此，她还是很明显地感受到这个英雄的给力之处。

最简单的——如果有人打初晏，她只要来个丑男大变身，就可以把别人都推开，那样瘦小的初晏就可以躲在她伟岸的身躯之后了！

好吧，一切都很完美，除了……丑。

向暖变身后，看着屏幕里像个大狗熊一样的自己，感觉心口在默默地滴血。

她对初晏说："我都想闭着眼睛玩了。"

"别捣乱。"

后来向暖就开着丑张飞去和初晏征战排位赛了，初晏还是用的孙尚香。

这两天初晏发现了草丛的妙处。王者峡谷里的草丛有很多处，有大的，有小的。人站在草丛里可以看到外面的世界，外面的敌军却看不到草丛里的人，除非是那种自带雷达系统的敌军，比如李元芳和哪吒。

所以初晏总让向暖藏在草丛里给他探察敌情。向暖这个时候还认为初晏此举是浪费人力资源，她大度地不和他计较……直到不久以后，她看到人家职业战队打比赛时都喜欢这么做，才知道其价值所在。

眼下初晏有了张飞护身，开始不只追求侦察效果——他要利用草丛搞一些脏套路了。

向暖攒满怒气值后，他就让她蹲在草丛里，而他……跑去勾引敌军。

是的，赤裸裸的勾引。

没有队友保护的射手就像一只小肥羊，此刻孙尚香孤身暴露在敌军视野里，还臭不要脸地抢了人家的小怪。打小怪的敌军玩的是刘备，刘备一看到孙尚香靠这么近，呵呵，这是送上门来吗？于是一点也不顾念夫妻之情，提着武器就要实施"家暴"。

孙尚香连滚带爬地跑了，姿势很难看。刘备杀心更重了，追上来，然后……他就被突然冒出来的张飞吼晕了。

张飞和孙尚香联合起来把刘备一顿狠捶。

两人这样联手，搞了几次事情，虽然不是次次都能成功，但总体来说效果显著。对面除了刘备以外，还有个刘禅，这对父子阵容挺有趣。可惜的是刘禅的职业定位是坦克，比较不好打，初晏只杀了他一次。

向暖对初晏说："你真是太猥琐了，哈哈。"

恰在这时，敌方的刘禅在公共频道骂她：对面的张飞真猥琐！

呃……向暖默默汗了一把，心想，有必要这样吗。而且，猥琐的明明是初晏，她好冤枉。

刘禅游戏也不玩了，开启了文斗模式，公共频道不停地刷新他的骂战，变换花样地问候向暖的女性亲属。

向暖虽然也知道游戏环境复杂，什么人都有，可看到他骂得那么难听，她还是很生气，又不想和他对骂，所以只能生闷气。

初晏突然在公屏上说话了。

初晏（我方孙尚香）：儿子，事到如今妈妈不得不告诉你一个真相了。

初晏（我方孙尚香）：你张飞叔叔，才是你的亲爸爸。

向暖："……"这才是文斗的最高境界。一句脏话不说，能把敌人气出脑出血，还能兼顾历史文化与八卦内涵的传承。

一个字，服！

由于初晏出类拔萃的文斗，对面的刘氏父子组合似乎是心态不好了，后来向暖他们就赢了。

向暖莫名其妙就想到诸葛亮骂死王朗的典故。嗯，嘴皮子溜也算是一种很溜的操作了。

第二天是星期日。向暖一早起来，看着面前的李白 cos 服犯难。是的，没错，她今天依旧要去搞宣传。

好头痛……

她把 cos 服穿上，脱下来，又穿上，又脱下……如是再三。

闵离离看不下去了，说她："暖暖，你其实就想体验脱衣服的快感吧？你这个变态。"

向暖敲了敲她的脑袋。

后来她提着衣服去楼下和沈则木会合。沈则木见她如此，似乎并未觉得意外。

向暖小声说：“学长，我今天可不可以不去了呀？”说着把衣服递给他。

“嗯。”沈则木竟然答应得特别干脆，然后他又说，“衣服你拿着，晚上自己还给歪歪。”

向暖知道沈则木这是要包庇她，她心里一暖，笑了笑：“谢谢学长。”

沈则木这么好，让她忍不住又要得寸进尺了，于是问：“学长，这次校园竞赛你会报名吗？”

“嗯。”

“《王者荣耀》？”

“嗯。”

“那……”她用食指点着下巴，眨了眨眼睛，鼓起勇气问他，“你的队伍还缺人吗？”

“人满了。”

向暖：“……”

虽然早就知道他很受欢迎，可是心里那点小小的期望被掐灭时，她还是有点失望，轻轻地“哦”了一声。

沈则木见她突然沮丧了，仿佛从一棵青翠欲滴的小油菜变成小白菜，于是他难得多管闲事地问了一句：“你也想参赛？”

“是啊，我想要那个庄周的鲲。”

庄周的鲲是本次校园电竞比赛《王者荣耀》分项的三等奖。造型和《王者荣耀》里庄周骑的那只鲲一模一样，有两米一的长度，可以当玩偶，也可以当沙发坐。这样一只鲲，在网上至少一千元人民币才能买到。

向暖问沈则木：“嘉木学姐也在你们队伍吧？”

沈则木又嗯了一声，这次声音有点轻。

向暖此刻的心态差不多就是“再见，白银渣不配拥有爱情”，然后她伤心地回宿舍了，回去就找初晏玩游戏。

两个白银渣渣玩了大半天，终于上到黄金。

向暖感觉自己仿佛干了一件大事儿，特别志得意满。闵离离这时候轻飘飘地来了一句：“暖暖，经济学原理作业写完了吗？”

“啊！！”向暖惨叫一声。

“怎么了？”手机那头的初晏吓了一跳。

“我这周作业还没写呢，我先下了，去写作业。”

“我当什么大事儿呢。”初晏的语气像个老司机，满不在乎地说，“你不会抄？”

这是什么馊主意啊……向暖好无语，反问他：“你经常抄作业？”

“还行。”

“高中也抄？”

“偶尔。”

偶尔已经不可饶恕了好不好！向暖觉得挺奇葩的，又问：“那你是怎么考上的南大？”

“用脑子考上的。”

啊……呸。

初晏给她发了个组队邀请，那邀请窗口像是一只温柔的小手向她挥舞——来嘛来嘛！

向暖感觉自己仿佛被什么东西控制了，她点了接受。

一局，就一局……她心想。

一局一局又一局，最后向暖自暴自弃地想：以前都没抄过作业，这周可以体验一次，当是见世面了……

两人现在都上了黄金，向暖就有点膨胀了，觉得可以搏一搏，于是问初晏：“你有没有看到电竞社的宣传？要搞校园竞赛呢。”

“看到了，那个地主家的傻儿子。”

“……”咱能别提这茬吗？

初晏问她：“你想参加？”

“嗯，我觉得奖品还挺丰富的。”向暖小心翼翼地斟酌措辞，“不过现在我们两个人，得和别人拼一下团。”

“不用拼团，我有三个室友。”

“那……你室友愿意来吗？”

“他们都很听我的话。”

向暖挺惊讶的，原来初晏的人格魅力有这么大？

向暖：“那我们要不要组个队呢？万一拿到名次呢……”

“你确定？校园竞赛是线下比赛。”

“呃……”

她光想着庄周的大鲲，竟然把这么重要的比赛规则给忽视了。线下比赛的意思是队友们要在现实中坐在一起开黑，大家打照面。

向暖其实并不排斥和初晏面基，可有了地主家的傻儿子那件事儿，她觉得如果两人见了面，她一定会被他疯狂嘲笑。

但是现在话赶话说到这份上，她要是再改口，又显得矫情了。你是天仙呢，还是硝酸呢，就这么见不得光？所以向暖觉得，要不就见吧。

不过有一件事要提前打好预防针：“初晏，你要是见了我，不许笑我。”

手机那头的初晏好像已经开始笑了，带着笑意应了一声：“好。”

他的笑声击中她的耳膜，把她弄得有点不好意思，问道：“那……我们什么时候见面呢？明天？”

“明天不行，周五下午吧。”

“可以，我周五下午没课。哎，等等，我记得你好像是有课的呀？”

“嗯，不上了。”

向暖又被他窘到了，逃课逃得这么底气十足，真的好吗？

“你不怕点名吗？”她问道，“点名不到要扣平时分的。”

“没关系，考试的时候多考点分数就行了。”

呵呵呵……好想拉黑这种浑蛋。

沈则木今天的工作量并不多，虽然向暖没来，但他到下午三点就把传单都发完了，于是打道回府。

歪歪给他打电话：“沈则木，我有事儿，李白的衣服你帮我拿回来吧。”

“好。”沈则木答道。

歪歪又叽叽歪歪了几句，沈则木听着他的唠叨，突然想到向暖那张沮丧的脸……然后他有了一个想法。

沈则木和歪歪的关系很好，好到什么程度呢？在必要的时候可以毫不犹豫地牺牲对方。

于是歪歪正叽叽歪歪呢，沈则木突然说：“歪歪，你委屈一下，暂时退队吧。”

歪歪：“……什么意思？”

“我说，这次《王者荣耀》的比赛，你自己去找队伍。”

“什么鬼？凭什么？神经病啊？沈则木，你是不是在外边有新欢了？”

沈则木听得鸡皮疙瘩都起来了，挂了他的电话，然后拨通了向暖的。

向暖给沈则木送衣服时，她的脸色已经变得很好了，一边走还一边哼着小曲儿。沈则木看到她又从小白菜变回了小油菜，微不可察地挑了一下眉。

向暖把衣服递给他时，他状似漫不经心地问了一句：“你找到队伍了吗？”

“找到了，学长。”向暖笑答。

沈则木已经涌到嘴边的那些话，像是退潮一样又落回去。他看着她的笑容，淡淡地嗯了一声。

第五章 我看起来很可怕？

沈则木不喜欢现在的感受。他之所以希望把向暖拉入队，也是想借此答谢她的帮忙。如果这次回报的尝试失败，那就意味着，他还是欠着她一个人情。

他不喜欢欠钱或者欠人情，有来有往，两不相欠，是他最认可的状态，也是最能让他感觉到安全的状态。从这个角度来看，他可以算强迫症晚期了。

沈则木提着那套 cos 服回到寝室，看到歪歪正在和同班男生打麻将。

“你不是有事儿吗？”沈则木问他。

“这不是事儿吗？”歪歪答，摸了张二筒打出去，然后说，“我觉得我们电竞比赛可以再加一个打麻将分项。”

沈则木将衣服放在他桌上。

歪歪提到电竞比赛，立刻又想起另一件事儿，气道：“我说沈则木你什么意思，要踢我出队？”

“开玩笑的。”

“……什么鬼？”

“我是说，你现在可以归队了。”

“沈则木，你吃错药了吧？！九万我要，等等等等！”

沈则木坐下来，登录《王者荣耀》，从好友列表里找到向暖，查看她最近的游戏资料。

向暖最近的常用英雄……呃，张飞？

这女孩，口味还蛮独特的……

向暖收到来自沈则木赠送的皮肤时，心情着实有些复杂。

男神送她皮肤了，这本来应该是件振奋人心的事儿，然而，张飞的皮肤……真的不是很感兴趣啊……虽然这款皮肤还挺贵的……

她宁愿要个小乔的，就算没机会用，放在包裹里欣赏也好啊。

真的不是很能理解男神的品位。

不管怎么说，男神的面子是要卖的，所以向暖把那个乱世虎臣的皮肤装备上了。《王者荣耀》所有的皮肤都有微量的属性加成，但是加成聊胜于无，不影响游戏平衡。大多数人买皮肤的目的是要好看的外观，就跟人喜欢穿漂亮的衣服上街，一个道理。

虽然不喜欢这个皮肤，但向暖的心情还是有点小荡漾。她给沈则木发消息：学长，皮肤收到了，好喜欢。

泽木：嗯，喜欢就好。

是暖暖啊：谢谢学长！

泽木：不客气。

是暖暖啊：学长怎么突然想起送我皮肤呢？

泽木：答谢。

向暖一愣，还以为沈则木想撩她呢，原来只是答谢之前的帮忙吗……呜，有点小失望。

向暖问闵离离："你说，一个声音特别好听的人，性格有点贱……会长成什么样呢？"

闵离离答："根据我的经验，声音越好听的人，长得越丑。毕竟上帝是公平的。"

“真的是这样吗？”向暖好吃惊，“可是你看那些新闻主播……”

“新闻主播是从十几亿人里挑出来的，当然好看啦。”

“也对哦。”

晚上，向暖更新了一条朋友圈——以貌取人是肤浅的，我这人比较注重内涵。

林初宴看到是暖暖啊更新的朋友圈，更加肯定他的猜测了——这个女孩大概长得比较丑，对外貌没什么自信，所以才要求“见面时不要笑话她”。

嗯，他需要向她传递一点安抚的信息。

于是向暖在发完朋友圈二十分钟后，收到了来自初晏的点赞。

我这么善良，不管你多丑，我都不会嫌弃你的……他们不约而同地想。

仿佛达成了什么神秘契约，两人都挺满意的，互道晚安和明天见。

星期五下午，向暖给初晏发语音：“你怎么过来呀？”

林初宴查了一下路况信息。虽然不是晚高峰，但路上有几段红色拥堵，保险起见，他决定乘公交车，公交车有专用车道。

初晏发语音：“公交。”

向暖：“嗯嗯，那挺方便的，直达。”

初晏：“在做什么？”

向暖：“做头发。”

初晏发来一个“嗯”，淡淡的，语调轻快。

向暖感觉他可能误会了，以为她特意为了面基而打扮。其实这么理解也没错，但她不是想打扮漂亮，而是……正在尝试变换造型。

万一初晏就因此脸盲认不出她了呢……

“我可不是为了和你见面才做造型的。”向暖辩解了一句。

那边明显不信，回了一句悠长的“哦”。

向暖只好说：“初晏，我祝你在公交车上遇到色狼哦。”

向暖的发质很好，头皮健康，发丝浓密乌黑，饱满油亮，没有分叉。理发师摸着她的头发，特别喜欢，加上姑娘脸蛋漂亮，他好舍不得她走……

所以，虽然向暖只要求修剪刘海，理发师却免费帮她剪了好半天发梢。

向暖一脸狐疑：“你不会是想给我推销办卡吧？”

“不是。”

“推销烫头染发？”

“不是……”

“推销美容美体？头发保养？头部 SPA？文眉？脱毛？”

理发师被雷到了：“小姑娘，你很懂啊……”

向暖哈哈一笑：“你们这些套路我都知道，我赶时间，你先给我剪头发。”

“好。”理发师点了点头，又委屈地小声说，“我没想给你推销东西。”

“安啦安啦。”

理发师总算给她弄好了。向暖看着镜中的自己，刘海放下来挡着额头，黑长发披在肩上，有几绺垂到胸前，挡着脸的边缘……和那天的李白判若两人。不错不错，她自己都快认不出了呢。

出了理发店，看到路边有摆地摊卖墨镜和袜子的，她花二十块钱买了个大墨镜戴上。

完美！

看看时间，还很充裕，所以她没打车，上了公交车。

向暖今天和初晏约在鸢池校区的校内咖啡厅见面，这会儿她从理发店附近坐公交车回去只有两站地。也是她运气好，等了五分钟就把公交车等来了，上去还有座位。

她坐下后，又上来一个老太太。

向暖想给老太太让座，她身体都快离开座位了，哪知道坐在她前面的一个男生动作更快，站起来示意老太太坐他的座位。

他个子高高的，胳膊轻轻一抬，抓住顶部的扶手，公交车启动时晃了晃，他却站得很稳。

他距离向暖很近，近到向暖平视的时候视线正好落在他的腰部。

他穿着一件半旧的白色 T 恤，T 恤上印着一些图案。可能因为洗的次数太多，图案有些脱落，像败坏的墙皮。视线朝上移，本想看看他的脸，但是视野被他握着手机的手挡住了。

他的手有些大，那么大个的手机，都被他完完全全地拿在手里。手也很好看，手掌清瘦，手指修长而均匀，指甲底部有小小的月牙。向暖好像听妈妈讲过，有小月牙就代表这个人身体很健康。

因为有墨镜的阻挡，她不担心被人发现，所以就有点肆无忌惮，老盯着人家的手看。

男生似乎察觉到什么，手机放低，看了她一眼。

向暖一阵心虚，连忙转开头。她的表情平静得像个性冷淡，但心里活动仿佛太阳黑子一样活跃——哦嚯嚯嚯！这个男生长得很好看嘛！

由于自己本身就长得好看，所以她对于好看的标准是高于常人的。

即便是以她的高标准来说，即便只是那惊鸿一瞥，即便还隔着一层大墨镜……但方才那一瞬间足以使她认定，他真的好好看。

哦，不只好看那么简单，更重要的是气质。

一般来说，长得过于精致的男生，不管他自己愿不愿意，都难免会有些女气。这个男生不是，他虽然也是面孔精致，但气质很干净很阳光，与脂粉气是绝缘的。他给人一种清秀又挺拔、纯净又磊落的感觉。

向暖忍不住又扭过头偷偷看他，这次她注意到他的发型——竟然是中分。

中分对男生的脸要求比较高，一不小心就可能成为汉奸头子，或者郁郁不得志的公务员大叔。

男生再次察觉到，视线又落下来。

向暖再转头。

如此重复了好几次。

向暖心里吐槽道：别人也在看你，怎么你就抓我一个人啊……好吧，不看了，不看了还不行吗？不就是颜值吗，谁还没有啊？

她赌气一样地把脑袋转了九十度，看向过道那边。这一看不要紧，天，她看到了什么？

有个色狼在非礼一个姑娘？光天化日，众目睽睽，胆子好大！

色狼的爪子在姑娘身上肆无忌惮地摸，那姑娘看起来很胆小，不敢反抗，往旁边挪了挪，可惜这会儿车上有点挤，她只能挪开不太远的距离，然后色狼又黏上来。

向暖气得直哆嗦，她看不得这种事儿。她在包里翻了翻，想找把“凶器”，但是只找到一个指甲钳。

没关系，正义就是我最大的武器……她这样给自己鼓舞士气，起身。

再一次的，那个男生的动作比她快了一步。她刚站起来，就看到他已经走过去，走到色狼的身后，长臂一抬，牢牢握住上方的扶手，另一只手收起手机，然后……搭在色狼的腰上。

色狼好像有点反应不及，扭头看了他一眼。

从向暖的角度可以看到色狼的大部分脸，和男生的一小部分侧脸。男生微微偏着头，轻轻勾着嘴角，好像笑得很邪恶的样子，邪恶得连好看的脸部线条都有点扭曲了。

他落在色狼腰间的手继续向下，轻轻拍了一下色狼的屁股。

色狼也顾不得非礼别人了，他自己此刻正遭受水深火热的非礼呢。于是色狼躲到一边，嘴里轻轻骂了一句。不敢骂太大声，毕竟……对方比他高大，一看就打不过。

男生追着色狼，又去拍人家屁股，色狼忍无可忍：“你个死变态！”

由于男生的无限骚扰，公交车停下时，色狼如蒙大赦，落荒而逃。

向暖偷偷看那个男生，发现他从包里拿出一包湿巾，开始仔仔细细地擦手。擦了好几分钟还在擦，看来他的心理阴影也蛮大的。

擦着擦着，男生的视线又飘过来，向暖连忙扭回头正襟危坐。

公交车到最后一站，所有乘客都要下车，车站就在她学校西门口。向暖跟着人群下车，走进学校时，发现那个男生跟她顺路。

难道是校友？她挺好奇，但不想跟他搭讪。刚才偷看他屡次被发现，让她觉得好没面子。

于是各走各的。

男生好像也不太愿意和她一起走，于是两人很默契地拉开一段距离，她在前他在后。

然而今天顺的路太巧了，直接顺到了目的地。

向暖站在咖啡厅门口，掏出手机，给初晏发了条语音：“你到哪儿了？”

然后，她从身后那个渐行渐近的男生的手机里，听到了自己的声音：“你到哪儿了？”

这真是历史性的一刻，“汉奸头”与“大墨镜”的会晤。

两人隔着两三步的距离，沉默互望。一阵风吹过，咖啡厅门口那棵老国槐的枝叶随风晃动，抖落几片黄叶，打着卷飞下来，仿佛是给这尴尬的一幕增加了更加尴尬的特效。

向暖有点怀疑自己刚才其实出现了幻听。

林初宴：“是暖暖啊？”

他一开口她就确定那不是幻听了，这声音，太耳熟了。

向暖表面不动声色，内心一万头羊驼呼啸而过。她有点犹豫，是转身走呢，还是转身跑呢……

林初宴微一仰头，看了眼天空，然后说出了两人见面后的第二句话：“今天阴天，你为什么戴墨镜？”

向暖发现他真的认不出她。她镇定心神，学着闵离离的样子轻轻推了推镜框，找到一个比较有说服力的理由：“花好多钱买的，舍不得摘。”

林初宴忍不住又看了一眼她挺翘鼻梁上架的“雷朋”眼镜，那质感，让他恍惚听到了久违的扩音器广播：“买啥都两元，通通都两元……”

在公交车上，林初宴就发现这女孩有点古怪。戴个大墨镜不说，还总是偷看他，最要命的是，他竟然觉得她有点眼熟。

这难道就是传说中的一见如故吗？总感觉这成语不该是这么用的……

林初宴收起心中的疑惑，走到向暖面前，朝她伸手：“我叫林初宴。”

向暖看了一眼他的手，是很修长好看没错，可这只手刚才在一个男人的屁股上拍了又拍……有点嫌弃怎么办？

好了好了，他也是为了做好人好事，她不可以嫌弃好人的……这样想着，她跟他握了握手。

他的手掌很温暖。

“我叫向暖。”她小声说。

林初宴轻轻嗯了一声，推开咖啡厅的门，两人进去。

咖啡厅里的光线比外面暗很多，即便是这样，向暖也舍不得摘掉她“昂贵的”眼镜。这导致她一进咖啡厅就像个瞎子一样瞩目，走路撞了人家的桌子，差一点摔倒。

林初宴及时拉了她一把。

“两位喝什么？”收银员问他们。

墙上的价目表是手写的，有点凌乱。林初宴看了一眼身旁的向暖，她正吃力地透过墨镜去辨认价目表。

向暖说：“我要一杯拿铁、一个提拉米苏。”

林初宴不喝咖啡，点了一杯白茶。

两人取好东西，找到座位坐下，然后……这可能是所有从二次元发展到三次元的友谊都要经历的——尬聊。

林初宴半垂着眼睛，悄悄打量她。女孩是瓜子脸，脸部线条柔和而不突兀，清秀而端正，鼻子小巧挺秀，唇形清晰饱满。

单从这半张脸来看，怎么都和“丑”字扯不上关系。

难道，是因为她脸上有胎记，像《水浒传》里的青面兽杨志那样？所以她才执着于戴墨镜？林初宴被这个大胆的猜测雷到了。

向暖不知道说点什么，就吃东西，一边吃一边庆幸还好自己机智点了吃的，现在不至于没事儿做。

然而从她吃第一口开始，林初宴的表情就变得很古怪。

他在公交车上只是觉得这人有点眼熟，但是现在，看她吃东西的样子、咀嚼时的动作，以及吃着吃着偶尔抿一下嘴的小动作……他十分确定，自己一定是在哪里见过她。

“你是……”林初宴脑子里仿佛闪过一道亮光，脱口而出，“地主家那个傻——”

“噗——咯咯咯！”向暖惊得狂咳。

林初宴非常贴心地给她递纸巾。

她简直无语了，擦了擦嘴巴，喝口咖啡顺顺气，然后说：“这都能被你看出来？你眼睛是镶钻的吗？！”

“真的是你。”林初宴想到那天那一幕，笑了。

一开始他还很客气地只是抿着嘴笑，笑着笑着实在忍不住，笑容越来越大。最后眼睛弯弯的，露出一口整齐的小白牙。

向暖急了，墨镜一摘，扔到座位旁：“你答应过不笑的！你不许笑！”

“我没有笑，只是脸突然抽筋了。”他说着，还特意抬手揉了揉脸，装得真像那么回事儿似的，简直是沉迷演戏无法自拔。

向暖真的好想把提拉米苏甩到他脸上。

冷静，冷静，我可是淑女……她心里提醒着自己，低头咬牙，说：“你可别栽在我手里，哼哼。”

“别生气了。”林初宴说，还是忍不住笑，“我给你带了礼物。”

“哦？”她总算抬头，看了他一眼，“别笑了！”

“嗯，不笑。”林初宴说着，低头翻包，从单肩包里拿出一个小盒子给她。

“这是什么呀？”向暖接过盒子。

长方体的盒子，包装只有底部是纸质的，其他五个面都是透明的塑料，像个水晶罩子一样罩着里面的东西。而里面，是个手办。

一个……张飞的手办。

向暖看着盒子里的张飞。看得出做手办的人已经尽力去美化他了，但是不好意思，没用。她面无表情地看着林初宴：“你是不是故意的？”

别人不知道她嫌弃张飞，难道初晏还不知道吗？她每天都要吐槽的。所以现在送张飞手办是几个意思啊……

看着她一脸嫌弃的样子，林初宴莞尔：“别生气，还有一个。”说着又掏出一个盒子。

这次还是个手办，孙尚香的手办。

张飞和孙尚香，正好是他们这几天一直在用的阵容，从白银升到黄金，全靠这两个英雄。

林初宴把两个手办并排放在她面前，怎么看怎么像是一对奸夫淫妇。但他们俩的江山都是这对“奸夫淫妇”打下的，所以向暖这会儿心里还是有那么一点小感动的。

她不生气了，把两个手办收好，对他说：“好吧，谢谢你的礼物。我没有给你准备礼物，那我今天晚上请你吃饭吧。”

“第一次见面，该男生请客的。”

“安啦，又不是相亲。”

时间还早，两人坐在一块开了局游戏。一打游戏，他们之间的那种熟悉感仿佛回来了，林初宴现场指挥向暖，向暖感觉和连麦唯一的区别就是，现场的声音比电话里的声音更真实更好听。

玩了两把游戏，林初宴问她：“你那天为什么要穿成那样？”

他真的理解不了，喜欢 cos，喜欢女扮男装，都无所谓，可为什么穿那么大的衣服？像是彩色的麻袋披在身上，看起来特别傻。

“我就解释一次。”向暖说，“那是我男神穿过的衣服。”

林初宴听到这话，第一反应竟然是：“洗了吗？”

向暖黑线：“当然洗了！你当我是变态吗？！”

“我认为你的思路有问题。”林初宴说，“正常思路都是打扮漂亮去吸引男生的注意力。你穿成那样，还指望男生喜欢你？不打你就不错了。”

“呃……”向暖有点被他说动了，可又不想承认，于是挥一挥手说，“算了算了，懒得跟你解释。”

看看时间，快到饭点了。向暖问林初宴想吃什么，林初宴想了一下，说：“食堂吧。”

向暖知道他这是还有思想包袱呢，觉得第一次见面不应该让女生请客。她却不以为然，身为鸢池校区的地头蛇，她感觉有必要摆一摆排面，于是说：“去购物广场吧，我知道有一家烤肉店，《王者荣耀》的玩家去了可以打折。”

两人现在都是黄金段位，在那家烤肉店能打到八折了。

购物广场就在学校附近，走路十五分钟。他们散着步去吃饭，这对俊男美女的组合，一路上吸引了很多人回头。

两人都没好意思告诉对方，来之前以为对方不好看，还为此特意在穿着上费了心思，以求降低对方在颜值上的压力。

林初宴穿了很旧的衣服，背着个三十五块钱的单肩包；向暖穿了牛仔背带裤和白球鞋，走休闲中性风。可以说是非常体贴了。

走在路上时，向暖收到闵离离的信息：怎么样怎么样，你网友长什么形状？

向暖：很好看哦！

闵离离：什么？

闵离离：发照片发照片！

闵离离：好后悔没和你一起去！是谁说丑的！

向暖：……是你自己好吗？

闵离离哭着喊着要照片，向暖悄悄放慢脚步，举起手机想要偷拍林初宴，但是他突然察觉到了，好像有点不好意思，低着头，抬手挡她的镜头。

她从他张开的指缝间隐约看到他的表情，像是在笑。

最后，照片的大部分内容是他挡镜头的手。

向暖把这张照片发给闵离离，说：我尽力了。

哪知闵离离的反应却是：嗷嗷嗷！手好看！

向暖好无语，心想这傻丫头也太好糊弄了。

她问闵离离要不要过来一起吃饭，闵离离却很遗憾地表示，她在郊区玩呢，就算现在往回赶，也来不及了。

到了烤肉店，两人来得早，所以坐上了有沙发的位置。沙发很宽，两张沙发能容下六个人。

两人面对面坐下，服务员拿了两本菜单给他们。服务员现在比较闲，就站在他们桌边等点菜，顺便欣赏一下美颜。

林初宴刚翻开菜单的第一页，就不怀好意地问服务员：“有奶黄包吗？”

向暖这会儿刚把一双红木筷子抽出来，听到他这样说，气得用筷子敲了敲他的手背：“这个梗你要玩多久啊？！”

林初宴躲了一下，笑得很欠抽：“我只是想看你吃奶黄包。”

“不吃！”

向暖正要翻菜单，听到有人喊她，那声音饱含着惊喜：“向暖？”

她抬头，看到不远处走来的姚嘉木……以及沈则木和歪歪。

姚嘉木本来走在沈则木后面，看到向暖后，她的步子快了几分，噌噌噌跑到沈则木前面，抢先一步坐在向暖身边：“没想到你也在这里，一起吃吧？”

向暖眼睁睁就这样失去和男神坐在一起的机会，心脏好痛。但是表面还要装作很开心的样子：“好啊好啊。”

姚嘉木坐下后，向暖往里挪了挪，给他们让位置，沈则木动作很自然地抛弃好基友歪歪，坐在姚嘉木的身边，向暖的心脏又痛了一下。

歪歪只有坐在林初宴旁边了。

坐下后，沈则木隔着姚嘉木，朝向暖点了一下头。向暖很有礼貌：“学长学姐好，这个是——”

“林初宴。”不等她介绍，三个人异口同声地叫出林初宴的名字。

“原来你们认识？”

“不认识。”

呃……向暖看看林初宴，发现他也是一脸茫然，看得出确实不认识那三位。

歪歪解释道：“我见过你，你去年在校团委，帮我取过文件，我还跟你说过话。”

沈则木：“一个在交响乐团的朋友提过你。”

姚嘉木：“我是听学生会的人说的，你的照片在学生会的微信群疯传，你自己不知道吧？”

向暖发现林初宴的经历还真是丰富。

“你到底加了几个社团？”向暖问他。

“现在一个都没有了。”

“为什么呀？”

“因为无聊。”

好吧……不管怎么说，在哪儿混都能混成传说，不停被人提起，这也算是很大的本领了。虽然向暖严重怀疑他的知名度全是靠一张脸打出来的。

向暖把菜单给姚嘉木，姚嘉木又传到沈则木的手里。

沈则木翻着菜单，眼角的余光扫到向暖把玩筷子的手，他想起她小孩子般的喜好，便问服务员：“有奶黄包吗？”

向暖：“……”

她看到坐在对面的林初宴低着头，肩膀轻轻颤了颤。她知道他在笑，于是恼羞成怒地又用筷子敲他的手：“不许笑啊你！”

林初宴抬起头，右手拄在桌沿上，手掌虚握成拳挡着嘴，眼睛弯成两道月牙，笑眯眯地看她。

沈则木不明所以地看了他们一眼，问向暖：“不想吃奶黄包？”

“不吃不吃！”向暖连忙说。

他淡淡地嗯了一声。

服务员送来三套新的餐具，沈则木多要了一双筷子，隔着姚嘉木，递给向暖。

向暖说：“学长，我有筷子。”

“不卫生。”

因为刚才筷子头敲了林初宴的手。

这倒确实不卫生，向暖吐了吐舌头，林初宴轻轻挑了一下眉。

沈则木点好了菜，合上菜单时，突然听到林初宴问他：“学长，你以前是不是穿过李白的 cos 服？”

沈则木：“嗯。”

林初宴哦了一声，语调像是故意拉长，因为他声音好听，刻意拉长的语调并不显矫情，反而有点余韵悠长的味道。

沈则木有些莫名其妙，看了他一眼，接着视线偏开扫过向暖，见她低着头，耳根微微泛红。

等上菜的空当，几个人闲聊。林初宴是南山市本地人，和歪歪一样。向暖是临市人，离他们倒也不远。姚嘉木和沈则木都是Z省人，两人是老乡。

歪歪又问林初宴住哪个区。

“住郊区。”林初宴答。

歪歪已经观察到林初宴穿的旧衣服，这会儿就特别善解人意，说道：“嗯嗯，那你们等着发财吧，现在城市扩建这么快，等拆迁你就成富二代啦。我住老市区，我爸妈也天天盼着拆迁呢。”

林初宴笑着嗯了一声。

姚嘉木问林初宴和向暖是怎么认识的，听说是因为打《王者荣耀》，她来了兴趣：“不如我们五个开黑吧？来来。”

向暖有点为难。她不想和姚嘉木一起玩，尤其是沈则木也在时。同时在男神和情敌面前丢脸，那就是丢双份的脸。

林初宴视线扫过向暖的脸，见她腮帮子轻轻鼓着，嘴角向下压，这个动作导致下嘴唇微微凸起，像一条随时要吐泡泡的小金鱼。

林初宴问姚嘉木：“学姐，你是什么段位？”

姚嘉木：“我王者，你呢？”

林初宴：“哦，等你掉到黄金再来找我玩。”

向暖差点笑出声。这人明明自己段位低，还愣是能摆出一副“你对我高攀不起”的姿态，简直是霸气侧漏与厚颜无耻的完美结合，服气服气。

林初宴用开玩笑的语气讲出这话，姚嘉木不好怎样，打个哈哈就过去了。

最后他们也没一起开黑。

吃完饭，几人结完账朝外走。向暖和林初宴走在前面，林初宴对她说：“你今天穿得像个初中生。”

真是哪壶不开提哪壶！向暖很后悔今天这样穿，早知道会遇上沈则木，她一定把自己打扮成小仙女。

“你穿得像个乞丐。”她回敬他。

沈则木三人落后，见前面两人不知道在说什么，说着说着，向暖突然抬脚，作势要踢林初宴。林初宴为了躲她，身体几乎凹成字母“C”的形状，侧着脸笑眯眯地看她。

沈则木总觉得今天的向暖格外鲜活，像是一幅灰色的铅笔画，突然被上了色。

歪歪感叹：“年轻真好啊！”

姚嘉木黑线道：“我们能有多老啊？不就大一两岁吗！”

“我看起来很可怕吗？”沈则木突然冒出这样一个问题，把另外两人问得完全摸不着头脑。

林初宴把向暖送回寝室，他自己打了个车回学校。

向暖回到寝室后，问了林初宴一个她很想问又不好意思当面问的问题。

是暖暖啊：你是为了给我准备礼物才推迟见面时间吗？

初晏：想得可真美。

是暖暖啊：哼！

向暖觉得，林初宴这人，有时候挺坏的，有时候呢，又挺好的。

第六章 暖张飞，林妲己

向暖刚回寝室还没坐热，就又下楼取了个包裹。

包裹好大一只，是妈妈寄来的，里面是秋冬穿的衣服。向暖决定今年少买几件衣服，省下来的钱充游戏买皮肤。她高中时就老干这种事儿，跟爸妈撒娇要钱买衣服，结果转头是去《奇迹暖暖》里面买。

严格说来，那确实也算“买衣服”。

向暖是独生女，爸妈本着“女儿要富养”的原则，从小没在物质上亏待过她。加之女儿本来就漂亮，他们就觉得自家宝贝爱美那是天经地义……所以向暖得手的次数还真不少。

把包裹运回宿舍后，向暖给妈妈打了个电话。

“妈妈，衣服收到了。”

“嗯，暖暖，最近怎么样，新生活还适应吗？”妈妈的语气总是那么温柔。

向暖本来没想家，可是一听到妈妈说话，她突然就想他们了：“妈妈，想你和爸爸，想吃你做的饭。”

妈妈笑道：“你已经不是小孩了，要学会自己一个人生活。”

“嗯。妈妈，爸爸呢？”

“去朋友家喝茶……大晚上的喝茶，神经病。”

向暖笑出声，说道：“也不是所有茶都会喝了睡不着的……爸爸最近画画了吗？”

向暖的爸爸是美院教授，国画师。爸爸比较另类，不太画山水花鸟这些，最喜欢画的是小猫小狗。她小时候，爸爸的创作欲望还挺强烈，画了很多猫堆在家里。后来产量越来越低，现在只是偶尔兴趣来了才动一动笔。

妈妈答道：“没画。很多人求着他画，他不想画就躲起来，结果别人找上我，难道我就不烦吗？”

“那你也躲起来呗。”

“我能躲到哪儿去，我还得上班呢！”

妈妈是美院教务处的职工，离退休还早。

向暖就这样听妈妈唠叨爸爸，都是些琐事儿，她也没觉得烦，偶尔还被逗笑。当了一会儿妈妈的贴心小棉袄，她问妈妈最近在做什么。

“我买了毛线，打算给小雪织件衣服。冬天快到了，小雪怕冷。”

小雪是她家养的猫。

“那我呢？”向暖充满期待地问。

“你自己买。”

向暖：“……”那你让小雪去给你当贴心小棉袄吧……向暖酸溜溜地想道。

寝室没别人，她就这样靠在窗前，跟妈妈东拉西扯地扯了一个小时。

向暖挂断电话时，闵离离正好回来。闵离离提着个大包，看起来很累的样子，大眼镜都歪了。一进门，闵离离就对向暖说：“暖暖，我给你们买好吃的啦！唉，暖暖，你网友呢？”

“早走啦，他要回主校区呢。我看看你买什么了？”

闵离离把装着小吃的塑料袋掏出来递给向暖，继续问：“照片呢？”

“没有啊，只有给你的那一张，全是手的……你不是挺喜欢吗？”向暖接过塑料袋，看到小糕点、牛轧糖，都是本地的特色小吃。

闵离离好不甘心地追问：“没拍别的？”

“没。”

闵离离说："你怎么这么笨呀！他既然长得好看，你就该多拍几张。"

向暖也搞不清楚"长得好看"与"多拍几张"有什么必然的逻辑关系，她一摊手："你不早说嘛。"

闵离离问："那他是哪个专业的？"

"物理系的，他叫林初宴。"

"林初宴！"闵离离的声音陡然抬高了几分，听着像是很惊讶。

"你不会也认识他吧……"向暖好无语啊，感觉好像除了她全世界都认识那个林初宴？

"我认识他，他不认识我，我跟你说，他可是咱们学校论坛的常客。"

向暖一脸恍然："果然是宅男，喜欢逛论坛。"

"不是他逛论坛，是别人讨论他……你还记不记得我跟你讲过，咱们学校有个男生人品不好，女孩子跟他告白他当面笑场那个？"

"记得，弹钢琴的。"向暖说着，还张手做了几个动作模仿，"弹琴像抽羊角风，可快可快了。"

"对！就是他！"

向暖感觉听到了很了不得的八卦。不过那股兴奋的劲头还没起来，她又觉得不对，摇头道："我感觉不太可能。"

根据她和林初宴的接触，这个人虽然有时候挺贱的，贱得让你牙根痒痒，但是他教养其实挺好的，不会做出那样没礼貌的事儿。

林初宴套路那么多，拒绝女孩的方法肯定也多，绝不至于当面嘲笑。

闵离离说："暖暖，你可不要被那个渣男的表象骗了，被嘲笑的女生真身证实过，她也是大一的，特别可怜。那两天林初宴这个名字都快屠版了。好像是第三天吧，他真身上阵去论坛发了一个帖子。"

"他澄清了？"

"不是，他发帖子出租高级西装，一天一百。"

"……"向暖感觉，林初宴这个人，真的不能用常理去推测。

"那后来呢？"她问闵离离。

"后来那个女生专门在论坛申请了一个新版块叫'林初宴去死'，现在那版块活跃人数还挺多的。”

向暖好窘，问道：“这种版块也能审核通过吗？”

“这个审核流程是管理员会先知会当事人，如果当事人反对，当然不会通过。最后这个版块放出来了，说明林初宴没反对。你说他这不是心虚是什么？”

这都什么乱七八糟的……向暖感觉头好大。

最后闵离离拍着向暖的肩膀，语重心长地说：“年轻人，这世界远比你想象的复杂。”

林初宴回到寝室，三个室友正围在一起打扑克。他们坐在地上，郑东凯的位置离他的书桌最近，林初宴感觉行进困难，用脚尖轻轻踢了一下郑东凯的屁股。

郑东凯往旁边挪了挪，眼睛盯着扑克，问道：“初宴，你网友怎么样，漂亮吗？”

林初宴没有回答这个问题。他抱着胳膊，俯视他们，说：“我有事情要宣布。”

身为站在208寝室食物链顶端的男人，林初宴发话了，另外三人就很给面子地暂时把目光移向他。

林初宴：“你们吃了我那么多零食，是时候用身体偿还了。”

居高临下的角度本来就气场十足，再配上这种台词，就显得有点可怕了。

郑东凯抱起胸，一脸惊恐：“你什么意思？你终于要对兄弟下手了吗？我早就觉得你不对劲儿！”

林初宴强忍着没用脚去踩他的脸：“我说的是游戏。”

游戏，《王者荣耀》，五缺三。

“第一轮比赛在期中考试之后开打，我希望你们尽快升到黄金，给你们一周时间。”林初宴说。

“好吧好吧。”三个室友收起扑克，开始下载游戏。

“不懂的问我。”林初宴俨然一副“老司机”的模样。

郑东凯、毛毛球和大雨这三个人，都有其他同类游戏的经历，和林初宴不一样。林初宴以前只玩音乐游戏。

所以他们三个上手也快，并没有很多问题要问林初宴。

林初宴上游戏，等了一会儿，等到向暖上线。两人连麦，组队，开游戏，像往常一样。不同的是，今天的向暖，话突然变少了。

林初宴有点奇怪，问她：“你怎么了？”

向暖纠结了一下，还是问出了心中的困惑：“论坛里有个让你去死的版块，你知道吗？”

“知道。”

“你为什么不反对呢？”

“如果我阻止那个女生在网上泄愤，万一她无处发泄了，在现实中泼我硫酸呢？”

好有道理……

向暖从他的话里捕捉到重要信息：“所以，你确实做了那样的事儿？当面嘲笑别人的表白？”

“这个……”林初宴有点无奈，忽然一笑，说，“这个事儿，得由你来负责。”

“关我什么事儿呀？”

林初宴却不回答了，操纵着孙尚香，跑到自家野区：“帮我打红。”

他所谓的“红”，指的是红buff怪，杀完之后能获得一个正面的增益效果，可以使攻击增加伤害，同时附带减速效果，身上带着红buff去追杀别人，不要太爽。与红buff相对应的是蓝buff，可以减少技能冷却时间，增加法力回复。两种buff怪都是90秒刷新一次，但状态在身上只能持续70秒，有一定的真空时间。因此，有人觉得自家buff不够用，会想办法去敌方那边“偷buff”，就是俗称的“反蓝”“反红”。

林初宴的保命意识特别强，很少以身涉险去偷buff，就在自家打。

向暖一边帮林初宴打怪，一边不依不饶地追问：“到底怎么回事儿？

你不要把锅甩给我啊！”

林初宴：“反正因为你，都没人和我表白了。”

“是你自作孽，关我什么事儿呀？”

这事儿两人最后也没掰扯出什么，向暖的注意力渐渐地被战场吸引。

敌方势力里有个诸葛亮。诸葛亮这个英雄的颜值，可以在全部男英雄里排前三。不仅颜好，更难得的是身材也好，穿一身“星航指挥官”的制服，甩开长腿在战场里跑起来，看着特别养眼。

《王者荣耀》里某个英雄的美貌度，其实和运气挂钩。不管一个英雄的原画有多好看，到最后建模的效果会怎样，那都是说不准的。比如嬴政，原画一看就是炫酷总裁，建模之后成了智障少年。很多玩家不满，觉得建模和原画严重不符，要求开发组修改。开发组也是别出心裁，直接把原画也改成智障少年，这样一看，就非常一致、非常完美了。

所以，与嬴政相比，诸葛亮能够拥有这么棒的颜值和身材，运气是相当不错。

眼前这个诸葛亮不仅颜好，而且活儿好。诸葛亮的大招带有斩杀效果，意思是能按照敌方已损失生命值的百分比来增加伤害，如果敌人剩下的血量不太多，诸葛亮一个大招下去就是一条人命。最要命的是，这个大招如果杀掉人，就可以大幅度降低冷却时间，意思是他可以很快再用大招，可以说是相当凶残。

向暖和林初宴在一起，前期被敌人围殴了好几次，导致林初宴没能发展壮大，可怜的孙尚香像个营养不良的小姑娘。

反而敌方的诸葛亮收了几个人头，成了暴发户，装备买买买，不要太惬意。

中期团战时，敌方诸葛亮在战场中走位风骚，进进出出，拿了个四杀。

林初宴的孙尚香被压制得很惨，向暖也保不住他，眼睁睁看他被神奇的诸葛亮杀了一次又一次。

这局游戏最后自然是输了。

向暖感叹了一句：“诸葛亮好帅啊！”

林初宴沉默。

两分钟之后，林初宴给她发了一张图片。

图片的背景是一个小本子，内容是孙尚香和张飞并排的头像，头像下面有三个黑色的大字：离婚证。

向暖：“……”

向暖：不要离婚，我还没有签字。

向暖：我说的是诸葛亮那个英雄好看，和操作无关啦。

向暖：不要生气好不好，小香香?

一连发了三条消息，都如石沉大海一般，林初宴没有回复，也没在QQ通话里出声。向暖小声说：“不会吧？真的生气了？”

林初宴开口了：“上游戏。”

向暖切回游戏，看到他的组队邀请。她点了接受，说道：“我还以为你生气了呢。”

“没。”他声音有点低，虚飘飘的，听着像是在……害羞?

黄金段位的渣匹配速度非常快，进游戏后开始选英雄，向暖秒选了张飞。一开始玩张飞的时候她还抗拒过、挣扎过，但每次都被林初宴打压，后来她就懒得计较了，现在都是秒选，完全不犹豫。

唉，说多了都是泪。

不过张飞虽然丑，但确实很好用。身为坦克型辅助的他，功能很全面，算是个百搭英雄。

选好张飞之后，她静候队友们选。林初宴迟迟不选孙尚香，向暖正有些奇怪，结果他选了诸葛亮。

“哈！”向暖不厚道地笑了

林初宴没说话，她的耳机里一片安静。

等游戏加载之后，向暖发现林初宴不仅买了诸葛亮，连皮肤都买了，现在穿着星航指挥官的衣服，迈开长腿跑，风骚得不行。

向暖：“现在可以夸诸葛亮帅了吗？”

耳机里传来他的笑声，轻快又撩人，好听得过分：“可以了。”

向暖心想，张飞先和大嫂勾勾搭搭，现在又和诸葛军师眉来眼去，真是蜀国交际花一朵啊……算了，不想了，快吐了。

她操纵着张飞跟在诸葛亮身旁，走出去不远，听到诸葛亮的人物配音：“智商太低会传染，离我远点！”

向暖：“……”这台词也太不友好了吧？

林初宴又笑，笑声里很有几分幸灾乐祸。

向暖：“我不管你了，我去找鲁班玩。”

下路是个鲁班七号。鲁班七号这个英雄有点惨，是王者峡谷里几乎所有英雄欺负的对象，所以小鲁班确实更需要张飞的保护。

林初宴在匹配场里熟悉了一下诸葛亮这个英雄的技能。

诸葛亮是一个靠被动技能打架的男人。他的被动是“五环之歌”——诸葛亮的技能每打中目标一次，都会往自己身上套个环，攒足五个之后，就可以自动啪啪到别人身上，打得你怀疑人生。这个时候如果配合大招，使用效果就更好了。五环之歌消耗血量，大招收割人命，如果成功杀人，就能直接再给自己套个五环，并且杀人后的大招很快又刷新……

嗯，子子孙孙无穷尽也。

这么一想，很美好。但诸葛亮的技能设定对新手不太友好。第一个技能三颗球球很容易打不到人，打不到人就攒不了环；第二个技能更夸张了，需要诸葛亮距离敌人比较近时才能打到人……不过这个技能也有一个好处——三段位移，逃跑贼快。

总之，要玩好诸葛亮，需要足够的意识、操作和经验，缺一不可。

林初宴玩了两场匹配，就带着向暖去征战排位了。然后，他把诸葛军师玩成了诸葛村夫。

这个过程向暖不太忍心回忆，反正到周六时，他们俩从黄金掉回了白银。向暖默默地给林初宴发了一张诸葛亮和张飞的离婚证。

与此同时，在林初宴眼中可以划归到“智商太低会传染，离我远点”这类人的室友们，靠着其他同类游戏的经验，只用了不到三天，就一起上了黄金。

林初宴冷漠地看着他们。

室友瑟瑟发抖：爸爸，我们错了！

《王者荣耀》的排位赛，相邻的段位可以组队，差再多就不行了。所以目前林初宴的白银和室友们的黄金可以组队。

三个室友拿到了各自以前习惯的位置，郑东凯打野，毛毛球玩战士走上路，大雨用射手走下路。

打野，顾名思义就是打野怪。王者峡谷的地图上，夹在三条官道之间的都是野区，中间由一条河流隔开，河流两边分属各自的势力范围，野区里分布着大大小小的野怪。击杀野怪可以获得很高的经验，使玩家更快地升级。一个优秀的打野能够用很高的效率升级赚钱，然后在三路之间游走，支援队友。

一般来说，打野肩负着带动全场节奏的重任。

向暖见林初宴像是大变活人般，嗖嗖嗖拉进来三个段位一模一样的队友，她有点怀疑："这是你淘宝买来的吗？"

手机那头传来一阵爆笑，不是林初宴的声音。

"不是。"林初宴答道。这件事情他并不想解释太详细，所以只说了这两个字，然后他告诉向暖，"我开着免提，室友都在。"

"哦哦。"向暖连忙说，"你们好！"

郑东凯感觉这个女生挺可爱。因为林初宴回来之后就对这次会面只字不提，所以郑东凯怀疑这女生可能长得不怎么漂亮，不过性格挺好。

郑东凯说："你好，暖暖。"

林初宴纠正："她叫向暖。"然后给向暖介绍，"我的室友，郑东凯，毛毛球，大雨。"

双方热情地认识了一下，接着就开了游戏。

郑东凯用的打野英雄是赵云，毛毛球的战士是亚瑟，大雨用的射手是鲁班七号，这几个都是菜鸟国家队成员。他们玩的时间不长，也没钱买别的英雄。

向暖还是选了稳妥的张飞，留给林初宴的位置只有法师了。他的拇指在诸葛亮的头像上方悬着犹豫了一下，最后选了妲己。

向暖松了口气，真怕他又用诸葛亮啊……

妲己是个狐狸精，头上两只狐狸耳朵，身后一条大尾巴，走路时一扭一扭的，慢得让人想抽她。妲己的人物建模很失败，原画是魅惑少女，到游戏里变成魅惑村花。但这个怎么看怎么不靠谱的英雄，爆发力强得惊人。

妲己的技能很简单，但是很可怕，最可怕的是二技能。很多英雄的技能是可以靠走位躲掉的，但是妲己的二技能自带导航系统，躲不掉。她只要朝你扔小心心，你就得接住，接住之后晕在当场无法行动，然后妲己就趁你睡着把你这样那样，等你醒过来时，已经非死即残。

妲己的口头禅是“妲己陪你玩儿”，当狭路相逢时妲己说出这句话，并朝你扔小心心时，请务必做好被这个小村花玩坏的心理准备。

妲己是王者峡谷里赫赫有名的“草丛三骚”之一，蹲在草丛里等人路过时突然跳出来给敌人打一套连环招，套路简单却屡试不爽。

所以这个魅惑村花走的是猥琐路线，想玩好妲己，就一定要练好草丛阴人。

林初宴最喜欢草丛了。连张飞这种光明正派的辅助都能被他放在草丛里阴人，还有什么是不可能的呢……

蹲草丛的妲己，让林初宴仿佛找到了自我。所以这把游戏打着打着，妲己就超神了。

向暖看着超神的林初宴，感觉自己今天从黄金掉到白银的惨痛经历仿佛是场幻觉。

其实妲己能够超神，得益于张飞的细心呵护。妲己这个英雄的生存能力很弱，哪怕林初宴手速再快，以他目前对这个游戏的经验和意识，都无法做到什么风骚走位。他所有的风骚都在猥琐和心机上面了。

没有向暖的保护，他指不定死得多惨呢，更别提超神了。

郑东凯对这类游戏的理解比较深刻，玩了一会儿就发现：“向暖，你张飞玩得挺好的，大招的时机把握得很好。”

“真的吗……”向暖天天给林初宴当小弟，都没人夸过她，这会儿她特别开心，说道，“毛毛雨和大球，你们躲我后面，我可胖了，不怕打。”

“我们是毛毛球和大雨……”

“哦哦，对不起对不起，我又喊错了，我刚刚是想纠正来着……”

“没事儿没事儿。我感觉待在张飞的胯下特有安全感。”玩鲁班七号的大雨说道。

向暖窘，这是什么形容啊？

不过，鲁班七号个子太小，张飞变成超级丑男之后又很高大，这么一看……呃，不能看了……

那之后他们玩得还算愉快，除了偶尔遇到实力悬殊的那种五人队。

“这么厉害的人还在黄金待着？”向暖挺奇怪的，感觉这样的对手深不可测。

“那些都是代练车队。”郑东凯解释道，“五人排位是很容易遇到代练的。”

晚上下游戏后，林初宴给向暖发了条微信消息：还离婚吗？

向暖给他发了一张妲己和张飞的结婚证，以示安抚。

林初宴的妲己今天的确表现得不错，值得再婚。

嗯，这才几天，张飞已经是一个三婚的男人了。

向暖收到电竞社公众号的推送消息，是竞赛项目的更新。她扫了一眼，见最新的竞赛项目加了“国标麻将”，顺手把项目列表截图发给林初宴，问他：你看看，你还有没有别的想报名的项目？

林初宴拇指滑动，从上往下扫了一遍，回道：节奏大师和国标麻将，都帮我报一下吧。

向暖：哟，少年，你很全能嘛！

向暖：有没有兴趣来我们电竞社发展呀？

她也就是心情好开个玩笑，没料到收到他的回复。

林初宴：好。

就这样，一不小心发展了一个下线。

向暖把林初宴的报名项目和社团申请表都上交给了歪歪，歪歪仿佛钓到一个大客户那样兴奋。向暖有点奇怪：“歪歪学长，你这么兴奋，不会是暗恋他吧？”

“向暖，你不懂。林初宴可是知名人物，迷妹很多，他来我们社团，对我们的发展壮大很有好处。”

向暖问道：“为什么主校区没有电竞社，只有我们校区有？”

“原先是有的，后来那边不愿意和我们交流，自己活动也办不好，就解散了……向暖，你告诉林初宴，他已经通过组织上的考核，让他记得来开会。”

这两周因为有期中考试，电竞社的例会把两次合并成一次。

向暖不知道林初宴方不方便过来，毕竟隔得挺远的。她随口问了他一句，没想到他答应了，她感觉这个人也太好说话了。

“你可以不来的。”向暖提醒他，“请假也没事儿。”

“嗯，反正没事儿做。”

林初宴平时讲话的声音总是有点闲散，像个无所事事的少年。现在看来，他还真是无所事事。

向暖问他：“你不用复习吗？”

“不用。”

她有个问题早想问他了：“林初宴，你既然不爱学习，为什么选物理系呢？”物理那么难。

“因为简单。”林初宴答。

呵呵……向暖好后悔，为什么总是给他装的机会？

晚上的例会七点钟开始，向暖按照习惯总是要早到一会儿。今天大风降温，她穿了浅粉色的毛衣外套，怕风吹乱头发，就随便扎了个马尾，看起来清爽利落。

她皮肤白皙水灵，毛衣的颜色又很衬肤色，显得她气色特别好。这会儿她手肘拄在粉色真皮笔记本上，托着下巴无聊地听身旁人讲话，目光晃动，时不时看向门口。

林初宴刚出现在门口时，两人的目光正好迎上了。

向暖笑了。她笑起来时眼睛特别灵动，眼里像是有星光，嘴角翘起，牵动柔和的脸部线条缓缓舒展，让人想到缓慢绽放的粉白色荷花瓣。坐在她身旁喋喋不休的男生看愣了。

林初宴也对她笑了笑。

林初宴穿着件藏青色的短风衣，风衣剪裁很好，衬得他身材一级棒。他一出现在门口，许多人的目光都飘向他。向暖暗暗感叹，难道这就是传说中的气场？好奇妙啊……

林初宴走向她，但她身边已经没位置了。他面不改色地拍了拍她身旁那个男生，说："同学，外面有人在找你。"

"什么人啊？"男生依依不舍地站起来。

"不清楚，是个女生。"

一听是女生，那男生的动作快了几分，很快离开。

林初宴拉开椅子坐在向暖身边，往后一靠，动作慵懒闲适，不像是来开会的，倒像是来旅游的。

向暖问他："林初宴，你是哪个学校的？"

"南山大学，怎么了？"

"不对，你是中央戏精学院的。"她说了句低级笑话，把自己给逗笑了。

林初宴本来没觉得这笑话有多好笑，但是看到她笑时，他也跟着笑了。

沈则木走进来时，恰好一眼看到他们，两人像二傻子一样笑得没心没肺。

现在年轻人的智商真是，江河日下。

今天的会议内容有两个，一个是优秀团员的评选。

"社团和班级都有优秀团员的名额，我们社团有两个，你们可以先报名，之后我们再投票。”歪歪社长说。

另一件事儿就是电竞比赛。

“赞助的事情我已经搞定了。”歪歪社长强调了一下，等着大家给他鼓掌。

社团成员们果然很卖力地为社长喝彩。之后歪歪社长得意忘形，又开始唠叨。

向暖无聊地开始在本子上写写画画。林初宴像个乖宝宝一样，坐姿端正，表情认真，看着歪歪社长。

向暖用笔帽轻轻捅了捅他的胳膊，林初宴偏过头看她，朝她挑了一下眉，询问的表情。

向暖小声说：“别动。”

他看到她翻开新的一页，用碳素笔在空白的纸张上开始画轮廓。他会意，掉转身体朝向她，一只手肘拄在桌面上，手背抵着脸侧，歪头看她。

还挺会摆造型……向暖失笑，然后她说：“嗯，笑一下。”

林初宴笑起来很好看，这会儿他姿态放松，唇畔挂着浅笑，眉目舒展，目光浅淡而温柔。

向暖嗖嗖嗖画得很快，她的笔记本是没有格子的，她管这种本子叫素颜本，她很喜欢用。

在爸爸的熏陶下，向暖小时候学过一点美术，可惜因为没什么耐心，只练出三脚猫的水准。学的时候觉得是天大的折磨，等终于解脱之后，没那么多抵触心理了，反而发觉绘画的乐趣。所以现在她无聊的时候就画几笔，水平有限，纯粹是玩。

这会儿向暖只用了几分钟就把林初宴画好了，画中的他面庞精致秀气，目光柔和，神态慵懒，脸上挂着淡淡的笑意……嗯，基本传神。

她总感觉缺了点什么，用笔头点着下巴略一思考，随后坏笑着，在林初宴的头上又画了两只毛茸茸的狐狸耳朵。有了大耳朵的林初宴，从里到外透着一股子乖萌。

然后向暖写道：

To 林妲己。

暖神，11.11。

OK，大功告成。向暖看着那对毛茸茸的大耳朵，越看越满意。她把这页纸撕下来，递给林初宴。

林初宴看到画里的自己，觉得挺好玩。他朝她勾了勾手，等她靠近一些时，他也靠过去，在她耳边低声说："谢谢。"

刻意压低的声音很动听，无关内容，就是声音好听。她和他拉开距离，飞快地揉了一下耳朵。

散会之后，林初宴把那张画放进口袋里，对向暖说："请你吃夜宵。"

"好呀。"

向暖把碳素笔夹在本子里，和林初宴一起往外走。

经过沈则木时，向暖偷看他一眼，发现他恰好也在看她。她有一种被抓包的心虚感，连忙朝他摆摆手，释放一个灿烂的笑容："学长，我们走啦，再见！"

"嗯。"沈则木点了一下头，一个字都没多说。

向暖有一点失落，走出活动中心后，林初宴问她："吃什么？"

她收起心情："我想吃关东煮，还有玉米。"

出了学校东门过马路，有一个二十四小时便利店，那里面的关东煮很好吃，也卖玉米、包子、三明治、粥汤之类的快餐。

今天外面风很大，挺冷的，向暖紧了紧外套，很想把手揣进口袋里，但是她还得拿着笔记本。

林初宴见状，接过她的笔记本，放进自己的风衣口袋里。放完笔记本的口袋还能装得下他的手，向暖感觉他风衣的口袋像个小书包。

两人为了口吃的，顶着风跋涉到东门便利店。向暖拿了心心念念的关东煮和玉米，林初宴点了份紫菜鱼丸汤，和一个菠菜虾仁馅的大包子。

结账时，收银员说："今天是光棍节，情侣可以半价。"

向暖表示不服："明明是光棍的节日，为什么光棍不打折，情侣能打折？不公平。”

“这个世界对单身狗的恶意就是这么大。”

向暖心口一痛。

“好吧，其实我们是情侣。”她指指自己，又指指林初宴，“你给我们打折吧。”

“你们亲一下我才相信。”

向暖看着林初宴，林初宴也垂眼看着她。她和他对视了几秒钟，感觉为了一顿半价夜宵就把初吻交代掉……这种事儿不怎么划算。

于是她挥了一下手：“好了，我们不是情侣。你结账吧。”

便利店的角落贴窗摆着一道L形的吧台，吧台旁有几张高脚凳，可以供人们在这里落脚吃东西。两人端着吃的在吧台旁坐下，向暖想吃玉米，可是太烫，她把玉米放在吧台上，呼呼地朝它吹气。

吹了会儿气，抬眼瞄一旁的林初宴，发现他正在翻她的笔记本，一边看还一边点评：“你的字很漂亮。”

与同龄人相比，向暖的书法很好，无论软硬笔。毕竟她老爸是个国画家，国画对书法的要求很高。如果画得挺漂亮结果落款时写得一手烂字，别人可能会忍不住翻白眼。

向暖一心都在玉米上，听到他的夸奖就漫不经心地说了句谢谢，但是突然之间她想到一件事儿，于是去抢笔记本：“喂，你别看了！”

晚了，已经看到了——笔记之间夹着几张画，无一例外全是沈则木。

林初宴把笔记本合上，高高地举起来。他胳膊比她长太多，她根本抢不到。

“你给我啊！”向暖急道。

“着急什么，我又不是不知道。”林初宴说着，把笔记本还给她。

向暖为自己那点心思红了脸。

林初宴说：“如果他看到你的笔记本，就知道你暗恋他了。”

“你不要说出来啊……”向暖嘟囔一句，脸更红了，接着又说，“他又看不到。”

“万一呢？”

“那怎么办，难道要我撕掉？”

林初宴一副安慰的语气：“不用。我有一个办法，就算他看到了也没关系。”

“什么办法呀？”

“你闭上眼睛，数十秒钟。”

向暖闭上眼睛开始数数。林初宴抓起桌上的碳素笔，那是刚才一直夹在笔记本里的，他翻看笔记本时将它放在了桌上。他的手速在这个时候有了充分的体现，只用了不到十秒钟，就把四五张沈则木的画像全画了猪鼻孔。

向暖数够了十，睁开眼睛，看到的是男神那张英俊的脸……上的猪鼻子。

啊啊啊，瞎了！

她不甘心地一张一张翻，一共五张，全部都改了，所有的沈则木都长了猪鼻子。这是什么变态的手速啊？！

向暖快气死了：“林——初——宴！”

林初宴从向暖睁开眼睛就一直在笑，只是不敢笑出声，怕她生气。这会儿他抿着嘴，忍得很辛苦，肩膀轻轻抖动。见她要发作，他忙说：“不要生气，我给你唱歌。”

“你以为唱歌就能解决问题吗？！”

“给你唱一星期的歌，每天都唱。”

“你，你……你给我说话算话！”

呜呜呜，其实好想拒绝的，可是拒绝不了，鄙视自己！

向暖现在的内心被多种复杂的情绪填满了，为猪鼻子男神感到气愤，因这种愤怒无法发作而郁结，又对林初宴充满仇视，又为自己的轻易妥协感到惭愧，除此之外，还有一点她不想承认却又无法忽视的小窃喜——毕竟能听林初宴唱一星期的歌了……

情绪的拉扯使她的表情有点变幻莫测，像练错了功走火入魔。林初宴观察她的表情，小心翼翼地提醒她："玉米应该不烫了，可以吃了。"声音那叫一个卑微，像是怕惊动她。

向暖气呼呼地拿起玉米，狠狠地咬了一口。

她一边看着笔记本上的沈则木，一边吃玉米和关东煮。心在滴血，胃倒是挺舒服的。

过了一会儿，林初宴拍了拍向暖的肩膀，示意她看向收银台。

她扭脸，见是沈则木和歪歪。他们已经选好了夜宵，正在结账，收银员对着两个男生依旧说了那句话："今天光棍节，情侣可以半价。"

歪歪立刻抓起沈则木的手："我们是情侣。"

"你们亲一下我才相信。"

歪歪有点犹豫要不要亲沈则木，他觉得反正大家是兄弟，其实可以不计较那些的，对吧？于是他试探着凑近一些。

沈则木早已经抽开被他抓着的手，这会儿一掌盖在他脸上，用力推开，然后又补了一脚。

歪歪被踢出去好远，他有点委屈，嘟囔着："昨天还叫人家小甜甜，今天就拳打脚踢。"

沈则木听了想砍人。

"结账，不用打折。"沈则木说。

收银员："两个人的一起结吗？"

"不，我不认识他。"

沈则木结好账，一扭头，恰好看到向暖和林初宴。两人坐在高脚凳上，向暖手里拿着根玉米，半边腮帮子微微鼓着，嘴角还挂着玉米粒；林初宴手里拿着一串吃了一半的丸子，那表情，沈则木又想起"二傻子"这个词，简直是为这两人量身定做的。

沈则木眯了眯眼睛，挺好啊，一边吃一边看戏。

他现在特别尴尬，平常歪歪也会跟他开这种玩笑，他反应没那么强烈，但是今天就觉得很尴尬。他端着东西走向吧台，向暖的目光一直追着他，由远及近。

他走到向暖身边时，鬼使神差地说了一句："我，直的。"说完又在心里骂了句粗口，这破事儿需要解释?

向暖傻乎乎地点了点头："我知道。"她心想，我暗恋半天的男神要是个弯的，那乐子可就大了……

沈则木现在浑身上下都别扭，他移开目光，随意一瞟，恰好看到她面前摊开的笔记本。然后他看到了自己的脸，以及……脸上的猪鼻子。

沈则木："……"想砍人。

第七章 看看你的脑子

向暖欲哭无泪，她不知道该不该和沈则木解释一下。如果她告诉沈则木脸是她画的但猪鼻子不是，那就相当于承认她偷偷喜欢他、观察他；如果不解释，那就是默认了她对他的敌意……

左右为难。

最后向暖只好把本子朝林初宴一推，模棱两可地告状：“是他干的。”

林初宴从善如流地把本子拿过来，放进自己口袋里，用一种大义凛然般倔强的眼神，看向沈则木：“这笔记本是我的。”

很好，一个男生用粉红色的笔记本，真是棒呆了。

事情莫名其妙就变得欲盖弥彰，越描越黑。向暖本来还想辩解，结果被沈则木略显凛冽的眼神一扫，大脑有一秒钟的断片，她张了张嘴，不知道该说点什么好。

沈则木不发一言，把夜宵端回到收银台：“打包。”

收银员动作熟练地打包好，见他提着要离开，收银员说：“今日在本店消费的顾客可以免费获赠精美纪念品。”

歪歪像个专业的相声捧哏，适时地递出一句：“纪念品是什么呢？”

“单身狗贴纸。”收银员说着，指了指前台挂在烤肠机附近的一堆贴纸。

向暖闻言也望过去。

不得不说，那纪念品真是……顾名思义、言简意赅、名副其实，说是单身狗贴纸，就真的弄一个狗头在那里。这年头，如此实诚的商家真是不多见了……

沈则木扫了一眼那些“精美礼品”，有那么一瞬间，他怀疑自己被智障包围了。

拒绝了收银员的馈赠，沈则木提着夜宵默默地离开便利店。

嗯，脚步有些快。

隔着玻璃窗，向暖看着他远去的背影，林初宴安慰她：“你放心，他不会因为这种事情生气的，男人没那么小心眼。”

歪歪端着自己的夜宵走过来，也说道：“说得对，向暖，你不要担心。他没生气，只是不好意思，脸上挂不住。”

“都怪你。”向暖瞪了林初宴一眼。

林初宴好脾气地把她的责备照单全收。他掏出笔记本，还给她。

歪歪觉得这两人坐在一块儿真是赏心悦目，不管做什么都好看。他可以就这么看着他们，多吃一碗饭。

晚上向暖回到寝室后，纠结了一下，终于还是给沈则木发了消息。

向暖：学长，对不起，这真是个误会。

沈则木：没事儿。

向暖：你不生气了吧?

沈则木：没生气。

沈则木不至于因为这点幼儿园水平的抹黑而动怒，但他又无法控制地感到困惑，以及别扭。忍了一会儿，沈则木终究是问出口：你很讨厌我?

向暖：没有没有，我不讨厌学长的。

沈则木：嗯。

沈则木差一点就相信她了，然后他刷新了一下朋友圈，看到林初宴刚刚发的一条。

林初宴：收到一份礼物。

配图是一幅画，画中的林初宴得到了最大程度的美化，并且还拥有两只刻意卖萌的狐狸耳朵。画的落款是“暖神”，不用猜也知道是谁。

凡事就怕对比，对比之后有了落差，再微不足道的事情，也会带来那么一点意气难平。

以沈则木的性格，他倒是不会追问什么，只是默默地关掉聊天窗口，退出微信。两人的对话，停留在他最后那个“嗯”字上。

向暖看着他们的聊天记录，有点失神。想再说点什么，又不知该说什么。

她正发愣，林初宴给她发来条消息。

林初宴：我的新头像好看吗？

向暖发现他的新头像是她给他的那幅画，他还特地调了一下色。原先画纸的颜色是纯白，现在变成昏黄，像是被时光浸染的相纸，和缓温柔。

她点开他的朋友圈，看到他新发的那条。

向暖笑了，默默地点了个赞。

然后回复林初宴：好看。

林初宴看到这两个字时，牵了牵嘴角，问她：想听什么？

等了几秒钟，没等到她的回复。

他点开朋友圈的消息提醒，看到来自妈妈的留言。

妈妈：亲爱的儿子，虽然我和你爸爸确实有担心过你被狐狸精勾引，但是，我们也不希望你自己成为狐狸精。

林初宴给他妈妈发信息：妈妈，今年过生日想要什么礼物？

妈妈：孩子你长大了，妈妈好感动！

林初宴：妈妈别误会，我没钱给你买礼物。

然后他就被妈妈删好友了。

林初宴有点遗憾，又给爸爸发消息：爸爸，妈妈删我好友了。

爸爸：啊？你说什么了？

林初宴：我只是按照你的要求，问她今年想要什么礼物。

爸爸：这样就删你？你有毒吧？

林初宴：这样就删我，难道你不该说妈妈有毒吗？

爸爸：你这样说我老婆，你想死吗？

林初宴：……

林初宴：那你自己问吧，我不管你们的事情了。

爸爸：唉，其实我知道她想要什么。

林初宴：那你就去搞。

爸爸：搞不来。

林初宴：这世界上还有你搞不来的东西？

爸爸：别提了，一言难尽。

林初宴：说说呗，我想听。

爸爸：你个小毛孩子，跟你说了也没用。

林初宴：有用，可以让我开心。

然后他又被爸爸删好友了。

被爸妈抛弃的林初宴心态超稳，退出聊天窗口后，他看到来自向暖的回答。

向暖：我想听《贝加尔湖畔》。

林初宴低垂着眉角笑了一下，回了一个字：好。

不得不说，林初宴的嗓音很适合唱《贝加尔湖畔》，清澈，干净，柔和，静静流淌的字符，百转千回般的诉说，温柔，缱绻，不疾不缓。

闭上眼睛，她仿佛能看到明亮的篝火，和柔软湖水上反射的细碎月光。

大风降温的天气里，很适合听这样的歌。

林初宴一首歌唱完，向暖还沉浸在那个贝加尔湖畔的世界里。耳机里一片安静，两人都没讲话。她听到他唱完歌后的呼吸声，细微得像一把轻风。

林初宴开口了："上游戏，我室友回来了。"

向暖依依不舍道："我今天不想玩游戏，我想听你唱歌。"

"一天一首，别得寸进尺。"

"哼。"

向暖默默地登录游戏。

林初宴开了外放，向暖听到郑东凯说：“初宴，我们也想听你唱歌。”

林初宴：“好，我去买个高渐离。”

郑东凯：“……”

高渐离在《王者荣耀》里的人设是一个摇滚歌手，拿着把吉他，一言不合就飙歌。

最后善良的郑东凯拦着没让林初宴去买高渐离，他觉得林初宴的妲己玩得挺好的，没必要又练别的英雄。第一次玩这类游戏的人最忌讳的就是见一个爱一个，今天玩这个，明天玩那个。很多英雄需要在实战中去锻炼去理解，玩两把就换，最后的结果只能是什么都玩不好。

郑东凯看过林初宴的英雄包，他认为林初宴是人傻钱多、见一个爱一个的花心大萝卜。

这会儿五人上了游戏，依旧是菜鸟国家队的阵容，除了向暖的张飞高级一点。这个段位的玩家们对辅助的重视程度严重不够，菜鸟们喜欢攒钱买杀人如麻的英雄，所以向暖开着个张飞在黄金段横行，显得有点另类。

林初宴玩了几天妲己，开始对一个名叫阿轲的英雄充满仇视。

阿轲很猥琐，大招能隐身悄悄地靠近敌人，打敌人一个措手不及。最猥琐的是，阿轲只要从敌人背后攻击，必定能暴击。

阿轲的定位是刺客，擅长收割人头。看到一个残血，阿轲开了隐身悄悄摸到敌人身后，稳稳地一套连招带走。杀人之后的阿轲大招刷新，又能隐身去收割下一个敌人。就是这么恶心。

像妲己、鲁班这类玻璃炮台，独自遇上阿轲时总是分外尴尬。掉头就跑的话，会把背面留给阿轲，那样阿轲砍起人来招招暴击；如果鼓起勇气正面迎敌，一样是打不过。反正跑不跑都是死。

阿轲因其恶心人的属性，成为王者峡谷里最常见的刺客，从低端局到高端局，到处都是。

大雨用鲁班，每次遇到敌方有阿轲，都会瑟瑟发抖，不断提醒向暖：“向暖，你跟着我，我害怕。”

“大球不要怕。”

“大雨……”

“大雨不要怕。”

林初宴又说：“向暖跟着我。”妲己也是很需要保护的。

但有时候向暖分不开身，只好用很慈祥的语气说一句：“你自己小心一点。”

换来的是林初宴轻轻地一哼。

郑东凯：“妲己宝宝不要怕，到子龙哥哥怀里来。”

“滚。”

郑东凯的赵云是充六块钱人民币送的英雄，是王者峡谷里最便宜的英雄之一。《王者荣耀》里每个英雄都有其独特的地方，不能用价格来衡量好坏。任何一个英雄，玩好了都能上天。

郑东凯的赵云玩得很好，他这种“好”，以目前林初宴和向暖的水平，还暂时看不全。

身为带动全场节奏的打野，郑东凯偶尔会指挥队友。他发现林初宴和向暖的操作都不错，可是他们对这个游戏的理解非常肤浅，很多时候甚至缺乏基本常识。郑东凯像个幼儿园老师一样，一边玩一边给他们开展科普讲座。

这样磕磕绊绊的，每天也玩不了多长时间，因为小伙伴们都要准备期中考试。

向暖抄过好几次作业，很心虚，现在复习起来特别卖力。晚上大部分时间泡在自习室，有时候会跟林初宴发发消息。

有一次向暖看书看累了，问林初宴：你在干什么？

林初宴：在复习。

向暖：我的天哪！

向暖：你竟然在复习？

林初宴：嗯。

向暖：不可思议啊！你复习什么呢？让我长长见识。

林初宴：阿轲。

向暖：……

林初宴给她发了张截图，截图里他开着游戏号在人机模式里用阿轲打草人。

向暖：再见，当我没问。

期中考试周终于熬过去之后，向暖他们迎来了本学期校园电竞赛第一周的比赛。

《王者荣耀》分项安排在星期六上午。因为报名《王者荣耀》的人太多，室内场地不够用，而操场的看台又太冷，所以歪歪社长灵机一动，把比赛安排在食堂。条件就是食堂的员工们也可以报名。而保安处的小伙子们听说食堂员工能报名，也来找歪歪。歪歪社长本着兼容并包的原则，又吸纳了一批保安兄弟参与。

向暖为了表达对主校区战友们的隆重欢迎，跑去校门口迎接他们。

出租车到时，林初宴坐在副驾驶等着师傅发账单，郑东凯他们先一步下了车。刚一下车，郑东凯拉着两个室友指指不远处：“哇，你们看那边，那个妹子好漂亮！”

毛毛球也好激动：“她走过来了！”

物理系的宅男们平时能看到的活的妹子本就不太多，这会儿看到一个那么漂亮的，就像看大熊猫一样。

更何况，她走过来了，走得越来越近了……三个宅男脸上集体飘红。

林初宴下了车，看到向暖，喊了她一声：“向暖。”

向暖走到近前，见林初宴身边站着三个男生，一个个瞪大眼睛，见鬼一般。

“我……我脸上有东西吗？”她摸了摸脸。

“你你你，你竟然是向暖？”郑东凯说话有点结巴。

“我怎么不能是向暖？”

“向暖你好，我是大球。”

向暖看着面前伸过来的一只手，她反应了一秒钟，问：“你是大雨吧？”

“对对对，我是大雨……”大雨的脸爆红。

向暖没能和大雨握到手，因为林初宴踢了他一脚，说：“一群神经病，别理他们。”

五个人一起往学校走，郑东凯他们三个都显得有点局促。实在是因为之前脑补的向暖就是一个文静的邻家妹妹，没想到真人长得这么漂亮，猝不及防的惊艳让他们有点蒙。

好不容易调整好状态，室友们意味深长地看林初宴，这臭小子，从来没跟他们提过向暖的长相。司马昭之心，真该乱棍打死，呵呵！

向暖他们战队名字是“时光战队”，这是向暖随口取的，另外四人没什么异议，于是全票通过。

时光战队的第一场比赛，要对阵的是“大西瓜战队”。

“感觉从名字上来说我们已经赢了。”向暖自信满满。

但是大西瓜战队的五个人都是“尊贵的铂金”，所以大西瓜战队也是自信满满，觉得稳赢。

比赛一开始有一个禁用英雄的环节，双方各自可以选择两个英雄禁掉，本场比赛不许使用。向暖问林初宴：“要不要禁阿轲？”

“不用。”

郑东凯感觉他们的战队名字可以改为自信心爆炸战队。

禁完英雄就开始双方轮换着选择英雄，大西瓜战队看到时光战队选了鲁班和妲己，果然选择了阿轲。

游戏开局后，林初宴的妲己单枪匹马抢了敌方阿轲一个蓝 buff。

是的，单枪匹马。

这人兵线也不收，顺着草丛摸过去，趁着与他对线的敌方法师视野消失的一刻，藏在中路官道与河道交角的那片草丛里。

站在这里，可以看到敌方蓝 buff 的情况。

林初宴的视野里已经没有了蓝怪，他看一眼时间，当即断定，敌方阿轲不可能在这么短的时间内击杀蓝怪，所以，阿轲应该是把蓝怪拖到了一旁的草丛中。这也是打野常用的技巧。

林初宴躲在草丛里按兵不动，掐着时间，跳出去扔了个技能。

妲己的一技能，像个明亮的大月牙一样，嗖地飞出去，给了蓝怪致命一击。

林初宴获得了击杀野怪的金钱、经验，以及蓝 buff 加持。

装完赶紧跑，真刺激。

他打的不仅是怪，也是阿轲的脸。阿轲玩家显然自尊心有点强，在公共频道说了一句话：运气真好。

初晏：不是运气，算出来的。

郑东凯看到这行字，忍不住喷笑，说："论装就服你。"

向暖心里也是这么想的，她觉得林初宴虽然是黄金段位，但装的水平绝对是王者级别的。

林初宴显然被敌方阿轲记恨上了，他在中路低调收兵的时候，阿轲联合法师屡次前来偷袭，都被他机智地化解掉了。

脱险后还在公共频道点名批评：阿轲，你心态不好。

向暖说："我挺理解阿轲的。"

其他三个室友猛点头："我们也能理解的！有时候遇到这么贱的人，真是打死一百次都不解恨啊……"

因为林初宴吸引了阿轲太多注意力，所以大雨的鲁班七号在下路玩得很惬意。

到了中期，双方发生了几次团战。林初宴在某次团战时被打成残血，倒腾着小短腿扭啊扭啊撤出战场。他看到视野里连着飘起两团红黑色的烟影，那是阿轲开启大招时残留的痕迹。

"阿轲追杀我。"林初宴跟队友报告了一下情况。

向暖他们离他有点远，这会儿来不及赶过去了。向暖安慰他："那你闭上眼睛吧。"

残血的妲己对上阿轲，生存的可能性不大。

"我把她杀了。"林初宴说。

向暖："……"怎么做到的？

很显然敌方阿轲也有这样的疑问，躺尸的时候在公频上说：兄弟，你开挂了吧？

初晏：我说过，算出来的。

郑东凯在小地图上目睹了林初宴丝血反杀阿轲的全过程。

说实话，一开始他也觉得林初宴大概会死。其实妲己面对阿轲并非没有一战之力，但林初宴的血量太低了，低到只要阿轲碰他一下他就能死的程度。现在这个情况，除非是林初宴能做到阿轲一根手指头都碰不到他，而他打阿轲一个全套。

林初宴进场前带的召唤师技能是闪现，闪现是从一个地点瞬间移动到一段距离之外的另一个地点，这是林初宴唯一的逃生技能，他一直捏着没放出去。这会儿他没有用闪现逃生，而是在阿轲现身发出攻击前的那一刻，闪现到了阿轲的身后。

因为两人的动作时间隔得太近，所以乍一看几乎是同时，也就是说，以阿轲的视角来看，她觉得自己的技能打到了妲己，而妲己竟然没死。这才是阿轲死不瞑目的原因。

那之后的事情就简单了，丝血妲己一套小心心连招，贴心地把几乎满血的阿轲送回了家。

郑东凯有点震惊。闪现逃生的方式有很多种，这么惊险刺激的还真是少见。

“真是算出来的？”这把游戏结束后，郑东凯问林初宴。

“有一点运气成分。阿轲的铭文，我是按照最常见的那套计算的，事实证明她确实带的那一套。”

铭文是玩家自己搭配的东西，可以使英雄在进场之前就拥有一定的属性加成，一套满级铭文所带来的属性加成，大概相当于半件神装。

郑东凯说：“所以还是算出来的？我不信，那你为什么在那么关键的时刻才放闪现？你玩的是心跳吗？”

“不是。”林初宴抿了一下嘴角，答道，“我认为可以打击她的自信心。”

“……”郑东凯朝他竖了竖大拇指，“我都想给你跪下了。”

“不用那么客气。”林初宴谦虚道，想了想，补充，“其实，人和人的行为是有差异的，不会每次都算那么准，这次确实运气不错。”

向暖忧心忡忡的样子：“这才黄金，你就敢搞这种妖风。等我们上了王者，你还不上天呀？”

林初宴被她说得笑了一下。

郑东凯从来没见过自己好兄弟这样笑，微微低着头，笑得安静而矜持，真是好一朵娇羞的白莲花。

呵呵，果然会在女孩子面前装。

这把游戏赢了之后他们又打了一把，因为是三局两胜制。连下两局赢得第一场比赛后，向暖不得不承认，林初宴“打击对手自信心”的脏套路确实起到了一定效果。因为从他装之后，对手们的状态就变得不太好了，第二局干脆打到半路投降了。

姚嘉木退出观战模式，问一旁的沈则木：“你觉得怎么样？”

“就那样。”沈则木说了个模棱两可的回答。

刚才他们看的是向暖这队的比赛。

姚嘉木俏皮地眨了眨眼睛，笑问：“那你觉得，我和向暖谁的操作好呀？”

“你比她好。”沈则木答。

姚嘉木明知他说的不是那么回事儿，可是单听着这四个字，她还是觉得心口一甜。

“不过。”沈则木话锋一转，“她比你有天分，过不了多久就能强过你。”

姚嘉木仿佛遭受到暴击。

“强很多。”他又补了一句。

嗯，双重暴击。

林初宴周日有两个项目，向暖给他当了一天的啦啦队。晚上他回去，五个人一起上游戏组队。郑东凯认为现在五个人还在黄金段位晃荡太丢脸，一定要快点往上升。他们之前因为准备考试，打排位的时间不多，这才耽误了升级。

今天五人排位遭遇了一个有点奇葩的队伍。那个队伍里，其他四个人都是一群坑，像是我方派过去的卧底。但是他们之中有一个李白特别厉害，十步杀一人，千里不留行，来去无踪，变幻莫测。

向暖以她有限的眼光断定这个 ID 名为虎彪彪的李白是一个大大神。

她在公频上问：对面的是带练车队？

虎彪彪：不是。

虎哥的小胡须：你们听说过豌豆 TV 的虎哥吗？

是暖暖啊：没有。

虎哥的小胡须：装什么装，我已经认出你来了，你在虎哥的直播里装过小学生，是不是你？

是暖暖啊：……

是暖暖啊：不是我不是我，你认错人了。

虎哥的小胡须：就是你。

初晏：中路单挑，输的闭嘴。

虎哥的小胡须去中路找妲己单挑，结果胡须被妲己拔了。

虎彪彪表示不高兴，风骚的李白带着大招来杀妲己。李白的大招爆发力很强，攻击范围也广，妲己被打到的话不死也得残。

林初宴操控着妲己，一个闪现冲到李白身后，完全躲开大招。

李白的第一个技能可以点三次，第一次和第二次是乱窜，第三次是回到原点。这会儿李白放了大招，点了第三次技能回到原点，那里郑东凯的赵云已经埋伏好。

妲己跑来，和赵子龙一起把李白弄死了。

虎哥的小胡须：豌豆 TV 房间号 ××××××，你们可以来看我们虎哥。

虎哥的小胡须：今天这场我们输是因为我们水友不给力，虎哥在带水友。

初晏：你们输是因为话多。

论噎人，向暖只服林初宴。

这晚下了游戏之后，向暖好奇地安装了豌豆 TV 的 App，搜索“虎哥”，结果还真搜到了。

今晚那个神奇的“虎彪彪”应该就是虎哥的小号，这会儿虎哥正在用大号打王者局。

向暖第一次看游戏直播，觉得挺新鲜。她抱着手机躺在床上，开着弹幕看，美滋滋。

虎哥用的还是李白。向暖看了一会儿，越看越入迷。她发现这个虎哥打得特别好，有的地方她说不上具体怎么好，就是觉得他把李白玩得特别流畅自然，技能释放特别准确，升级和打钱的效率奇高无比，支援队友的速度也很棒，几乎不犯什么低级错误。

怎么会有人打得这么好呢……而且，李白也太帅了吧？！

向暖以前也见过李白，可能是因为别人操作太渣她感受不到，现在在虎哥的直播间看到神级李白，就忍不住流口水。后来虎哥又玩了别的英雄，无一例外都打得很好。

向暖把手机看得没电了才睡觉。

从那以后，向暖就成了虎哥的一个小迷妹，经常偷偷看他的直播。

而与此同时，她的队友们开始感受到这位斯文美女的变化——向暖竟然在游戏里骂人了。

她骂人的招式只有一个，就是自封为别人的爸爸。假如对面有人跟她搞文斗，她就会开启自卫反击模式。

她说：叫爸爸。

或者说：我是你爸爸。

或者说：爸爸不高兴了，清理门户再生一个吧。

这样骂人在游戏里很常见，不过放在向暖身上，就让郑东凯他们觉得……画风特别稀奇，比让林初宴蹲墙角吃大饼卷土豆丝的画风还稀奇。

郑东凯问林初宴：“向暖是不是受了什么刺激？”

林初宴也不知道。

另外，向暖打游戏开始变得话痨了。

有一次她对大雨说："皮皮虾，我们走，一起去找男朋友。"

大雨的鲁班七号踉跄了一下，撞墙了。

还有一次，她看到敌方有个貂蝉，就说了一句："貂蝉我小妹，吕布泉水两行泪。"

大哥，你是张飞啊！掺和人家貂蝉和吕布的感情是闹哪样！

最奇葩的是有一次，她的张飞开了大招，暴走砸地追杀敌军的时候来了一句："打死你个龟孙儿！"嗯，河南口音的。

林初宴一口水全喷在桌面上，他把杯子往桌上重重一放，对向暖说："我明天去找你。"

"你找我干什么呀？"向暖有点奇怪。

"看看你。"

"看我什么呀？"

看看你的脑子。

第八章 我，换了个爸爸

林初宴下车后，在鸾池校区门口看到一个摆摊卖鲜核桃的老婆婆。老婆婆坐在小板凳上，用一把锋利的小刀唰唰唰地削核桃，核桃绿色的外皮削下去，落进一个箩筐里，剩下的是浅褐色的种子，这才是我们平常看到的核桃。

空气中浮动着一种很特别的味道。

林初宴买了两斤鲜核桃，在衣兜里寻找零钱时，他看到婆婆默默地指了指箩筐边缘钉着的二维码。

付完款后，他提着鲜核桃去找向暖。挺拔俊秀得仿佛从漫画里走出来的美少年，提着一个常见于菜市场的红色塑料袋，这画面是有点扎眼的。

向暖下楼时穿着件雪白的绒衣，毛毛的，像一个雪团走过来。她走到近前时，林初宴看到她背着书包。

“你有课？”他问。

“没有，万一看书呢。”

林初宴觉得，“万一”这两个字，用得极好。

向暖指了指他的塑料袋：“你提的是什么，鱼吗？”

“核桃，给你的。”

“你给我买核桃干什么？”

当然是补脑了。这一刻林初宴的目光有点慈祥。

无视向暖一脸的莫名其妙，他把核桃递到她手里，然后抬手提着她书包的带子拎了一下，还挺重。

“给我背吧。”林初宴说着，要摘她的书包。

“不用啦，不沉。”向暖挺不好意思。

“你还有机会长高。”他说这话时眼神好正经。

向暖黑线了一下：“你也还有机会长高啊，你就比我大一岁。”

“我已经够高了。”

向暖无语。有时候林初宴说的话明明是事实，可就是让人特别想打他。这大概是一种别样的天分吧……

最后他摘下她的双肩包，两根带子并在一起，挂在一侧的肩上。走路时，书包拉链上挂的小熊一荡一荡的，看起来有点搞笑。

向暖抬眼看了看天。今天的天气好得无以复加，碧蓝的天空一丝云都没有，阳光很热烈，树上的叶子快掉光了，有不知名的小鸟站在枝头啾啾鸣叫。

“我们干什么呢？”她问他。

“你想做什么？”

“去咖啡厅开黑吧？”

好吧，又是游戏，林初宴觉得向暖对这个游戏的上瘾程度有点深。

他们走进咖啡厅时，遇到了歪歪学长。歪歪学长脸色很不好，独自坐在桌边，发着呆。向暖喊了他一声：“歪歪学长你也在呀？”

歪歪学长目光一转，看到他们两个，突然眼睛一红：“呜——”看起来是要哭？

向暖有点不知所措。也不知他遭受了什么打击，看起来好脆弱，这会儿他一脸极需要安慰的样子，起身张开双臂，想跟他们要一个抱抱。

向暖都已经张开手臂要接纳他了，结果站在她身后的林初宴捉着她的后衣领，拎小鸟一样把她拎开了。

歪歪学长就这么扎进林初宴的怀抱里，那个画面真是太美了。

向暖问道："学长，你失恋了？"

"不是，我们的赞助——泡汤了！"

歪歪学长一脸丧气地给他们讲了事情的经过。

从歪歪学长的唠叨里，向暖提炼出一个大概：本次电竞比赛的赞助是从一个手机品牌那里获得的，本来是已经谈妥的事情，现在那个品牌突然要终止合作，一分钱也不会给电竞社了。电竞比赛已经开赛，奖品清单早就放出去了，现在突然没了资金，不知道比赛还能不能进行下去。

"比失恋还严重！"歪歪学长说。

向暖也挺为他难过的，问道："学长你先别急，电竞比赛需要多少钱呀？要不我们先凑一下？"

"至少要两万块。"

"好多啊……"

"是啊，不过凑钱是下下策。我本来想的是，实在不行先和沈则木借点，但是太窝囊了，而且那么多钱，我借了都不知道什么时候能还上，我也不想自掏腰包办活动啊！现在只能是尽快去找别的赞助了，时间有限，也不知道能不能找到，愁死了……"

林初宴本来不发一言，听到这里，他突然说："我可以想想办法。"

歪歪眼睛一亮："真的？你有什么门路？"

"不好说，我可以试试。不过……"林初宴话锋一转，"我有个条件。"

"什么条件？你说你说，你要我卖身我都答应。"

林初宴摇了一下头："学长别误会，你的身体并不值几个钱……我的条件是，不管我拉到多少赞助，扣掉你需要的两万块，剩下的全归我。"

歪歪学长拍了拍他的肩膀："哈哈，看不出来啊初宴，你很江湖嘛……行了，我答应你！没问题！"

歪歪学长离开之后，向暖一脸狐疑地看着林初宴，问他："你去哪里拉赞助？"

林初宴抿了一下嘴角："先保密。"

她更加怀疑了，不太放心地眯了眯眼睛："你……不会是要坑人吧？"

“我是有原则的人。”林初宴说，表情一派阳光磊落。

林初宴做人的原则是——除了坑爹，不坑别人。

林初宴开了游戏，向暖的注意力很快就转移到王者峡谷里。

两人并排坐在沙发上，向暖一偏头就能看到林初宴的手机屏幕。他的眼睛虽然在看游戏界面，但是注意力都在她身上。

向暖在自言自语：“敢杀我宝宝，等着……呜呜呜，大哥误会，误会……连辅助都杀，太没有人性了……来呀，来追我呀，嘿嘿嘿嘿……”

“你为什么总是讲话呢？”林初宴用一种漫不经心的语气问道。

“唉，我有在讲话吗？”

“嗯。”

“哎呀，死了死了！”向暖分神的工夫，张飞被打死了。

等待复活的时间里，她偏过头来看他的屏幕。

她的头发乌黑柔亮，有一把散开垂到他手臂上。他闻到了淡淡的洗发水的香气。

林初宴的妲己也在被追杀，敌军的王昭君放了个减速技能，妲己一扭小蛮腰恰好躲开，敌军杨戬放了条狗来追他，妲己小蛮腰又是一扭躲开了狗咬，正当向暖以为林初宴已经安全了，妲己的视野里出现一个赵云。

赵云的大招有群体击飞效果，是非常强力的控制技能，这会儿赵云开了大招，眼看要落在妲己身边，如果妲己被赵云的大招控制住，追杀的敌军赶到她必死无疑……千钧一发之际，妲己放了个闪现，瞬移进自家防御塔，回头给赵云扔了个小心心。

这大概只发生在零点零一秒之内。向暖看得叹为观止，感觉灵魂都要遭受洗礼了，她脱口而出道：“不愧是单身二十年的手速。”

哐当——林初宴手一松，手机掉在了钢化玻璃桌面上。

他也不管手机了，低着头，睥睨的姿势看她，微微眯起了眼。

向暖这才反应过来自己刚才说了什么，恨不得打自己一巴掌。单身二十年的手速什么的……呜呜呜，虎哥的直播间里经常有人讲，她就莫名其妙地记住了，刚才没过脑子就说了那句话。可是那种话能随便乱讲吗？发散起来可以写一篇不低于八百字的小黄文了！更何况她还是对着一个男生讲……

向暖红着脸，头埋得低低的，不敢看他。

他却不肯放过她，稍稍靠得近一点，低声说：“流——氓。”刻意放缓的语气，使咬字显得格外清晰有力。

向暖的脸爆红，挪了挪身体，坐得离他远了一些，他却又追过来。两人这样挪啊挪，最后他把她逼到了沙发的角落里。

“你跟谁学的耍流氓啊？”林初宴说。

向暖没办法面对他了，她突然推开他——其实没用多大力气，但是林初宴特别从善如流地往沙发上一倒，搞得好像她要非礼他一样。

向暖忽地站起身，居高临下地看到他半仰半坐靠在沙发上，那个姿势有点销魂。昏暗的灯光下，他的眼睛弯弯的，明亮而促狭。

向暖又羞又气，抓起书包往外走。

林初宴连忙起身追出去，说道：“生气了？”

“好了，我开玩笑的。”他说。

“但是你要告诉我，你到底是跟谁学的。”他又说。

向暖不自觉地加快脚步。可惜林初宴腿比她长，稳稳地跟在她身旁。

“真的生气了？”林初宴的语气似乎有些不确定，然后他说，“那好，你不是流氓，我是流氓，行了吧？”

“林初宴，你神经病啊！”向暖吼了一句，然后——跑了。

背着个大书包，噔噔噔，跑得还挺快。书包上的小熊一蹦一蹦的，像是在跳舞。

晚上，向暖收到一条来自她的好战友大雨的微信消息。

大雨：向暖，我想问你一件事儿，我好奇死了。

向暖：啊？你问。

大雨：为什么初宴把你微信备注改成“流氓暖”了？你对他做了什么？

向暖：……

向暖决定教训一下林初宴，让他知道谁才是爸爸。

令她意想不到的是，没等她想好方案，林初宴竟然主动送来了报仇的机会。

林初宴给他妈妈打了个电话，阐述了一下社团目前遇到的窘况。他的声音悲凉而落寞，还压抑着那么一点迫切，简直是闻者伤心、听者落泪。

妈妈问道："你怎么又换社团了？"

"一个朋友邀请我加进去的。"林初宴答道，顿了顿，补充，"她长得很漂亮。"

"是吗？照片发来看看。"

林初宴刚要说话，手机那头却传来爸爸的一声冷笑："呵，你又跟你妈玩这一手？你当我是不存在的吗？你那一套骗得了她，可骗不了我。"接着，爸爸的声音变得遥远，应该是离开手机和妈妈说话，"你傻啊你，不是都上过一次当了，怎么还信他？"

"这次是真的。"林初宴说。

"滚滚滚，不就是要钱吗，没有！"

"不是我要，是社团要。社团现在挺困难的，许多同学努力了一个星期的活动，我已经放出话说越林集团会赞助。爸爸，你考虑一下公司形象，毕业季时你们还要来南大抢人才呢。"

"别跟我装，你那点花花肠子我一清二楚。社团要是真缺钱，你先垫上呗，你当一块表十二万，别跟我说花完了。"

"花完了。"

"……"

父子俩掰扯了一会儿，双方都没想到对方这次竟铁了心地不让步。后来妈妈听得好心动，又提议让林初宴带漂亮女同学回家做客，林雪原感觉自己老婆意志太不坚定，过一会儿就不一定站在谁那边了。

他干脆拿着手机出门，一个人站在花园里，说："你有难题了来找我，好，现在我也有个难题，你要是能给我解决，我就给你解决，怎么样？”

林初宴问道：“爸爸，你的难题是什么？”

“唉。”林雪原竟然叹了口气，“你知道你妈妈想要什么礼物吗？”

“我大概猜到了。”

“哦？说来听听。”

“妈妈可能是想给我生个妹妹，但是你……”力不从心。

毕竟是自己的亲爹，面子要照顾，所以林初宴后面的话没说出口，不过那意味深长的语气特别到位。

林雪原快气死了：“小兔崽子，你给我滚！”

林初宴连忙改口：“别生气，我开玩笑的，是我自己太想要个妹妹了。”

林雪原语气缓和了一些，说道：“你放心，我们不会生二胎的。”

“你们不用考虑我的感受。”

“我们从来没考虑你的感受……是你妈妈身体不好。高龄产妇太危险了。”

话题莫名其妙地歪到奇怪的地方，林初宴连忙给掰回来，问道：“那妈妈到底想要什么，或者说，你想送给她什么？”

“唉，你也知道吧？你妈这两年特别喜欢一个画家，我就想在她过生日的时候跟画家去求一幅画，有给她题字的那种。我钱都准备好了，结果倒好……”

“怎么了？”

“那个画家有点特别，多少钱都不画。”

“为什么不画？”

“说是不想画。”

林初宴没忍住，乐了。

“你别给我幸灾乐祸。”林雪原说，“我的难题就是这个。你要是能给我解决了，好，你社团的赞助我承包了，不光今年，未来三年我都承包，让你在社团当老大有面子，怎么样？”

林初宴也不傻：“连你都做不到的事情，我怎么可能做到。”

“那不好意思了，你去乞讨吧！”

最后林初宴表示可以尝试一下。他没把这事儿放在心上，本打算再想别的办法。虽然爸爸铁石心肠，不过妈妈耳根子很软的。

但是当他查看那个画家的资料时，莫名就想到了一个人。画家的名字叫向大英，灵榉市人。

向暖也是灵榉市的，两个人同姓，又来自同一个地方，会不会有什么关系？远亲之类的？

抱着这样的想法，林初宴拨了向暖的电话。才响了两下，就被挂掉了。

林初宴微一挑眉，还生气呢？想到当时她红着脸跑走的画面，他又觉得挺好玩的，忍不住笑了，然后他就在微信上骚扰她。

林初宴：还生气？

林初宴：请你吃饭行吗，五星级酒店随便挑。

林初宴：想要什么皮肤，给你买。

林初宴：我躺平了让你打。

林初宴：别生气了。

林初宴：我说正事儿，你认识向大英吗？

这条信息刚发出去不久，向暖主动打来了电话。

“你到底要干什么呀？”她问道。

林初宴握着手机，低头牵着嘴角，声音放得有些柔和：“我说，你别生气了。”

“哼。”

“你真的认识向大英吗？”

向暖沉默一下，反问：“你说的是那个画小猫的向大英吗？”

“……”林初宴有点哭笑不得，他捏了一下额角，答道，“我说的是著名当代国画家向大英，嗯，以画猫著称。”什么叫画小猫的……

向暖“哦”了一声，答：“那是我爸爸。”

林初宴：“……”世界真小。

“我说，林初宴同学，你到底有什么事儿呀？”

“我想请你帮个忙。”

“什么忙？”

等林初宴说完要帮什么忙后，向暖笑了。

向暖总说林初宴的声音好听，其实她的声音也好听，只不过她自己没体会。她的嗓音软软的、甜甜的，会让人想到小时候吃的水果味的橡皮糖。

这会儿向暖笑了两声，笑得轻盈而欢快，像振翅高歌的小鸟。

林初宴也笑了，眼睫缓缓颤动着，轻声问她：“怎样？”

向暖说：“林初宴，你让我帮忙可以，不过呢，我也有一个要求。”她说这话的语气有点端着，似笑非笑的，像是清宫戏里勾心斗角的小美人。

林初宴头皮一紧：“你说。要什么都行。”

向暖：“我要你——”

林初宴的眉角重重一跳。

“——叫我爸爸。”

我要你叫我爸爸……

就知道会有这么一天的……她终于把魔掌伸向自己人了……

林初宴抬手抚了抚额……到底是跟谁学的！

向暖给爸爸去了个电话。

爸爸在她的通讯录里是“向大英同志”。向大英同志虽然是个著名画家，其实本人并没有什么架子。他之所以不喜欢给别人作画，不是外界传言的自矜身价或者恃才傲物，纯粹是因为被人伤害过。

遥想当年，向大英同志还只是个一心沉迷于艺术的小青年，因为才华横溢，在书画圈子里小有名气。他是性情中人，与谁相处得好了，就免费作画，分文不取。

结果有一次，收到过他免费赠画的两人和别人一起讨论向大英死掉之后，他们手里的画能值多少钱，还说他死得越早越好，因为英年早逝的人留世的作品少，作品越少越值钱……

这话传到向大英的耳朵里，他年轻的心灵受到了严重的打击。

从那以后，他就不轻易赠画了，有人带着钱财来求画，他也是兴致缺缺。

因为本身也不缺钱，而且别人带钱来，就是毫不掩饰地把他的画作当作商品，这会让他不自在。

结婚之后，他画了画就交给老婆，还开玩笑说：“等我死了，这些画就是巨额遗产了。”

“什么死不死的，你闭嘴吧。”

这些都是向暖听妈妈说的，爸爸从来不提。有一次向暖问妈妈：“你当初选择嫁给爸爸，是为他的才华倾倒呢，还是被他的性格吸引？”

妈妈说：“都不是。他长得太好看了，我就……”就没把持住。

向暖被雷到了：“妈妈，你太肤浅了！”

妈妈戳了一下她的脑门：“去！要不是我肤浅，也生不出你这么漂亮的女儿。”

这会儿向暖和爸爸通电话，例常询问之后，她问道：“爸爸，最近是不是有一个姓林的叔叔想请你画画呀？想给妻子一份生日礼物的那个。”

“好像是的，怎么了？”

“嗯，他……是我同社团学长的爸爸。”

“嗯？”向大英同志感觉有点可疑，“看来你和你的学长无话不谈嘛。”

“不是，他就那么一提，然后我们发现这个世界还挺小的，怎么就那么巧呢。他爸妈感情很好，他妈妈是你的粉丝，他爸爸想买你的画只是单纯地想给妻子一个惊喜。”

向大英耐心地听着，听罢说：“你说说你和你的学长。”

“爸爸……”向暖有点哭笑不得，“重点不是这个。”

“不，重点就是这个。”爸爸的语气听起来很严肃，“我怎么觉得我们家小白菜要被拱了。那个臭小子是谁？你让他来见我。”

“爸！”向暖被爸爸说得尴尬，小声说道，“他挺讨厌的，你不要见他。”

爸爸不信：“讨厌他为什么还要帮他说情？”

“嗯，因为……如果我做到这件事儿，他就得叫我爸爸了。”向暖说到这里，不由得有点得意。林初宴这厮，这次肯定要栽她手里了，呵……

向大英沉默了好一会儿，最后感叹道："现在的年轻人可真会玩。"

"爸爸，你就给他们画一幅嘛画一幅嘛画一幅嘛！"

"好了好了，画，画。"向大英说着就笑了，笑着笑着有点伤感，心里想道：唉，女儿长大了啊……

林雪原接到来自向大英肯定的答复时，简直不敢相信。他立刻给倒霉孩子打了个电话："你行啊你，真让你办成了？行，我服！"

林初宴谦虚道："还好还好，只是付出了一点微不足道的小代价。"

"什么代价？"

"嗯……换了个爸爸。"

"……"

林雪原有时候会怀疑林初宴是他们在医院抱错的小孩，他总觉得，他和老婆明明是一对神仙眷侣，不太可能生出这种货色。

可怀疑归怀疑，这会儿倒霉孩子自己换了个爸爸，还是把他雷得不轻。

"你给老子说清楚。"林雪原说。

"那你先把赞助的钱给我打过来吧。做男人，要说话算话。"

"哦，多少钱呀？"

"十万应该够了。"

林雪原明知道社团活动不可能花那么多钱，但现在也懒得扯这些了，权当是给这小子的辛苦费吧。

他给林初宴转完钱，在微信上问道：说说吧，换爸爸的事儿。哪个垃圾回收站愿意接纳你？我得去登门拜访一下。

林初宴回道：我开个玩笑而已。你永远是我的亲爸爸，不信我们可以去做鉴定。

林雪原并不想做鉴定，万一真是抱错了怎么办，是扔还是不扔啊……

林初宴解决掉社团赞助问题的这天是星期二。这周是电竞比赛开始后的第三周，上周末因为有校庆活动，所以休赛了一周。

时光战队的五个小伙伴没去校庆活动凑热闹，他们待在寝室打了一天的游戏。闵离离去玩了一天回来，看到向暖两眼放光地戳手机，感觉太浪费了。

“我要是有你这颜值，我就天天在外面浪，不回家。”闵离离说。

向暖说：“离离，你长得真像安琪拉。”

闵离离心想，好姐妹之间的隔阂就是这么产生的。她不听你说话，你也听不懂她在讲什么，忧伤。

周二这天，林初宴拿到钱之后，先给歪歪学长转了两万块。

歪歪感动得无以复加：初宴！谢谢你！你是我的大恩人！我好感动！！

林初宴：不客气。

歪歪：我决定对你以身相许了！

林初宴：那你把钱还我吧。

歪歪：……

给了歪歪两万，林初宴还剩八万。这八万怎么花，他已经安排好了，不过在此之前，他要先解决一个问题。

晚上登录游戏，向暖和他们连好群通话后，迫不及待地开口叫他：“林初宴——”那声音，那语调，自带着狂热波浪线，滚滚向他袭来。

郑东凯他们都用一种意味深长的眼神看着林初宴。

早就听说向暖对初宴耍流氓了，没想到现在竟然都不掩饰一下，就这样赤裸裸地调戏。

林初宴深吸一口气，语气平静：“晚上好。”

“晚上好呀。”向暖心情好到爆，讲话的腔调都变得轻快了，还透着一股让他牙痒痒的嘚瑟，她说，“你知道自己该叫我什么吧？”

“知道。”他咬了咬牙。

“那我洗耳恭听啦，你叫吧。”

“先进游戏。”

“我看你能拖到什么时候……哦，对了，微信备注该改一下啦。”

微信备注？

林初宴眯了眯眼睛，扭脸朝室友们看去，目光一一扫过他们的脸，那眼神，有点可怕。

大雨的心理素质太差了，这会儿心虚得不行，神色有些慌张，忙低下头去。

林初宴的视线在大雨身上停了停，目光一动。

此刻几人已经进了游戏，向暖开着张飞，一出门，就给妲己宝宝套了个护盾。然后林初宴的耳机里传来她刻意压低的嗓音，深沉而沧桑：“父——爱——如——山。”

咣当——

郑东凯的下巴碰到了桌面。

毛毛球的手机掉在了地上。

大雨差一点从椅子上摔下来。

林初宴面无表情地看他们。

郑东凯觉得又震惊又搞笑，没想到向暖调戏人的方式这么特别，真是太有才了。而且，林初宴这个小孽障终于有克星了！长期被欺压的他们，都要老泪纵横了好吗……

林初宴扶了一下白色耳机，对向暖说：“大雨来自重庆乡村，你知道他们当地方言管爸爸叫什么吗？”

“叫什么呀？”

“宝雹。”

林初宴说了这两个字，第二个字上扬得厉害，搞得好像要上天，听起来怪腔怪调的。

接着，他微微一笑，说道：“还习惯吗？”

“你……”向暖惊得一噎，还有这种操作啊？

林初宴又喊了一声“宝雹”，他平时讲话咬字周正，这会儿偏要学人家方言，语调要多奇怪有多奇怪。而且这两个字，发音与普通话里的“宝宝”也太接近了……

向暖气结：“我不信！哪有人管爸爸叫宝宝的，大雨，他在胡说八道，对不对？”

此刻，大雨的心是与向暖站在一处的。可是，当他抬头，看到林初宴那诡异的笑容时，心头颤了颤。

那一刻他的大脑里滚屏播放了很多新闻——某某大学室友因口角酿成流血冲突，某某大学室友不和发生屠杀惨案，某某大学室友投毒案……

林初宴笑眯眯地看着大雨，说：“大雨，我说得对吗？”语气温柔得像个老父亲。

大雨浑身一震：“对，对的……”

那之后林初宴又叫了几声“宝雹”，发音越来越平缓，越来越接近“宝宝”。

向暖有点崩溃：“你不要叫了。”

“做人要说话算话，宝宝快给我个盾。”

“林初宴，你知道我在做什么吗？”

“哦？”

“我在大脑里给你举办葬礼。”

林初宴笑了一声：“宝宝，你去勾引敌人。”

“我求求你闭嘴吧！”向暖快哭了，“不用你叫爸爸了还不行吗，咱俩扯平了。”

林初宴忍着笑意，说：“怎么办呢，我不想扯平。”

“林初宴，我讨厌你。”

“你不要讨厌我，我不喊了。”

“哼哼。”

林初宴说：“不过，你要告诉我，你到底是跟谁学的。”

向暖挺怕他又搞什么妖风，想都不想就招了：“我是看虎哥的直播学的。”

大雨问道："是演《琅琊榜》的那个？"

"不是，是豌豆 TV 的虎哥。"

向暖在脑子里给林初宴办了一个晚上的葬礼，第二天就不办了，因为林初宴突然给她打了好多钱，整整四万块。

她有点蒙，问林初宴："干吗给我打钱？你是不是打错了？"

"没错，这是我爸给的辛苦费，我和你平分。"

"不用了。"向暖感觉这钱有点烫手，"我也没干什么呀，再说了——"再说，我帮忙的时候也没安好心。

林初宴又笑了。向暖感觉林初宴真的好喜欢笑，好像随便一件事儿都能引发他笑，像个大傻子。不过她喜欢听他的笑声，纯净清透，淡淡的愉悦，像音符一样动听。

林初宴说："我也是一样的，什么都没干。"

向暖想想倒也是那么回事儿，于是笑道："那谢谢你啦。"

"不客气，该我谢你。"

拿到了钱，向暖开心地跑进游戏，先抽了个小乔的皮肤。小乔"天鹅之梦"的皮肤超级好看，是花人民币抽的，向暖之前没舍得充钱，现在一下子得了笔巨款，立刻财大气粗了。

可惜运气一般，抽了一千多块钱，才抽到天鹅之梦。

抽到之后向暖好激动，她截图发给林初宴。

向暖：好看吗？

林初宴：好看。

林初宴：晚上你继续用张飞。

向暖：……人性沦丧！

之后又给林初宴办了几场葬礼。

这一头，林初宴给他的室友们一人发了三千块钱红包。

大雨以为这是封口费，立刻指天发誓："初宴，你放心吧，我绝对不会告诉向暖我和你联合欺骗她。"

“买铭文。”林初宴只扔下这三个字。

《王者荣耀》里的铭文有五个等级，等级越高威力越强，低级的铭文很容易凑，但是高级的就难了，尤其是五级铭文。想给三十个铭文卡槽全部装配上五级铭文，需要攒很长时间才能攒够。

当然也有快捷办法，那就是——人民币大法。一套满级铭文，直充人民币的话大概是三千块。

“这也太奢侈了。”大雨说，“你不会给每个人都发了吧？”

“嗯。”

“你不是很穷吗，这是哪来的钱？”

“爸爸给的。”

“我……突然有点同情你爸爸……”

因为有了满级铭文的加持，五人小队的战斗力上升了一个层次。他们已经在铂金卡了两天了，也可能是运气不佳，反正赢一局输一局地闹着，就是无法晋级。

今晚他们身上带着人民币爸爸的祝福，战斗热情高昂，一鼓作气上了钻石。

大家都很高兴，似乎都忘记了，他们一开始的目标只是一个价值一千元人民币的玩偶。

晚上十一点，向暖说：“我该睡觉了，晚安。”

“晚安，我们也睡了。”林初宴说。

然后，到十一点十分，向暖又默默地爬上了游戏，熟练地充钱，买了个李白，又买了个“千年之狐”的皮肤。穿好新衣服，她点了单人匹配模式。

系统很快给匹配好了，选好英雄入场后，向暖看到加载页面里双方的阵容。

敌方竟然也有个李白。

她不经意间看了一眼李白玩家的 ID，然后就……感觉被雷劈到了……

敌方李白的 ID 是初晏。

向暖瞪大眼睛仔细看，确定、一定以及肯定，没有看错。

这就尴尬了……

向暖心里一个劲儿默念：看不到我，看不到我，看不到我……

游戏加载完毕，她操纵着帅帅的李白先去打蓝 buff，这是虎哥教程的第一步。虎哥高级教程的第一步是去对面偷蓝 buff，但是向暖不敢，所以就乖乖地打自己家的。

然后她在自家野区，遇到了敌方李白。他们面对面站着，她看着他的 ID，他看着她的。

游戏里没有风，但是此刻，向暖仿佛听到了秋风吹起落叶的声音。

世界上最尴尬的事儿就是，你我已互道晚安，却重逢于王者峡谷。

第九章 林初宴的“奴隶们”

向暖和林初宴的尴尬对视并没有持续很长时间，因为双方队友在小地图上看到了他们，都跑来支援。

于是一场混战就这样发生了，混战之中，向暖送出了第一滴血。

第一滴血的意思是全场第一条人命，简称“一血”，这是整局游戏里最值钱的一条人命。

她看了好多天虎哥直播，今天这是第一次摸到李白，尽管对李白的技能已经熟悉，终究是吃了没经验的亏。

林初宴也没好到哪里去，被打成残血，逃之夭夭。

但是他毕竟逃掉了，回家补满血，又是一条好汉，远好过她这样挺尸。

林初宴回家时，在公频上跟她说话。

初晏：起得真早。

是暖暖啊：呵呵，你也是。

初晏：李白帅？

是暖暖啊：那当然。

初晏：我玩就够了。

是暖暖啊：哈哈，你算了吧，连诸葛亮都玩不好的人，安心当你的小妖精。

就因为这句话，林小妖精的权威遭到质疑，那之后他丧心病狂、马不停蹄、不顾一切地找向暖打架。

向暖拒绝承认他李白用得好，但她必须承认的一点是，她自己太菜了……毕竟第一次玩嘛。

玩这个游戏，经常会遇到敌我双方有同样英雄的情况。俗话说得好，撞衫不可怕，谁菜谁尴尬。向暖看一眼战绩对比，顿时尴尬得想原地消失。

她越是处于劣势，经济运营就越不好，运营不好，就继续处于更加劣势的境地……如此恶性循环下去，她成了林初宴的“提款机”。

林初宴还嫌弃她。

初晏：越来越不值钱了。

是暖暖啊：你等着！

这时，一直默默围观他们的其他玩家突然说话了。

独眼怪：我竟然闻到了 JQ 的味道，一定是我太不纯洁，觉悟不够，没有党性。

昭君我本命：楼上等等我。第一次看到两个李白搞基，好刺激，都不想玩游戏了。

烧死安琪拉：我以为只有我一个人这样想……

是暖暖啊：你们不要说话了，再说挂机啊。

昭君我本命：别挂机，再聊会儿呗。

这局游戏打得乱七八糟，林初宴一直追着向暖砍，其他人一边划水一边调戏他们，越说越过分。后来他们还讨论攻受之类的。

林初宴问：攻受是什么？

有人给他科普，听完科普之后，林初宴说：哦，那我是攻。

可把围观群众给激动坏了。

向暖看到这里，就把聊天频道屏蔽了。

这把游戏结束后，她再也不想玩了，退出游戏准备睡觉。

林初宴给她发微信消息：原来你看这么多天直播，只学会了耍流氓？

向暖毫不犹豫地删了他。

第二天是周四，电竞社有例会。向暖没问林初宴要不要参加，她现在不想和他说话。

她倒也不是多生气，主要是尊严被踩踏的那种耻辱感，让她暂时不想面对他。

中午时，歪歪学长在社团群里发了一串名单，这是报名优秀团员的人，他先公布出来，晚上例会的时候采取不记名投票的方式，选取一名优秀团员。

有人表示不理解：不是说有两个名额吗?

歪歪学长说：另一个情况特殊，已经内定了，晚上例会时我解释一下。

那人问道：内定的谁呀?

歪歪：向暖。

向暖满脑袋问号，想问问是什么情况，转念一想，反正晚上例会就知道了，也就没问。

晚上例会，她提前到了近十分钟。社团会议室在三层，向暖爬到三楼时，想去洗手间，就直接上了四楼。四楼人少，安静，洗手间比三楼的干净。

四楼的楼道门没关严，她听到有人讲话。

一个女生说：“优秀团员不都是大二大三的在竞争吗？她和我们一样都是大一的，凭什么能内定为优秀团员？”

向暖扶在楼道门上的手慢慢放下来。

另一个女生说：“你说呢？社长亲自内定的哦。”

“呵呵，不就是个优秀团员吗，她还真舍得下本钱。”

“也不能这么说，也许人家就是放得开呢。”

“啧啧，长得漂亮就是有资本啊。”

向暖重重一推门，走进去。

两个讨论的女生吓了一跳，待看到是她，脸色都不太好。

向暖冷冷说道：“人外表美丑没那么重要，心里丑才是最可怕的。当然了……”她说到这里顿一下，目光扫过她们的脸，“如果你外表也丑，心里也丑，那就是最大的悲剧了。”

说着，目不斜视地经过她们，抬手拍了拍一个女生的肩膀：“节哀。”

女生铁青着脸抖开她。

向暖走开之后，忍不住摸了摸自己的嘴巴，心想：是我的错觉吗，感觉自己噎人的技术变好了，跟谁学的啊……

这晚例会开始后，歪歪学长总结了一下电竞比赛的近况，然后说到优秀团员投票的事情。

“可能有很多同学会奇怪，为什么向暖能够内定为优秀团员，我在这里做个解释。根据我们社团的章程，对社团做出重大贡献的同学可以有特权享受到更好的待遇，比如优秀团员的评选。”

“向暖对社团有什么重大贡献啊？”

“冷静，我还没说完。说来惭愧，之前我谈好的电竞比赛的赞助崩了，身为社长，我没好意思跟你们讲，眼看着活动有可能办不下去，我真是心急如焚，恨不得去卖身。后来是林初宴同学雪中送炭，重新找了赞助，这才挽救了我们这次活动。”

“这又和向暖有什么关系啊？”

“因为林初宴有资格获得内定优秀团员，然后他把这个资格转让给向暖，就这么简单。”

很多人都愣住了，包括向暖。

歪歪学长递给向暖一张表格，笑眯眯道：“申请表还是要填一下的，走个形式。”

向暖有点感动。

例会结束后，她抱着新换的笔记本走出去，看到前面两个女生是刚才说她坏话的那两个。她们走得有些慢，落在后面。

这会儿楼道里只剩下她们三个了。

向暖叫住她们俩：“你们不打算跟我道个歉吗？”

其中一个女生脸上挂不住，但还是咬了咬牙说道：“好吧，是我们想错了，对不起。”

“那我就大度地原谅你们，”向暖笑了一下，“还有，你们长得不丑。”

女生翻了个白眼：“用你说？”

另一个女生问：“向暖，你到底喜欢沈则木还是喜欢林初宴？”

向暖一愣：“你干吗问这种问题啊？”

“你选完了才轮得到我们。”她没好气道，“快选。”

“神经病啊，我为什么要听你的？”向暖说着，还学她们翻了个大白眼，然后擦肩走过。

走了几步走到转角处，她看到电梯口的沈则木。

沈则木靠在墙上，两手抄着兜。白色的灯光自上而下洒在他脸上，本就俊朗的脸更显得棱角分明。

他神色淡淡的，并不为刚才偷听到女生们的谈话而尴尬。

向暖经过看到他时，他也看了她一眼。两人视线交会，她脸一红，低头说道：“学长还没走啊？”

“嗯。”

那两个女生也走过来了，看得出她们面对沈则木时有点紧张，脊背僵硬。她们跟沈则木打了招呼，然后拼命按电梯。

向暖脚步一绕，进了楼梯。

楼梯那扇铁门很厚重，她进楼梯之后松手关门，铁门却被一只手接过去，她诧异地扭头，看到门缝那头沈则木的脸。

“学长你也走楼梯？”她问道。

沈则木嗯了一声，跨进来，随手关门。

他站在她面前，两人挨得很近，向暖有些难为情。她沉默地转开身，低着头下楼。

沈则木不紧不慢地跟在她斜后方，始终保持着只比她高一个台阶。

空气很安静，安静到几乎要凝固了，她耳朵里只有两人的脚步声。

走出学生活动中心，向暖不自觉地呼了口气，抬手用手背扫了一下滚烫的脸蛋。

“学长，我回宿舍了。”向暖说。

“你在和林初宴谈恋爱？”沈则木毫无预兆地突然问道。

“啊？没有没有！”向暖急忙否认，“我怎么可能喜欢他！神经病才会喜欢那样的人。”

沈则木请她吃了烤肠。

向暖拿着烤肠回寝室，问闵离离：“一个男生送一个女生烤肠，有什么意义吗？”

闵离离意味深长地看了她一眼：“相信我，你并不想听。”

向暖：“……”秒懂。

她现在没办法直视烤肠了，更不要说吃了：“离离，你这个小流氓！”

闵离离挺开心的，玉米烤肠真好吃。

闵离离吃烤肠时，向暖给林初宴打了个电话：“你今天怎么没来开会呀？”她问他。

“我爸妈过来请我吃饭。”林初宴答道。

事实上何止请他吃饭，他故意点了一桌子菜，到最后没吃完的打包回来，喂猪。

向暖还有点不好意思，小声说：“林初宴，你不用把优秀团员让给我。”

林初宴的声音带了点笑意：“我去年拿过一次了。”

“哦，那谢谢你啊。”

“不用谢，微信加回来。”

就这样，她删他不到二十四小时，又加回来了。向暖受人恩惠，总是有点过意不去，又不知道怎么补偿他，于是态度就显得狗腿了。

向暖问林初宴：你也喜欢虎哥呀？

林初宴：我学的是他的技术，你学的是他胡说八道。

向暖……忍了！

她又带着点讨好的意味，说：那你可以进虎哥的粉丝群，我拉你进去吧？我是房管。

林初宴：你怎么当上的房管？

向暖：打赏了五百块钱。

这一头林初宴忍不住笑了，原来这“官”是买来的？

他手指飞快，回她：那你拉我。

向暖把林初宴拉进粉丝群，隆重介绍一番，又说：你改一下群名片。

林初宴看到向暖的群名片是“虎哥的小耳朵”，他低头莞尔，改了自己的名片。

向暖看到林初宴的名字变成“武松哥哥”时，她的内心是崩溃的。她苦口婆心地对他说：你不要这样，太打脸了，搞得好像是来踢场子的。你改一下嘛。

林初宴：好吧。

于是林初宴的名片成了“虎哥的法令纹”。

到星期六，校园电竞赛的第二轮比赛正式开打。

歪歪学长听林初宴说赞助方是越林集团，于是重新制作了条幅挂在食堂里。歪歪私下问过林初宴，赞助到底是怎么搞定的。

结果林初宴说：“你知道越林集团那个老总吗，那是我爸爸。”

歪歪学长竖起大拇指：“论吹牛就服你。”

向暖他们的时光战队，第二轮比赛要迎战的是小仙女战队。

选择英雄之前先禁英雄，小仙女战队第一个就禁了庄周。庄周的技能最大的亮点就是解除控制，向暖看到她们禁庄周，心想，敌人多半会选群控型英雄，比如张飞、达摩之类的。

她还担心自己的张飞被敌人抢先拿掉呢，结果对手不愧小仙女战队之名，唰唰唰一口气选了五个法师。

向暖：“……”也太胡来了吧？！

五个法师分别是甄姬、王昭君、貂蝉、不知火舞、小乔，还真的全是小仙女啊……

时光战队的第五楼是林初宴，向暖本以为他会按以前的习惯用妲己，结果他拿了个李白。

“不要李白。”四个队友齐声制止他。

玩这个游戏比较讲阵容搭配，他们现在其他位置都有了，只差法师。

林初宴只好不情不愿地又换了妲己。

开局时，向暖扫了一眼敌军的ID，结果被雷到了。

敌人的名字分别是：陈伟霆我老公、鹿晗我老公、王俊凯我老公、南柱赫我老公、林初宴我老公……等等，最后一个是什么鬼？

向暖觉得好笑，用胳膊碰了碰身旁的林初宴：“你看你看，她们五楼的ID，林初宴我老公，林初宴我老公！哈哈哈……呃。”

她看到林初宴在笑。

他低头抿着嘴角，笑得清浅又不怀好意，视线落在手机屏幕上，眼睫轻轻翕动着，眼底的光芒柔和内敛。

他说：“你再说一遍。”声音有些轻，仿佛只说给她听。

向暖闹了个大红脸。

郑东凯他们坐在这两人对面，三个室友面面相觑，决定集体假装透明，像隐身的兰陵王一样，低调，低调。

游戏加载完毕，向暖假装失忆，操纵着张飞冲出去，大有一夫当关，万夫莫开的架势。

对面的小仙女战队虽然任性地掏出这种奇葩的阵容，但是她们第一手就禁庄周是很科学的。因为五个仙女法师中的四个都有比较给力的控制技能，而庄周天生是这些控制技能的克星。

但是五个法师的阵容终究太脆弱了，所以向暖信心满满，结果他们这局输了。

小仙女们凑在一起的战斗力实在太可怕了，尤其是团战，一溜控制技能丢下来，配上法师们超高的爆发伤害，一点反应的余地都不给人留。

向暖感觉最恶心的是甄姬。甄姬这个英雄其实挺鸡肋的，平常排位赛里上场的机会不多，因为跑得慢容易被打死。但是甄姬的大招释放时间短，颜色和地面很接近，这意味着对手在混战之中经常注意不到她的大招，中招之后减速、冰冻……扑街得一气呵成。

向暖的反应很快，其他英雄比如昭君、小乔、不知火舞的控制技能，都可以通过预判躲掉，甄姬的技能考验的不是预判而是眼神，所以她中了好几次招。

其他队友的情况也没比她好多少，大雨他们反应慢点，连不知火舞的控制都躲不掉。

总之几人的配合完全打不出来，就这么输掉第一局。

第二局开始后，小仙女战队又禁了庄周，看样子是打算故技重施。

“怎么办啊？”向暖拧着眉，惆怅。

林初宴安慰她：“不要担心，刚才只是没有准备好。”

“真的吗？”

“嗯。五个法师，需要吃钱的地方太多了，我们下局尽量遏制她们发育，速战速决。她们前期起不来，我们就赢了一半。”林初宴简单分析了一下。

郑东凯有点意外，毕竟林初宴接触这类游戏的时间太短了，现在看他游戏意识成长得这么快，郑东凯禁不住感叹：“聪明人学什么都快。”

向暖听懂了，但她玩得好的辅助只有张飞和庄周，现在庄周禁掉了，只剩丑张飞，她也没的选。

大雨在林初宴的要求下，放弃鲁班，改用了虞姬。虞姬这个射手在游戏前期特别强势，很容易对敌方英雄形成压制。

毛毛球的亚瑟和郑东凯的赵云在前期都比较不错，所以没有改。

轮到林初宴选了，他没有选妲己，因为妲己也需要拖到中后期才有足够的爆发伤害。郑东凯以为他会选诸葛亮，身为法师一哥，诸葛亮在游戏前期很强势。

但是他也没选诸葛亮，而是……选了李白。

“喂喂喂，你玩我呢？拿李白打前期？”

林初宴抿了下嘴角：“信我。”

“信你个大头鬼啊，赶紧换掉！”

林初宴默默地点了锁定，就不换。

好了，五法天女，中单李白，这局游戏，双方的阵容都很任性。

李白这个英雄的机动性和生存能力很好，第一个技能俗称“来呀来呀抓不到我”，自由搭配的三段位移，声东击西，来去无踪，逃跑力 max；第二个技能俗称“来呀来呀打不到我”，这个技能释放过程中，李白是无敌状态，无视一切攻击；第三个技能俗称“你打不到我但是我能打死你哦”，释放技能时依旧是无敌状态，人影都看不到一个，同时携带着超高的技能伤害，令人闻风丧胆。

但李白也是脆弱的，防御低、血量薄，一旦被人抓住，多半死路一条。而且李白还有个致命伤，他的大招必须通过四下普通攻击来点亮。《王者荣耀》是一个节奏很快的游戏，很多时候，李白并没有安稳的环境来积攒普通攻击点亮大招。没有大招的李白，跟咸鱼没什么区别。

所以玩李白非常考验操作，操作不好的，就是一个提款机。

林初宴的操作算不算好，这个向暖也说不清，但他的手速是真快啊……

打得过就打，打不过就画圈圈无敌，然后一眨眼就跑了。你以为我跑了，不好意思，我又回来打你了……惊不惊喜，意不意外？

除此之外，林初宴配合郑东凯的赵云，靠着英雄自身的机动性，对敌人的野区形成压制态势。对方少了野区资源，五个人一起分吃三条官道上的兵线，经济压力很大。

林初宴他们还越塔打人，不断骚扰，搞得小仙女战队连打兵都不安生，好多小兵吃不到，白白浪费掉。这又是一部分经济损失。

单从战绩数据上看，李白杀的人并不多，但他对战场局势的影响很大，这种影响无法用数据表现。

总之一句话，林初宴把一个风流飘逸的剑客，生生地玩成了战场搅屎棍，也算是不拘一格降人才了……

这局游戏赢得很顺利。毕竟，五个小仙女的阵容，硬伤太多。

第三局时，小仙女战队已经放弃抵抗了，她们开启了嗑瓜子聊天的模式。

林初宴我老公：对面李白也是林初宴的粉丝吗？

初晏：不。

林初宴我老公：不用害羞啦。我看你操作不错，有没有兴趣加入我们小仙女战队？

初晏：没。

是暖暖啊：我可以吗？我也是小仙女哦。

林初宴我老公：丑男滚。

是暖暖啊：……

第二轮比赛结束后，向暖感觉有点累，站起来伸了个懒腰。

沈则木恰好经过，看到她时，说：“明天晚上社团聚餐，你要来吗？”

“啊？去呀去呀。”向暖答应一声，又觉得有点奇怪，“怎么歪歪学长不通知呢？”

“不想看到我？”

“不不不。”向暖连忙摇头，“没有不想看到学长。”

沈则木莞尔。

这时，一只白皙又好看的手高高地举起来：“学长，我也去。”

是林初宴。

沈则木点了个头，转身走了。

中午，时光战队的五个小伙伴在食堂一起吃了个饭，然后林初宴他们就回主校区了。

林初宴回到主校区，给向暖发了段语音信息。

向暖点开信息，整个人都不好了。

语音内容是：“林初宴我老公，林初宴我老公！哈哈哈……”

“你神经病啊！”向暖气极，打电话骂他，“为什么要录音？赶紧删掉！”

“开录音是为了记录战斗过程，总结不足。”

“瞎扯，游戏里明明有录像，要录音干吗呀？！”

“但录音能够记录我们当时的想法。”

“我不管，你赶紧删掉啊！”

林初宴轻轻一笑，笑得人手痒痒，好想打死他。他说：“你以后要听我的话，否则，我就把这句话设成手机铃声。”

“你神经病啊！绝交！”

“好，我现在就改铃声。”

“你等等……”向暖声气弱下来，“那……先不绝交吧。”

林初宴笑了：“听话吗？”

她郁闷地“嗯”了一声。

“太敷衍了。”林初宴不满意，又问一遍，“听话吗？”

“听话。”

“那么，以后玩游戏不许胡说八道，知道了吗？”

“知道了。”她的声音闷闷的，很委屈的样子，林初宴几乎能想象出她此刻的表情，一定是鼓着腮帮子，嘟着下嘴唇，像是要吐泡泡的小金鱼。

小金鱼似乎不甘心被欺压，说：“林初宴，你等着。”

林初宴牵了牵唇角，眼底摇荡着柔软的笑意：“好，我等着。”

向暖并不是一个擅长整人的人，不像林初宴那样一肚子坏水，喷泉一样源源不断，无法控制地往外冒。

好像自从认识林初宴之后，她每天都要感叹一次：怎么会有那么贱的人呢……

而且现在她还不敢轻举妄动，怕林初宴一言不合换铃声。

比如星期日的比赛，她拒绝给林初宴当啦啦队，结果林初宴一个电话，她就乖乖下楼了。

“林初宴，我讨厌你。”

“不要讨厌我。”

两人见面就是这样没营养的对话，双方都不打算妥协。

林初宴上午打麻将，下午玩《节奏大师》。打麻将这玩意儿在向暖眼里就是赌运气的，结果放林初宴手里，就变成赌智商的了。

因为向暖有一个经常逛八卦版的好室友，所以被科普了林初宴的情况。他在他们系也算风云人物，是神经病一样的存在。别人出名是因为厉害，他出名就像娱乐圈十八线小明星炒作一样，充满着话题性——长得好看、天才、懒、不爱学习、翘课、毒舌、跟女生哭穷、没风度、有风度、脾气好、脾气不好……许多本身就互相矛盾的关键词集中在他一人身上，使这个人听起来特别像个重度精分患者。

如果只听传闻，向暖也会觉得不可思议，但是见过真人之后，她觉得别人形容得很到位、很合理。林初宴就是这样的人，他暖心的时候，能暖到任何人的心坎里；糟心的时候，也能糟到让任何人恨不得把他打包扔进精神病院关一辈子。

他就是这么个矛盾的存在。

跟林初宴相处，就要做好当面团的准备，他想把你揉圆的时候就揉圆，想把你拍扁的时候就拍扁。

向暖给大雨发微信抱怨：你们都是怎么忍受他的啊？

大雨看到这条信息时内心毫无波澜，他把向暖拉进一个小群。

群里原先只有三个人，现在加上她四个。

群名称是：林初宴的奴隶们。

向暖觉得自己的节操还可以抢救一下，不能就这么认输，于是默默地退群。

然后她看一眼身旁的林初宴，他已经开了下一局游戏，盯着电脑屏幕的目光很专注。

向暖悄悄地伸手，去摸他放在桌上的手机。林初宴的开机密码她刚才偷偷看过，已经记住了，只要拿到手机，就可以神不知鬼不觉地删掉录音。

就在她的指尖即将碰到手机时，林初宴出声了：“备份了。”

向暖肩膀一塌，郁闷地瞪了他一眼。

他依旧目不斜视，专注地盯着屏幕，摸牌、打牌，但是微微上扬的唇角暴露了他此刻内心的得意。

向暖冷冷一笑：“别嚣张。林初宴，早晚有一天我要把你变成我的奴隶。”

“你这就口味太重了。”

向暖听得莫名其妙，怎么就口味重了？她挺好奇的，但拒绝不耻下问，绝不给他装的机会。

于是她百度了一下关键词，结果唰唰唰跳出来一堆黄暴信息。

“林初宴，你这个变态！”向暖气死了，举起包作势要打他。

林初宴一边笑嘻嘻地斜开身体躲她，一边还不忘摸牌、打牌。

“不要生气。我要是拿到冠军，赢了钱都给你。”

“真的？”

“真的。《节奏大师》的奖金也给你。”

“你怎么知道《节奏大师》能赢？”

“呵，毕竟单身二十年的手速。”

向暖：“……”她默默地登上校园论坛，关注了“林初宴去死”版块。

林初宴大概察觉到自己有点过分。下午他订了外卖，给向暖买了芝士蛋糕、奶茶，还有水果，然后给自己点了一杯热柠檬茶。他比赛时，向暖坐在他身边吃蛋糕。

《节奏大师》的比赛其实在大会议室，电竞社的办公室离大会议室不远，所以林初宴仗着自己电竞社员的身份，开小灶跑到社团办公室。

向暖终究有点心慈手软，怕打扰到他，吃蛋糕的动作很轻，几乎没发出声音。

反倒是林初宴，玩得很放松，手指准确而快速地点击屏幕时，还有空偏开头去喝柠檬茶。

向暖吃着蛋糕，看到他又一次偏过脑袋、视线不离屏幕，她悄悄地把他的柠檬茶拿开。

林初宴轻声笑：“别闹。”

她最怕他低声说话，声音动听得犯规，好像他做任何坏事儿都可以被原谅。

这会儿向暖把柠檬茶推回去，吸管正对着他的嘴巴。

林初宴喝了口柠檬茶，有点得寸进尺：“蛋糕。”说着张开嘴等她投喂。

“走开，都是我的。”

“你可真有出息。”

向暖充耳不闻，一边吃蛋糕一边看他玩游戏，美滋滋。林初宴玩游戏十分具有观赏性，主要是手好看。她没玩过《节奏大师》，看不太懂，但是光看他的手指在 ipad 上有节奏地点来点去……她可以看一天。

《节奏大师》顺利晋级之后，按平常来说林初宴可以回主校区了，不过今晚他们有社团聚餐，所以他暂时先不回去，等晚上一起聚餐。

两人干脆就待在社团办公室开黑了。向暖用小乔，林初宴用李白。法师一般都是单独一个人走中路，安稳吃中路的兵线。林初宴的李白在野区游荡，打野怪，搞事情。中路官道两边都是野区，打野英雄距离中路英雄很近，支援策应或者联手搞事儿都很方便，这是俗称的“中野联动”。

向暖小乔玩得还不太顺手，不过林初宴的李白挺骚气，加上对手实力一般，两人合伙把对手搞得有点暴躁。

对方的法师开启文斗模式，骂他们俩是“狗男女”。

林初宴笑出声。

向暖用看白痴的眼神看他：“你傻吗，他骂你你还笑？”说着也不看他，非常熟练地和对方文斗。

是暖暖啊：叫爸爸。

初晏：叫妈妈。

向暖：“……”

峡谷第一帅的李白哥哥文斗时让人叫妈？是人性的缺失，还是道德的沦丧？

向暖眯着眼睛看林初宴，说：“你不会是对我有意思吧？”

林初宴眉毛都没动一下，注意力全在游戏里，答道：“你想得可真美。”

第十章 我暗恋你很久了

向暖也觉得她想得有点多。她认为正常人和神经病之间是不可能互相看对眼的。

她为自己的自作多情感到不好意思，解释道："平常追我的人挺多的，我就有点草木皆兵。"

"追我的人也很多。"林初宴不甘示弱。

向暖心想，那是因为别人眼瞎好不啦。

一局游戏结束，他们正打算再开一局时，听到外面传来脚步声，以及交谈声。

"我没有这里的钥匙，你带了吗？"

"没。"

向暖的听力很好，一下辨认出讲话的人是姚嘉木和沈则木，她撇了一下嘴角。

沈则木说："向暖应该还在。"说着，敲了两下门。

向暖站起身，却听到姚嘉木说："应该没吧？她和林初宴在一块儿，林初宴应该走了。"一边说话，一边也敲了敲门，"有人吗？"

向暖站在门口，手都已经扶在门把手上了，听到姚嘉木又说："没人。"

"歪歪一会儿过来。"沈则木说。

“向暖昨天的比赛怎么样？”姚嘉木突然问道。

向暖心里痒痒的，也想听听沈则木对她的评价，于是她放在门把手上的手没有动。

“还行。”沈则木的回答永远那么言简意赅。

姚嘉木说：“所以你昨天看了她的比赛？”

向暖听到这里，小心脏一提。

“没。”沈则木答道，“歪歪说的。”

姚嘉木：“我看到向暖的段位升得挺快的。”

“嗯。”

“听说林初宴他们寝室四个人一起带她，为这，林初宴花一万多买了铭文。”

向暖听到这里就感觉不舒服了，什么叫四个人一起带她呀？明明是大家一起努力、共同进步好吗，怎么话从姚嘉木嘴里说出来，搞得好像林初宴在包养花瓶……

那之后沈则木没说话，不知道他是什么态度。

向暖拉开门，姚嘉木见向暖在里面，知道她听到他们的交谈，面上闪过一丝尴尬，但很快恢复正常，朝向暖灿烂一笑：“向暖你在呀？我以为你走了呢，等好半天没人开门。”最后一句话已经有点抱怨。

向暖说：“学姐，我可是南山市鸢池区第一张飞。”说这话时，她不自觉地挺直腰板，一脸自豪。

《王者荣耀》有个战区系统，可以根据英雄的战斗力排名。因为向暖一直在用张飞这个英雄，所以战力积累很快，加上张飞不算排位赛里的主流辅助，用的人没那么多，所以她有幸成为鸢池区第一张飞。

向暖的心情类似于自家的丑小孩考上好大学，虽然还是嫌丑，但总归是自豪的。

沈则木本来在低头看手机，听到向暖这样说，他感觉挺好玩的，抬眼看她，说道：“很厉害。”

“那是当然，我可以做证。”一直坐在桌旁的林初宴向后仰了仰，沈则木他们看到向暖身后探出的他的脸。

林初宴说："学姐，我买铭文是因为我有钱。你想多了没关系，但话不能太多，别人听到会尴尬。"

林初宴讲话很少这样具有攻击性，向暖有点意外，回头望了望他，见他懒洋洋地靠着椅子，一脸无赖相。

向暖从他似笑非笑的表情里，看出他有点生气。

姚嘉木这是第二次被林初宴噎了，她心里不太高兴，表面上还要表现得大度，笑道："抱歉，我没别的意思。"

林初宴淡淡地"嗯"了一声，样子有点欠打。

沈则木走进来，打破尴尬，轻轻拍了一下向暖的肩膀说："还要继续努力。"

向暖感觉肩膀一沉，随即有点小害羞，问沈则木："学长，你的战力排名是什么呀？"

"我是省第一韩信。"

向暖的眼睛和嘴巴都变圆了，一脸痴汉相地看着他："哇——"

沈则木被她的表情逗笑了。

他平常总是板着脸，像个高深莫测的小老头，这会儿一笑，冰雪消融般的惊艳。

他走进办公室里拿东西时，向暖就像个小尾巴一样跟在他身边，张着嘴巴搓着手，两眼冒着光，也不知道要干什么。

沈则木从柜子里拿出一个文件夹，转头看到身后的她，他挑了挑眉，问道："你是想拜师吗？"

"我……我可以吗？"

"当——"

"向暖。"一直默不作声观察他们的林初宴突然叫了她一声。

向暖扭头看他一眼："干什么呀？"

林初宴笑眯眯地望着她："你说，我换个什么样的手机铃声比较好？"说着，拿起手机点了几下，"过来，帮我看一下。"

向暖肩膀一塌，灰溜溜地走过去坐在他身边，低声说：“你有病吧？”

林初宴微一偏头，在她耳边说：“对啊，你能治吗？”

离得太近，他讲话的热气喷到她耳朵上。向暖有点别扭，揉了一下耳朵，气道：“早晚打死你。”

沈则木回头看了他们一眼，两人交头接耳，一个似笑非笑，一个目露凶光。他低头看了眼腕表，问他们：“火锅店，一起？”

“好啊好啊。”

晚上的聚餐订的是自助火锅。姚嘉木本来不是电竞社成员，不过由于她和歪歪、沈则木他们很熟，所以电竞社有活动时她经常来玩，许多人都看得出她醉翁之意。

因为四个人是同时到火锅店的，所以排在一起坐。向暖左边是林初宴，右边是沈则木。向暖心里还惦记着沈则木“省第一韩信”的名头，老是找机会跟沈则木说话，话题也围绕战力排名。

沈则木没想到向暖真的是个网瘾少女。许多女孩玩游戏的目的并不是玩游戏，但这个女孩……嗯，相当纯粹。

这莫名让他对她多了几分好感，他说道：“省第一没什么，我还认识一个国服第一李白，是我表弟。”

“哇——”向暖又是那样的表情，眼睛瞪大，嘴巴变圆，还夸张地捧了一下脸，但很快她就放开手，说道，“不对，我们虎哥才是国服第一李白。”

“什么虎哥？”

“豌豆 TV 的主播，虎哥。”

“那应该没错了，我表弟叫陈应虎。”

我的天哪！

向暖头一次感觉原来世界可以这么小，她二次元的偶像和三次元的男神是亲戚关系？沈则木他们家族是什么基因呀，专门盛产偶像和男神？

向暖炽热的目光让沈则木感觉意外。他那个表弟不学无术得很，成天就知道打游戏，为了打游戏差点跟家人断绝关系。表弟高中都没上完，现在跑到一个视频网站做主播。这样的叛逆少年，也能收获到狂热的迷妹？

有点看不懂这个世道了……

向暖搓着手，表情带着点讨好，问道："学长，你有虎哥的照片吗？虎哥直播从来不露脸。"

"有的。"沈则木从手机里翻了一下，找到一张春节时亲戚聚餐的照片，调大，指着其中一个黄毛小子，"就是他。"

黄毛小子肤色偏暗，穿着件军绿色的大羽绒服，身体比较瘦，衬得羽绒服格外大，脸部轮廓还是少年，看样子年龄不大。向暖拿着沈则木的手机仔细看，笑嘻嘻道："哎呀呀，好可爱啊！哈哈哈……"

沈则木额角挂起黑线，用"可爱"来形容他表弟？鸡皮疙瘩都要起来了……

果然，粉丝看偶像都是自带滤镜的，不能信。

向暖依依不舍地把手机还给沈则木，又问："你和虎哥熟吗？"

"还行，他经常来我家玩。为了玩游戏，他跟家里吵过很多架。"

"还有呢？虎哥说有人邀请他打职业，是真的吗？"

"是真的。"

"后来呢？"

"他去了几天，因为打游戏话太多，影响队友，被劝退了。"

"哈哈哈哈……虎哥好可爱！"

又来……明明是个网瘾少年加话痨患者，哪里可爱了？她对"可爱"一词的理解是不是有什么偏差？

沈则木无奈地摇头，视线越过向暖，不经意间和林初宴对视一眼，发现他也在摇头。

真难得，他和林初宴竟然有了共同点。

歪歪学长很会活跃气氛，吃着吃着，提议大家一起玩游戏，玩的是最俗套的真心话大冒险。

向暖涮了一盘虾，一边看别人闹笑话，一边剥虾。她想把虾都剥好了再一起吃，结果林初宴趁她不注意，一个一个地把她的虾都吃光了。

“林初宴。”向暖咬牙，“我要打死你。”

“别打我。”林初宴笑道，“我都还给你。”

林初宴开始给她剥虾。

这个时候，沈则木很倒霉地被选中了。

选中他的人不怀好意地问：“学长，还是不是处男？要讲真话哦。”

这问题尺度有点大，问出来之后就引起一片起哄声。

沈则木说：“我选大冒险。”

“哦，那麻烦你从在座的女生中选一个，亲一下手吧。不过亲之前要先问女生的意愿，如果女生不同意，你要继续选，直到选到同意的人。”

又有人起哄了。向暖也觉得这个冒险好刺激。

沈则木说：“就近原则吧。”

一句话说得向暖和姚嘉木的脸都变红了，她们俩正好坐在沈则木两边。

他看了看姚嘉木，又看了看向暖，观察她们的表情。

向暖快紧张死了，低头不敢看他。

“向暖。”沈则木突然唤她，“帮个忙可以吗？”

向暖红着脸点头：“嗯。”

男神要亲她的手了！四舍五入就是接吻啊！天，她的心脏要跳出来了！

沈则木抓起她的手。与他相比，她的手很小，柔弱无骨，细腻光滑。他握住这只与他迥然不同的手时，竟然也有些脸热。

他低下头，缓缓地凑近，就在他的双唇即将触碰到她的手背时，他目光下横插过来一只手，阻挡在他和她之间。

沈则木没刹住车，猝不及防地亲了这只陌生的手。

他抬眼，看到林初宴带着笑意的脸庞。

林初宴的胳膊绕过向暖的肩头，他的掌心正扣着她的手背。

“学长，我暗恋你很久了。”林初宴脸不红心不跳地胡说八道。

沈则木差点吐了。但是围观群众很欢快，呼啦啦地鼓掌叫好，看热闹不嫌事儿大。

林初宴和向暖手叠着手一同落下，然后他很有风度地收回胳膊。

向暖无法接受她的福利就这么被林初宴搞没了。她呆呆地捏了捏拳，咬牙道：“林——初——宴！”

林初宴在她耳边笑了笑：“不谢。”

谢你大爷啊！

向暖气得直捏筷子，力道很大，林初宴看到她骨节都显出来了。向暖的手和她的人不太一样，她长得匀停有致，手却偏丰腴，有点小肉，手背上的肌肤细腻光滑得很……林初宴忍不住蹭了一下手掌，仿佛要蹭掉那残留不散的触感。

向暖没注意到他的小动作，她目露凶光，咬了咬牙，抱怨道：“你到底要干什么呀！”

“我是为你好。”林初宴一边说，一边喝了口啤酒，老神在在的样子，小声说，“你闻一下自己的手。”

向暖把手放在鼻端嗅了嗅。

林初宴：“什么味道？”

嗯，味道确实有点怪……

刚才她剥虾来着，虾是从火锅里捞出来的，虽然擦了手，那属于食物的气味还是有点浓。

林初宴见她不说话，追问道：“是不是像海鲜味的猪蹄？”说着，凑到她耳畔把声音压得更低，笑道，“你说，他要是亲了这样味道的手，会是什么感觉？会不会更饿了……”

“你闭嘴吧！”

“好心没好报。”林初宴的语气带着一点怨气。

“好吧，是我错怪你了。”向暖晃了一下啤酒杯，“我干了。”

林初宴拦了她一下：“算了，我又不是小气的人，不用喝了。”

“没事儿，我酒量好着呢。”向暖轻轻推开他，一口气把半杯酒都喝了，喝完之后擦了擦嘴，说，“我小时候偷喝过我爸的茅台。”

她音量不大不小，沈则木正在和人说话，这会儿偏偏听到了，扭过头看了她一眼，饶有兴味的样子，问："后来呢？"

向暖有点不好意思，抬手挠了挠耳朵："就喝了几口，也没喝醉。"

"爸妈没打你？"

"没有，他们从来不打我。"

沈则木很能理解她爸妈，他要是有这么漂亮的女儿，估计也舍不得打。

后来向暖为了证明自己酒量确实很大，把啤酒当饮料喝了不少。她喝得有点嗨，林初宴把她送回去时，在她宿舍楼下，她把自己的手套摘下来给他。

林初宴哭笑不得："我不冷。"

"戴上吧，脸可以冻坏，手不能冻坏。"

"为什么脸可以冻坏，手不能冻坏？"

"手冻坏了就不能打游戏了。"

"那脸呢？"林初宴逗她，"我的脸不值钱吗？"

向暖就开始歪着脑袋观察他的脸，看了一会儿，她笑道："林初宴，你长得真好看。"

"谢谢，你也是。"

后来林初宴还真把她的手套戴走了。弹力十足的粉色针织手套被他的手掌撑开，手套背面绣着卡通猫咪，边缘缀着白色的小毛球……少女心爆棚。

他戴着这双手套回到寝室，郑东凯看到之后，惊道："原来论坛上说的是真的！"

"说什么？"林初宴摘下手套，活动了一下修长的手指。

"说你 gay 里 gay 气的，聚餐时跟帅气学长表白了。"

"你们信？"

三个室友面面相觑，小心打量林初宴的表情，感觉这个问题有点难回答。最后郑东凯试探着问："我们应不应该信呢？"

"信则有不信则无，自己选。"

“不信不信不信！”

“还有……”林初宴把手套叠好放在桌上，然后脱下外衣挂起来，看都不看他们一眼，说道，“我是攻。”

郑东凯刚恢复正常的表情又变得惴惴不安。

“东凯，我们是不是太自信了？”等林初宴去了浴室，大雨说道，“初宴就算是弯的，也不会看上我们的。”

“这比被看上还虐心好吗……”

这晚向暖玩游戏比较令人费解，张飞走位很飘，技能释放总是慢那么一二三四五拍。

郑东凯说：“我怀疑手机那头是个树懒。”

林初宴：“喝上头了。”

向暖飘，林初宴浪，大雨的射手一向㞞，剩下毛毛球和郑东凯虽然尚算稳重，却终究无力扭转战局。他们打了五把，输了四把。

郑东凯算看出来了，输游戏的关键点在向暖。不是说责备她，而是整个队伍已经习惯了有向暖这个优秀辅助的呵护，她突然掉链子，所有人都不适应。这就是辅助的重要性。

这晚输那么惨，大家都有点受刺激，第二天商量着练一下别的阵容。

按理说他们早该这样做了，钻石往上的排位赛都是征召模式，先禁英雄再选英雄，双方的禁选都能看到，并且选英雄不能重复。不像铂金以下那么随意，两边可以拿出同一个英雄。

这个时候就得好好考虑阵容上的搭配克制了。

如果选的英雄阵容不合适，刚好被对方克制住，那么在双方实力差不多的情况下，一定是对手的赢面更大。

为了有更多的选择，玩家的英雄池就不能太单一。所以，向暖他们决定先不打排位了，要多练练新英雄。

向暖从英雄商城里翻了一下，最后目光停在自己最钟爱的貂蝉身上。

“我今天想练法师，可不可以呀？”她讲话的语气带着点请求的成分，林初宴差点没被她逗笑。这傻子也太好欺负了。

连郑东凯都听不下去了："反正是练英雄，想选什么就选什么。昨天初宴太浪了，今天他用辅助。"

林初宴说："好。"

向暖选了貂蝉，然后给她穿了圣诞那套衣服，心情有点小激动。

郑东凯看到之后很惊讶："妹子，你就这么玩游戏吗？一点熟练度都没有，就先买个皮肤？"

"好看啊。"向暖已经收集了好多英雄和皮肤，不管有没有机会用，好看的她都要。

她就这么把《王者荣耀》玩成了《奇迹暖暖》。

郑东凯感叹道："我就知道，你跟初宴一块儿玩，学不到什么好。"

林初宴的辅助选的是东皇太一。

东皇太一是法师型坦克，延续了坦克的优良传统——丑。东皇太一拖着个蛇尾巴，穿一身跳大神般的衣服，像个神婆一样揣着手，乡土感很重地神秘造作；走路时身边常年绕着三颗黑球球，眼珠只有眼白，眼白还放着光——不仅丑，还是完全看不到正义感的那种丑，和张飞不一样。

游戏开局，向暖的貂蝉小仙女飘啊飘地沿着中路走，林初宴的东皇太一跟在她身边，一边走路一边用技能往自己身上挂黑球球。

向暖看得倒胃口："丑男走开，我要截屏。"

"哈哈哈哈！"郑东凯笑了，"第一次听到初宴被说丑男！解气！"

被嫌弃的林初宴默默地游走进野区，越过河道，猫在某片他经常蹲的草丛里偷蓝。

林初宴对抢敌人的蓝 buff 这事儿谜之执着。不管玩什么英雄，开局都喜欢去反蓝。有时候能成功，有时候就是有去无回。

敌方法师是诸葛亮，这会儿待在安全范围发了条消息。

诸葛雄兵：东皇太一别躲了，你的蛋蛋露出来了。

林初宴这是第一次用东皇太一，也是第一次知道原来东皇太一不适合蹲草丛——人藏得住，球藏不住。

唉，有点小遗憾。

他默默地从草丛里出来，和诸葛亮对视一眼，尴尬。

就这么转身走的话感觉太没面子了，于是林初宴说：“都过来。”说完自己先跑出去骚扰敌方打野。这是要明抢了。

“你要是死了就是浪死的。”向暖虽然嘴上嫌弃，终归是不忍心看队友孤身犯险，于是过去了。

下路的大雨也开着黄忠跑过去。

就这样，双方才一级，就因为一个蓝 buff 而发生了一场小规模的团战。混战之中向暖不小心杀了个敌方打野。

这个游戏里，想得到红蓝 buff，除了打怪，还可以杀人。如果敌方身上带着 buff，杀掉对方可以顺位继承。

第一次用貂蝉，她也不知道怎么就把人给打死了，继承了一个蓝 buff。

不管了，反正自己很厉害就是了。

打完架，向暖的貂蝉还剩四分之一血，有点可怜，必须回家吃点补品。她抬眼看了眼林初宴……天哪，东皇太一竟然满血？

“你怎么没掉血？”她问道。

“我可以吸血。”林初宴说着，摆弄着东皇太一给她展示，“用球去蹭人或者怪，都能吸。”

“我不看，辣眼睛。”

向暖操纵着貂蝉小姐姐，补满了状态后，意气风发，又回到中路，打算把诸葛村夫按在地上摩擦。

然而，事与愿违。

貂蝉这个英雄，对新手特别不友好，第一次用的话多半会成为提款机。同时貂蝉也是很费钱的英雄，前期如果经营不好，和敌人拉开经济差距，很容易被压制住翻不了身。

向暖的战绩就不那么好看。与她相反，林初宴的东皇太一可是风生水起，靠着强力的吸血，有恃无恐，在三路之间溜溜达达，搞得好像整片野区都是他家的菜地。

玩个辅助都能这样，是不是任何英雄放他手里都能玩成搅屎棍啊？

终于，他浪出了代价，被打成残血，逃跑时，诸葛亮的大招锁定了他。

向暖这个时候血量也危险，想都不想地直接往后撤。她算是发现了，现在她的貂蝉谁都惹不起，见人就跑就对了。有时候，对坑货来说，不送人头就是她能对团队做的至高贡献。

林初宴本来跑在她后面，眼看诸葛亮的大招元气弹打过来，东皇太一一个闪现，瞬间躲到向暖的前方，于是元气弹打向貂蝉。

向暖："……"

诸葛亮的大招是可以用身躯去挡的，她玩张飞时也会用身体帮队友挡元气弹。问题是她现在玩的貂蝉啊！法师啊！一样残血啊！

一个低贱的辅助，让尊贵的法师卖命给他挡伤害！

"你还是人吗！"向暖好悲愤，"我也是一条小生命好吗！"

她以为自己要死在诸葛亮的大招之下，都停下操作了，可是说完这句话后，她发现她还活着。就剩一丝血皮，几乎看不到血量。

但是，活着。

于是她手忙脚乱地继续跑。耳机里传来林初宴的笑声，春风沉醉般，又轻，又有点撩人。

"别怕。"他笑道，"我算过的。"

"你给我闭嘴。"她说。

因为你一开口我就会很快原谅你。

两人一路夺命狂奔，总算脱险。向暖说："下把我不玩貂蝉了，太难用。"

"好，你玩东皇太一。"

"我不。"

"很好用的，买个皮肤就不那么丑了。再说，你作为第一张飞，还有什么是克服不了的？"林初宴耐心地劝她。

"那好吧，我试试。"

之后向暖果然试了一把东皇太一，结论是，很给力。

至此，她算是基本摸清了这个游戏的设计思路——越美越脆弱，越丑越好用。

一早，郑东凯迷迷糊糊地起床去洗手间。他们每个宿舍都配备独立的洗手间，男生宿舍的洗手间经常是脏乱差的，但他们的不是，因为林初宴不允许……

但林初宴自己又不愿动手打扫，所以最后这差事落在他们三个小奴隶的头上。搞得每学期评定优秀宿舍，他们都能榜上有名。

这会儿郑东凯脑子还没完全清醒，顶着冬天清晨的寒气去洗手间小解。

他在洗手间看到了林初宴，这不是重点，重点是林初宴在干什么？

“啊！！！”郑东凯叫了出来，声音带着点惊恐，这一声把另两个还没起床的室友都吵醒了。

郑东凯说：“林初宴，你怎么在洗衣服？这不是内裤，也不是袜子，这是——”

林初宴突然捂住他的嘴巴。

他的身材比郑东凯高大，这会儿胳膊一揽，绕着他的脖子捂住他的嘴。郑东凯只觉口鼻内充满洗衣液的气味，身体被林初宴带得几乎要摔下去。

毛毛球和大雨就在这个时候突然推开门。

两人刚才听到郑东凯的惨叫，本来是一脸急救队员的表情。这会儿看到洗手间里的情形，都愣住了。

郑东凯衣衫不整，林初宴捂着他的嘴巴，神情有点危险，似乎是打算强迫做一些危险的事情。

“打扰了！”毛毛球说着，嘭——关上洗手间的门。

郑东凯仿佛皮皮虾那样难过。

林初宴放开他后，他整理好衣服走出洗手间，幽怨地看着毛毛球和大雨，说：“你们卖我的时候能不能犹豫一下？”

“东凯，初宴真的对你做了那样的事儿？我就知道，我就知道这天早晚要来的！不过他也太快了……”

“没有没有，你们不要瞎想。”

“那你为什么叫？”

郑东凯一听这个，乐了：“初宴他在洗衣服！”

“瞎扯，他除了自己的内裤和袜子，什么时候洗过衣服？不都是洗衣店上门取、上门送？我感觉他在洗衣店花的钱比吃饭都多。”

在郑东凯的印象里，林初宴就是这种懒出原则的人。他宁可饿肚子也不愿动动手指，这大概是属于他们懒癌星人独有的底线和尊严，正常人理解不了。

但是今天，林初宴正在洗一双手套。

“就是他星期天戴回来的那双，小公主手套。”

这周四的例会，林初宴和向暖一样，提前到了几分钟。

他今天围了一条浅灰色的羊绒围巾，下巴埋在柔软温暖的围巾里，使他整个人的气质都柔和了几分，连汉奸头都显得顺眼了几分。

林初宴的汉奸头是那种时髦款的中分，有点蓬松，发丝的尾部打着小小的弯曲。向暖问道：“你的头发是在哪里烫的，感觉好自然。”

“没有烫，我有一点自然卷。”

向暖很羡慕，他的自然卷卷得恰到好处。向暖托着下巴仔细看他，林初宴被她看得有点不好意思，垂下眼睛笑，轻声说：“看什么看啊？”

向暖笑道：“我感觉你的发型要是染成灰白色的，也好看。”

“为什么是灰白色？”

“和诸葛亮同款。”

好吧，又是游戏，这人中毒太深了。

林初宴动了一下腿，视线在桌上一副粉蓝色的手套上停了停，问：“新买的？”

向暖点头道：“嗯。上一副弄丢了。”

原来她忘了。林初宴的手在衣兜里摸了摸，什么也没说。

例会结束后，向暖不想吃夜宵，因为她发现自己竟然长胖了，这还了得。林初宴把她送到她宿舍楼下，看到有人在那里摆蜡烛。

烛光在黑夜中摇曳，像是满地的星星，周围不少看热闹的人。

“是纪念死去的宠物吗？”向暖对一旁的林初宴说。

然后她就看到人群里有个男生捧着一束玫瑰花，仰着头朝楼上喊：“向暖，我喜欢你！”

向暖：“……”

楼上有人开窗喊话，萝莉音高昂，向暖一听就知道是闵离离。闵离离说：“向暖不喜欢你，你走吧！”

男生不服气：“你算是向暖什么人啊？”

“我是她的监护人！”

向暖乐不可支，把围巾往上拉了拉挡住脸，然后对林初宴说：“我从另一个门走。”

但已经来不及了，有人发现了她，立刻告诉了那男生。

真是看热闹不嫌事儿大啊。

男生捧着玫瑰花走过来，向暖特别尴尬。他快走近时，面前突然横过来一条胳膊，拦住他。

是林初宴。林初宴个子比较高，看人总是自带睥睨的气场。他扫了一眼那男生，说道：“向暖不喜欢你。”

“你又是谁啊？”

“我也是她的追求者。”

向暖发现林初宴真是天赋异禀，谎话总是信手拈来。

男生说：“那好，我们公平竞争。”

“公平不了，你比我丑。”

“……”

向暖莫名有点心疼那个男生。

如果是一般人骂他丑，大概还可以争辩一下，但现在是林初宴啊。林初宴出名全靠脸，他说谁丑谁就是丑，不接受反驳。

男生很不服气，看着向暖，说："我相信你不是那种在意外表的人，对吗？"

"不。"向暖连忙摇头，"我特别在意外表。"

男生很失望。不过谢天谢地，他总算愿意走了。

林初宴一直待在向暖身边，等男生走了，他才和她说再见。

"谢谢你啊。"向暖想到刚才的情形，还有点想笑。

"其实。"林初宴觉得有必要解释一下，"我很少攻击别人的外表。但是他……"他太讨厌了。

"我知道，谢谢你。"夜色下她的眸子亮亮的，仰头望着他。

被这样一双眼睛注视着，林初宴的心情就变好了。他笑了一下，说："我爸爸说过，如果一个人真的在乎你，他首先在乎的，是你的感受。"

向暖感觉这话虽平实却很有道理，她点头："叔叔是一个很睿智的人。"

"嗯。"可惜有点抠门，人无完人啊。

周六，校园电竞赛第三轮。

向暖这一周一直在练东皇太一。她买了个东海龙王的皮肤，感觉东皇太一不那么丑了，不过黑球球看起来还是很邪恶。

东皇太一是很强势的辅助，黑球球只要碰到活物就能吸血，大招可以恶心到王者峡谷里百分之九十以上的英雄。

因为这个大招是无解的。英雄进场前自选的净化技能解除不了，庄周等英雄的净化技能也解除不了。

东皇太一的大招俗称"兄弟们给我打"，只要东皇太一用大招按倒敌方某个英雄，那个英雄就什么都做不了，与此同时对方会和东皇太一共享伤害，意思是东皇太一挨多少打对方就得挨多少，反之亦然。东皇太一可是坦克啊，血量足得很，球球还一直吸吸吸，这种以血换血的方式通常最后倒下的不会是东皇太一。

所以东皇太一的大招套路就是身边跟着己方输出，他把敌人按倒，大家一顿胖揍。

这就产生了一个问题。大招的技能冷却时间长，一波团战通常只能用一个大招，而这个大招一定要打到敌方的关键人物。

道理大家都懂，但是真在混战中找准目标并且准确把技能交过去，这需要多多锻炼。

除了无解的大招，东皇太一的另一特色是强大的吸血能力。在四级之前，东皇太一带着球球打仗，优势明显。所以玩东皇太一适合开局入侵敌方野区，抢红、抢蓝、抢野怪，走强盗路线。

今天郑东凯用的打野英雄是达摩，也是前期很强势的英雄，小拳拳捶出去，打谁谁吐血。

所以东皇太一和达摩配合起来，把敌方野区搜刮得比碗都干净，先下一城。对面被刺激得不行，第二局早早地买了克制回血的装备。

向暖心想，我有那么可怕吗……

其实敌方这样草率地针对一个辅助绝非上策，花钱买了克制回血的装备，势必要牺牲一些其他属性。

所以第二局还是时光战队赢。

赢了这一场，向暖他们就算挺进八强，距离"勇争第三"的目标又迈进一步。

"耶耶耶，中午下馆子吧？我请客！"向暖收起手机，笑道。

"好啊好啊。"大雨他们双手赞成。

向暖轻轻拍了拍身边林初宴的肩膀，笑嘻嘻的："今天表现不错，给你加鸡腿。"

林初宴低眉，视线扫过肩头那只白皙丰腴的小手。

然后他指尖搭着她的手背，指肚压在她光滑的皮肤上，一边缓缓地将她的手推下去，一边低头笑："越来越社会了。"

几人去食堂四层吃小炒，向暖真的给林初宴买了鸡腿。

他们吃饭时遇到了沈则木和歪歪。双方座位相邻，沈则木埋头吃饭，歪歪隔着一条通道，和向暖他们聊天。

聊着聊着，越发意气相投，歪歪扔下沈则木，跑过来坐在郑东凯身边。

“向暖。”沈则木突然叫她。

向暖正在和林初宴抢肉丸子，听到沈则木叫她，她连忙扭过头来：“哎！学长？”态度有些狗腿。

沈则木说：“我表弟下周过来南山市玩。你，要不要见他？”

表弟！虎哥！

向暖激动地一挺身体：“啊？要的要的！虎哥他……嗯，他愿意见我吗？”

她小心翼翼的神情让沈则木觉得很好玩，他莞尔道：“我让他见你，他就得见你。”

“谢谢学长！”

“学长。”林初宴朝沈则木笑了笑，笑得好不灿烂，“我也是虎哥的粉丝，我可以一起见他吗？”

沈则木星眸一眯，冷漠道：“不可以。”

林初宴：“……”

报应来得好快。

第十一章 把情敌拐到手

虎哥下周末才来找他表哥玩，在此之前，向暖要面临的现实问题依旧是排位上分和比赛。

在周六举行的《王者荣耀》第四轮比赛中，向暖他们艰难地赢下了比赛，锁定四强。

这场比赛打了两个小时之久，也不知道是不是遭受了诅咒，他们把把逆风，把把都拖到大后期。比赛一共打了三场，对手连着三场都禁东皇太一，可见是对他们做足了功课。

大雨的射手被针对得很凶，前两场失误有点多。第三场时，林初宴决定自己用射手，他拿出了他的入门英雄孙尚香。

向暖这场用的是庄周。

两人走在一起时，向暖突然想起他们刚开始玩游戏的情形，莫名就笑了。

林初宴目光盯着屏幕："傻笑什么？"

"嗯，我想到我们以前，真的好傻。"

"是你傻。"

"你傻你傻你傻。"

"嗯，我傻。"林初宴脸上挂着点笑意，也不和她争辩，痛痛快快地承认。

大雨玩的是法师王昭君。王昭君这个英雄，玩得好了很出彩，玩不好也没关系，最多是躲在大后方放技能，相对来说比较安全。

大雨前两局失误太多，现在打得有点束手束脚，生生把一个法师玩成了辅助，于是绝大部分输出压力都在林初宴一个人头上。

这局游戏再次打到后期。林初宴的孙尚香敌人没做过功课，反而有点出奇制胜的意思。最后他的战绩是17杀0死8助攻，意思是砍死别人十七次，自己一次都没死。

尽管对手后来醒过神打算针对孙尚香，但是向暖他们打出了四保一的阵型，四个人保护林初宴一个人，必要的时候不要说向暖，连大雨都可以牺牲自己为林初宴换命。

对手有点绝望。

达康书记：对面的孙尚香让我杀一次行吗？求你了。

是暖暖啊：我们家宝宝是你能碰的吗？受死吧！

林初宴抿着嘴角笑。

最后呢，当然是赢了。

向暖简直不敢相信，他们真的进了四强。要知道，她报名这比赛的时候还只是个刚打上黄金的小渣渣，现在呢？虽然还不是王者，但他们已经连续干掉两个王者队了！

她激动的心情难以言表，相比之下，另外四人倒是挺淡定。

几人收拾东西时，大雨提到一个问题："我们下周的半决赛，要不要放水呢？"

向暖奇怪地挑了下眉："为什么放水呀？"

"不是说要勇争第三吗？如果进了决赛，就得不到第三了。"

"不，我们要有竞技精神，决不能放水。勇争第三是以前的目标，现在我们的目标是——保三争一！"

郑东凯竖起拇指："妹子说得好！"

林初宴说："如果进决赛，对手可能是沈则木他们那队，你也不会手下留情吗？"

“那又怎样，就算是亲爸爸站在对面，也要赢！”向暖说到这里，目光都变亮了几分。

林初宴看着她的眼睛，和她垂在额前的细碎刘海，他很想揉揉她的脑袋。

第二天周日，林初宴的麻将和《节奏大师》都比《王者荣耀》进度快，这天就要决出最终进入决赛的选手。

“我不想比赛了，我也想和虎哥玩。”林初宴对向暖说。

“不行。”向暖断然拒绝，“你说过要得第一的，我还等着你的奖金呢！”

林初宴无奈，只好在学校安分比赛，眼看着向暖离开。

和向暖一起离开的是沈则木，他和林初宴擦身而过时，林初宴说：“学长真聪明。”

沈则木抄着兜，神态有些闲适：“彼此彼此。”

“我真是越来越喜欢学长了。”

沈则木：“……”

沈则木还是有点佩服林初宴的，别的不说，他恶心人的方式无人能出其右。

虎哥住在学校附近的一个高档酒店，三人约好在酒店一层的咖啡厅见面。

向暖听说虎哥比较害羞，今天特意打扮得很邻家，一看就是好人。不过她自己也很紧张，一直小心地跟在沈则木身后，走着走着没看路，撞了台阶。沈则木像是后脑勺长了眼睛，一回身扶住她。

“表哥。”离着不远的位子，有人叫了一声，声音不大。

向暖循声望去，见那里坐着个男生。男生脸有点圆，一脑袋黄毛，刘海长得快要遮住眼睛，这会儿正在看他们。

沈则木带着向暖走过去，指了指坐着的男生：“我表弟。”

向暖想也没想，“呼”地一下突然弯腰：“虎哥好！”颇有几分小马仔见黑社会大哥的架势。

沈则木额角挂起黑线。他可能真的老了，根本看不懂现在小年轻追星的方式。

虎哥好像被吓到了，也“呼”地一下站起身，弯腰给她鞠了个躬：“你好！”

“你们俩是日本来的吗？”沈则木吐槽了一句。

他们俩挺不好意思，一同直起腰，对视一眼，然后向暖发现，虎哥他……脸红了？

“你……你好。”黄毛少年讲话有点结巴，“我叫陈应虎。”

“嗯，我知道，我叫向暖。”向暖说着，大大方方地伸手，和他握了一下手。

陈应虎跟她握手后，脸更红了。

三人落座后，沈则木要来菜单，他翻着菜单，目光却没在菜单上，而是在向暖和陈应虎之间梭巡。

向暖发现陈应虎的脸涨得通红，她觉得很好玩，突然不紧张了，笑着问道：“虎哥，你不会害羞了吧？”

“你……你别误会，我我……我有女朋友。”

“啊？我没误会，虎哥别误会啊……”

沈则木听不下去了，眼神往陈应虎那边飘了一下，然后对向暖解释：“别介意，他有点社交障碍，死宅必备。”

向暖连忙说：“虎哥别怕，我是好人。”

“嗯！”

沈则木抚着额头，这两人是怎么把天聊成这样的？

服务生站在他身边问他点什么，沈则木很想给自己点杯毒药。

陈应虎只是有点紧张。他宅太久了，除了外卖小哥和快递小哥，很少和陌生人说话。更何况外卖小哥和快递小哥来的次数多了，混成脸熟，也就不是陌生人了。

而且眼前这个女孩，据说是他的粉丝？这让陈应虎更加紧张了……

沈则木找了个话题缓解气氛，他问陈应虎：“你女朋友最近怎么样？”

“挺好的。”

向暖一听也挺好奇，问：“虎哥，你女朋友是干什么的呀？”

“修娃娃的。”

“啊？什么意思？”

“就是……修，娃娃。”

向暖：“……”这把语速放慢加个停顿就算解释了吗？也太敷衍了吧……

沈则木说：“你们女孩子不都喜欢玩娃娃吗，芭比娃娃之类的，还有很多别的，我记不住。他女朋友就是修理这些娃娃的，也给娃娃做小衣服。”

沈则木很少一口气说这么多话。他平常沉默寡言，这会儿跟表弟一对比，快要成为长袖善舞的演说家了。

向暖恍然点头：“还有这种工作啊？”

“嗯。”陈应虎点头。

“我第一次听说可以把修娃娃当工作。你女朋友真厉害！”

陈应虎不好意思地笑了笑。

向暖发现陈应虎竟然有一双鹿眼。双眼皮，长睫毛，眼睛不算太大，湿漉漉的，看起来挺可爱的。

可惜他肤色暗黄，眼下发青，下巴上还有青春痘……一看就是经常熬夜，饮食不规律。

向暖从包里拿出本子和笔，小心翼翼地看着陈应虎：“虎哥，能给我签个名吗？”

陈应虎点点头，在本子上写了自己的大名。

沈则木知道，他这个表弟写字不好看，光看字的话会让人怀疑他有没有读完义务教育。但是这会儿向暖带着粉丝滤镜看虎哥签名，那感觉就不一样了：“虎哥签名真可爱，嘻嘻。”

又来……沈则木摇了摇头，把菜单推给向暖：“你们点吧。”

服务生已经等不了，去了别的桌。

向暖点了杯果汁，接着把单子递给陈应虎，然后说："虎哥，你知道吗，其实还有一个你的粉丝也特想见你，可惜他今天来不了。"

"是吗？"

"对啊，他在微信粉丝群里，叫虎哥的法令纹，你有印象吗？"

陈应虎茫然地摇了摇头："没。"

"正常正常。"向暖挠了挠脖子，"他都不怎么说话的。"

陈应虎摸了摸自己的鼻翼，莫名其妙道："我……没有法令纹。"

沈则木"呵"了一声，好像看傻子一样看着他们俩："你不是虎哥吗，头上有个王字纹？"

"对啊。"

"法令纹是鼻子两边的，一撇一捺，读什么？"

"八？"

"连起来读什么？"

"王——八。"

向暖："……"林初宴这浑蛋！

陈应虎默默地看着向暖，向暖尴尬得不行，连忙道歉："对不起虎哥，我没想到他这样乱搞，我马上把他踢掉！"

"不用。"陈应虎倒是看得开，"我很多黑粉的。"

陈应虎有黑粉向暖是知道的。在豌豆 TV，只要有点名气的主播，都有黑粉，成天在弹幕频道骂人。她作为房管，职责之一就是给黑粉禁言。

向暖觉得林初宴太过分了，她一定要骂他。不过现在林初宴正在比赛，算了，等比赛完再骂吧。

向暖决定先把林初宴踢了，不能容忍这人侮辱虎哥。

但是当她在微信群找到林初宴时，发现他的名片已经改了，改成了"虎哥的小尾巴"。

呵呵……

这时，她听到陈应虎说："我今天想去看一个朋友。"

"什么朋友啊？"

“他今天有比赛，我想去给他加油。”陈应虎慢慢地适应好气氛，讲话就流畅多了。

向暖很好奇的：“哦？谁呀？”

陈应虎：“他叫林初宴，也是你们学校的。”

向暖：“……”

沈则木：“……”

沈则木的涵养算好的，这会儿也有些控制不住火气，质问陈应虎：“你怎么会认识那个——”说到这里顿了一下，把“神经病”三个字硬生生憋回去，“那个人。”

“我们在网上认识的，感觉很投缘。”陈应虎是熟悉沈则木的，他感觉表哥反应有点大。

向暖一听，特别不理解：“你怎么会和他投缘呢？他……”他那么坏！虎哥你要擦亮眼睛啊……

沈则木突然想到一事儿：“你们认识多久了？”

“一个星期。”

呵呵。一个星期前，沈则木告诉了向暖他和陈应虎之间的关系，并且邀请向暖来见陈应虎。

那个神经病林初宴，用了一个星期，把他的表弟泡走了……不是，拐走了……也不是……

沈则木捏了捏额角，迅速地找到一个合适的字：骗。

对的，一定是林初宴别有用心地欺骗陈应虎。陈应虎这傻孩子，还把人当真朋友了。

那一刻，沈则木的感受仿佛自家地里的大萝卜被野猪啃了。虽然他不喜欢萝卜，萝卜也长歪了，但毕竟是自家地里的东西，被一个精神不正常的野猪啃了，正常人都会觉得不舒服。

尤其那个野猪和一般的野猪不一样，是全世界最讨人厌的野猪，让人恨不得见一次打一次。

要不是向暖在跟前，沈则木一定会好好给陈应虎科普一下什么叫人心险恶。

但林初宴是向暖的朋友，所以沈则木也没说别的，只是告诫陈应虎：“你和网友认识一个星期就见面，太草率。”

“我又不是小孩子了。”陈应虎挺不以为然。

向暖也有点难以接受。她见一次偶像恨不得沐浴焚香，多难得啊？结果呢，林初宴那个家伙已经和偶像成为勾肩搭背的好兄弟。

只用了一个星期。

这种感觉就像是你勤勤恳恳埋头苦学到期末终于考了九十分，可是有人逃课打架不做作业最后考了一百分。人和人的差距啊……

而且林初宴这人根本不老实！他骂虎哥“王八”，能安什么好心啊？向暖又为虎哥感到不值。

陈应虎见这两人表情各异，目光闪烁，他问道：“你们都认识林初宴吗？”

“嗯。”

“能不能带我见他？”

偶像都提要求了，她还能怎样呢？

向暖的心情有点低落，说不清是因为什么地心烦意乱。

沈则木走在她身边，见她垂着头，像个打架落败的小孔雀。他很想安慰一句，可又不知道该说点什么，而且他自己也很需要安慰……

陈应虎像个傻白甜，跟着他们。

他们回到学校，林初宴《节奏大师》的比赛还没开始。沈则木想去大会议室，向暖却领着他们直接来到电竞社的办公室。

林初宴果然在那里，他正坐在桌边，戴着耳机闭目养神，白色的耳机线垂在浅灰色的毛衣上。听到开门声，他睁开眼睛，看向他们。

向暖和沈则木的目光都带着一点仇视，只有陈应虎，旁若无人地走上前，问道：“你是林初宴吗？”

林初宴站起身："陈应虎？"

"对呀，是我。"

林初宴笑了笑，拉了一下身边的椅子："你坐这儿，我给你拿饮料。你是怎么过来的？"

"哈哈，不要那么客气……走过来的，我离得可近了！"

"可乐行吗？我记得你爱喝 ×× 牌的可乐。"

"可以可以，好兄弟。"

两个才认识一星期的网友，搞得像老战友一样热络。

向暖站在门口没动，她注视着室内祥和的一幕，用一种怀疑人生的语气，问沈则木："你不是说他有社交障碍吗？障碍呢？"

沈则木也有点怀疑人生了："他平常不这样。"

"原来就对我一个人有障碍呀？"

这边林初宴给陈应虎拿了瓶可乐，似乎才想起门口的两人，问他们："你们喝吗？"

"不喝。"两人默默地走进来。

向暖坐在陈应虎的旁边，问道："虎哥，你怎么不怕他呀？"

"我也不知道，我看到他就不紧张。"

林初宴乐了："这叫一见如故。"

陈应虎猛点头："对！"

向暖此刻的心情唯有"羡慕嫉妒恨"五字真言可表。

林初宴拔掉手机上的耳机，说："我要比赛了。"

之后他们三个人围观了林初宴的比赛。没人再说话，室内不停回荡着游戏音效。

向暖感觉气氛有点尴尬。

陈应虎是识货的，见林初宴点得又快又准，速度越来越快，却偏偏还能没有失误，他禁不住低声惊叹。

游戏结束，成功晋级决赛后，林初宴发表了一句晋级感言："一个能打的都没有。"接着目光一转，看到向暖脸都皱起来，嘴巴又嘟成小金鱼。

“怎么了？”他问道，笑模笑样的。

向暖瞪了他一眼，没有理他。

之后林初宴问陈应虎想去哪里玩，陈应虎说了一个地方：“我想去老凤街。”

全中国只要稍微大点的城市，总会有那么一条街，处在老城区，集结了一些传统特色，专供外地人游览。因为旅游很耗费体力，所以每走几步就能看到卖小吃的摊点。游客一边走一边逛，买一些真特色或者假特色的纪念品。这条街在南山市叫老凤街。

今天是周末，老凤街的人格外多。

四个人当中，只有林初宴是本地人，所以他当起了导游。其实他来老凤街的次数也不多，这里主要是招徕外地游客的地方。

天空一直阴着，等他们到老凤街时，下起了小雪，空气冰凉而湿润。

林初宴买了酥糖、糕点等当地特色，递给陈应虎：“带回去给家人尝尝。”见陈应虎不好意思拿，他又说，“等我去你那儿玩，你也得招待我。”

陈应虎于是接了，笑道：“那我等你。”

沈则木冷眼旁观，默不作声。

然后林初宴想给向暖买吃的，向暖嗤之以鼻：“我自己有钱。”

林初宴一脸老父亲式的慈祥微笑，问她：“你今天怎么了啊？”

明知故问，向暖翻了个白眼给他。

之后他们走进一家纪念品店，向暖挑了很多好看的明信片。店家常年搞一些活动，就是现场写一些明信片给自己此刻所思所想之人，然后交给店家。这些明信片并不会寄出去，店家会挑选一些贴在墙上，定期更换。

如果被惦记的那位此后来游玩，则有可能看到写给他的明信片。

感觉蛮好玩的。向暖和陈应虎各自写了一张，沈则木和林初宴都表示不参与这种幼稚把戏。

向暖和陈应虎坐在桌旁思索写点什么，向暖对陈应虎说：“虎哥，我感觉我们才是一类人，对吧？”

“嗯。”

陈应虎不爱和她说话，喜欢和林初宴说话，向暖早就感觉到了。要不是因为虎哥有女朋友，向暖都要怀疑他的取向了。

向暖无意间扫到陈应虎的明信片，看到他抬头写的“可可”两个字。

走出纪念品店后，向暖问道：“虎哥，‘可可’是你女朋友的名字吗？”

“嗯。”陈应虎有点不好意思，点了下头。

向暖好奇地又问：“那你们是怎么认识的呀？”

“打游戏认识的。”

向暖感觉，虽说打游戏搞到对象是非主流模式，不过对虎哥来说，这好像才是谈恋爱最正确的打开方式。毕竟虎哥在现实里太腼腆了，跟网上那个骚话连篇的形象完全对不上号。

其实刚才在酒店时，向暖有想过眼前这个虎哥是不是沈则木雇来的演员，目的是哄她开心，但是她认得出虎哥的声音。

向暖问道：“那虎哥你的女朋友打游戏也很厉害吧？”

陈应虎“嗯”了一声，表情大致可以用一个成语来形容——一言难尽。

他不想吐槽女朋友，但是又没办法违背良心说她打得好。

沈则木跟那个传说中的可可打过一次，当然陈应虎也在队里。那个女孩的技术可以让所有非男朋友的队友产生一个共同的想法：希望下次重逢，我们可以做对手。

林初宴笑道：“他一个人的技术奶全队。”

陈应虎笑了：“没那么夸张啊，你悠着点吹。”

向暖心里突然涌起一阵火气，扯起林初宴的手腕说道：“你跟我过来。”

“做什么？”

“过来！”

向暖脚步飞快，林初宴因为腿比她长，走路倒是不太急。他垂眼望着她握在他腕上的手，她似乎真的急了，用的力气有些大，掌心紧紧挤压着他腕上的肌肤。

向暖莽莽撞撞地把他拉进一条小路，小路狭窄而安静，只有路那头连着老凤街的地方时时传来人声。

雪还在下，逼仄蜿蜒的小路上铺了薄薄一层白，撒盐一般。

林初宴隔着乱舞的雪花看她，轻声问："你到底想做什么呢？"语气有一点微不可察的轻佻。

然而他低头时，看到的是向暖充满愤怒的眼睛。

"林初宴。"向暖咬着牙喊他的名字，因情绪波动，声音微微发着抖，她说，"你不觉得你这次太过分了吗？"

林初宴一怔："我怎么了？"

"你怎么了？你把虎哥当傻子是吧？先骂人家王八，现在又和他称兄道弟？是不是把人揉圆了搓扁了玩弄于股掌之间，让你特有成就感特开心啊？你有那么多小奴隶，现在又想把虎哥变成你的奴隶了是吗？虎哥把你当真朋友我看得出来，可是你把他当什么了你心里有数！"向暖一口气说了许多，实在是刚才压抑太久了。说完之后她越发生气了，瞪圆了眼睛死死盯着他，仿佛要用目光在他脸上打个洞。

林初宴听罢神色一黯："原来是为了这个。"

"对，就是为了这个！"

"在你眼里，我就是那样的人？"他望着她的眼睛，神情有点受伤。

向暖移开目光不和他对视，也不说话。

林初宴脸上也带了点赌气的神色，突然拨了个电话，开免提。

"喂，初宴，怎么了？"电话那头传来陈应虎的声音。

"虎哥，我要向你坦白一件事儿。"

"哦，什么事儿呀？"

"我之前在你的粉丝群，群名片是'虎哥的法令纹'，解读一下就是骂你是王八。"

"啊？还真有这事儿啊？你过分了啊你！"

"那是我认识你之前。后来我觉得你是好人，就改了。"

陈应虎被逗得一乐："算了，原谅你了——哎，不行，你等等，你现在的名片是虎哥的小尾巴，那是你吧？"

“是。”

“不还是‘王巴’吗？”

林初宴：“……”他还真没想到这一点。

“虎哥，这次真的是个误会。”

林初宴简单跟陈应虎解释了一下，之后两人约好见面的地点，就挂断电话了。

陈应虎并没有生气。向暖有点始料未及，这事儿就这么解决了？

“这么好骗啊。”她嘟囔了一句。

林初宴收起手机，望了她一眼：“是不是在你眼里，我做什么都是不怀好意、别有用心？”

“差不多吧。”

林初宴闭了闭眼睛，最后是无奈一笑，说道：“我承认我接近他的目的并不单纯。但我们之所以成为朋友，是因为意气相投。我没有利用他，也没有欺骗他。”

“我怎么就理解不了，你们哪里意气相投了？”

“我们都是不被人理解的天才。”

“……”向暖被雷到了，冷漠地看着他，“你还能不能要点脸了？”

林初宴低头一笑，笑容仿佛早春三月的风，几乎要将眼前纷纷落落的雪花吹化。

他小声问她：“还生气吗？”

向暖挺不好意思，为刚才的发火。

“不生气了，换我问你。”林初宴笑容敛了敛，说，“小奴隶是什么意思，我有很多小奴隶？”

“该回去了。”向暖看也不看他一眼，转身就走。

他却一把捉住她的手腕，然后，她听到身后传来他的低语，声音带着点说不清道不明的笑意：“那你是我的小奴隶吗？”

向暖身体一滞，缓缓地转过身，看着他。

雪还在下，两人之间隔着大概一条手臂的距离，她的视线穿过搓盐似的雪粒，望着他俊秀的脸。

林初宴眨了一下眼睛，目光像温开水一样，柔和平静，不冷不热刚刚好。

向暖就有点看不懂了。她轻轻动了一下胳膊，抽回手腕，眯起眼睛。

“林初宴。”她眯着眼睛叫他的名字，唇角轻轻一勾，说，“你不会是暗恋我吧？”因为自己也不确定，所以这话说得有点迟疑，但质问的意思很明显。

林初宴一愣：“啊？”

“我警告你啊，你可不要暗恋我。你要是暗恋我，我就——”向暖想到这个可能性，立刻乐了，“嘲笑你！”

林初宴一下子笑出声，低头望着她，说：“你也太自作多情了。”

向暖也觉得自己想太多。但是刚才有那么一瞬间，她确实感觉很古怪。但林初宴说的话，好像也没什么大问题？那个词还是她先提的呢……

向暖有点不好意思，为自己的自作多情。她不再理会他，转身走在潮湿积雪的小路上。

林初宴跟在她身后，好像还不肯罢休，拼命嘲笑她：“你到底为什么会觉得我暗恋你啊？”

“追我的人太多了，我草木皆兵不行吗？”向暖不想继续这个话题了，“快走，虎哥他们等好久了。”

“那么。”林初宴只好换另一个话题，问道，“刚才为什么发那么大火？”

这是林初宴理解不了的。其实自始至终，被捉弄的并不是陈应虎，而是向暖。但是向暖没有为她自己生气，反而为陈应虎抱不平。

她为了陈应虎，骂了他一顿，还冤枉他。

“你真的很在乎虎哥吗？”林初宴说，“他可是有女朋友的。”

“喂，你想到哪里去了啊！”向暖禁不住翻了个大白眼。

自从学会翻白眼的技巧之后，她对林初宴翻白眼的频率一直在递增。

“那么，为什么生气？你说实话。”林初宴步步紧逼，一定要听到一个答案。

向暖低头思考，步子不自觉地放得慢了些。她两手插着兜，无聊地用靴尖踢雪层下高低不平的青砖。

林初宴的视线全落在她身上，他看着她乌黑的发丝上星星点点的雪粒，心想，一会儿要买顶帽子。

向暖想了一会儿，说道："林初宴，我其实很怕你真的是那样的人。以玩弄别人的感情为乐，骗了别人的真心，然后你当笑话看。我……"她说着，向后扭头看着他。

林初宴发现她的眼圈竟然有一点红，不是为了什么人，而是为他。

"我挺怕对你失望的。"她说。

林初宴心口一热，连忙说道："你放心。"

可能是因为太急于表达了，他的语速很快，三个字被他说得像山峰骤起。

"嗯。"向暖点了点头，继续走路。

两人没再说话。她在前，他在后，一同走在狭窄僻静的小路上，走了一会儿进老风街，重回喧嚣。

向暖看到陈应虎买了一把油纸伞，却没有撑，而是拿在手里，油纸伞外罩着一层塑料。

这年头，连雨伞都需要防水了吗？

陈应虎红着脸解释道："送人的。"

向暖看着透明塑料下那油纸伞桃红的花色，秒懂。

四人继续逛，逛了一会儿，沈则木突然接了个电话，要走。

沈则木虽然才大三，但是基本确定可以保研，已经有硕士生导师点名要他了，目前他跟着导师做点项目。这会儿就是导师传唤他。

走之前，沈则木把陈应虎叫到一边。有些话，忍了半天，他终于还是讲了："你最近和女朋友怎么样？"

陈应虎感觉表哥的眼神太捉摸不透了，他一下子有了很不好的猜测，问道："表哥，你是不是听说了什么？"

"不是。"沈则木难得在这种脑洞攻势下还能端得住，他说，"我希望你们好好的。”

“哦，那你放心，我们挺好的。”

“嗯，如果有男生跟你表白，不要当真。”

“哈哈，那是当然啦，我直播间里有很多男生喊我老公的，都是开玩笑啦。”

其实不只这些，还有人会讲更露骨的话，多半也是男生，女孩子害羞，不太说这种话。陈应虎可是见过大风大浪的，都一笑置之了。

沈则木点到为止，没再说什么。

第十二章 一不小心秀恩爱

林初宴买了三顶帽子，一顶绵羊的给他自己，一顶老虎形状的给陈应虎，一顶兔子的给向暖。

为什么林初宴会戴绵羊的帽子，因为是向暖给他选的。

三人戴着这样款式的帽子招摇过市，搞得好像西游记里的妖精出来聚会，很是扎眼。

向暖解开疙瘩，心情变好了，胃口大开，一路走一路买，吃了很多东西。陈应虎这尝尝那尝尝，也吃了很多。

林初宴又给他们买了健胃消食片。

回去时打了个车，因为陈应虎的东西太多，他们先把他送回酒店。到酒店门口，陈应虎要下车时，问道："你们要不要去我那儿玩？我一会儿开直播。"

向暖立刻精神了："我们可以吗？"

"当然。咱们可以三排。"

"好呀好呀！"

向暖知道，她之所以有幸去和虎哥一起直播，也是沾了林初宴的光。假如林初宴不在，虎哥不可能邀请她。

其实陈应虎并非有意区别对待。他面对陌生人，尤其是陌生的女孩子会紧张，这是客观事实。和林初宴一见如故完全感受不到紧张，这也是客观事实。

陈应虎目前在豌豆 TV 混得还不错，凭自己的本事赚了几个钱。尽管这样的钱他爸妈未必瞧得上，不过绝对够他自己祸祸。

所以这次他过来时点了个豪华套房，带会客室的那种。

向暖坐在会客室柔软的沙发上，突然有点局促。

“你紧张吗？”向暖问林初宴。

他反问：“我为什么要紧张？”

是哦，他和虎哥是朋友，而她只是虎哥的粉丝兼房管，地位上是有差距的。

向暖又问：“你一开始接近虎哥的目的，不会就是在我面前耀武扬威吧？”

“你的反射弧，可以绕地球三圈，再打个蝴蝶结。”

“你的嘴巴，可以毒死一个城市的人，连宠物都不放过。”

两人斗嘴的工夫，陈应虎已经把直播间开好，抱着电脑走进会客室：“好了。”

向暖坐得离虎哥不远，因为她想看弹幕。林初宴坐在陈应虎的另一边。

三人组好队，陈应虎问向暖：“你想玩什么？”

“我玩什么都可以吗？”

提到游戏，陈应虎就显得特别有自信：“都行，带躺。”

那一刻，向暖感觉他们虎哥会发光。

向暖选了辅助里面最漂亮的——大乔。大乔和小乔是一对姐妹花，小乔的营养全部长在那颗大脑袋上了，大乔不一样，营养均衡，一双长腿尤其美。

向暖只知道大乔漂亮，但用不好，和林初宴、郑东凯他们打排位时用过一次，坑哭队友。

陈应虎平常打游戏多数是单排，意思是由系统随机给你分配队友，这就比较考验运气了。而且传说这游戏的系统有一个胜率平衡算法，如果一个人赢太多，就很容易匹配到坑货队友，以此来进行平衡。

很多人为了在排位赛中提高胜率，就故意在普通匹配中输，输多了，胜率掉下去，在排位中更容易遇见神队友。

陈应虎单排玩游戏，遇到的坑货简直了，满坑满谷，所以他有着非常优秀的应对方法，那就是——无视。

不要对坑货抱希望，不要对坑货提要求，尽量不要和坑队友的玩家搞文斗。因为相比他们稀碎的技术，他们的心理素质更加不堪一击。

这些玩家骂别人的时候心怀坦荡，无所畏惧，一旦你回一句嘴，他挂机都算有职业道德了，要是一言不合去给对方送人头，养肥敌人，你就别想赢了。

虎哥什么样的坑货没见识过呢？毕竟全世界最坑的是他女朋友。

所以向暖表示她玩不好大乔时，陈应虎非常淡定。

林初宴选了李白，陈应虎扫了一眼弹幕，见粉丝们都来了，不少人在刷“选高渐离”，于是他选了高渐离。

陈应虎以李白闻名，但不代表他玩不好其他英雄。事实上，《王者荣耀》目前出的所有英雄，他都能玩到基本水准以上。

“我要开麦了。”陈应虎说了一句，意思是现在林初宴和向暖如果讲话，他的直播间里能听到。

向暖有点紧张，都不敢开口。

林初宴低头看着屏幕，只“嗯”了一声。

进游戏后没多久，陈应虎就调换了模式。沉浸在游戏里的他，又变成话痨了。

“来呀来呀追我呀，追上我，我就给你唱歌，嘿嘿嘿嘿……”

——高渐离的大招是唱歌，杀伤力非常可怕。

“想亲我？臭流氓，我是你能亲的吗！”

——虞姬的大招被他如此解读。

“大哥大哥，误会，我错了……爸爸饶命，救我……”

——在被人群殴。幸好林初宴的李白及时杀到，向暖的大乔在地上画了个圈，把他送回家。

“啊！射我一脸。”

——敌方安琪拉的大招扫到他。

他前面胡言乱语，林初宴还能忍，听到后面这句，林初宴实在忍不了，说：“你别说了。”有女孩子在场。

陈应虎也反应过来，脸都红了，难为情地傻笑。

向暖倒是没去解读陈应虎话里的歧义，所以她并没为此害羞，她只是觉得——好吵！

平常看虎哥直播时觉得他的话痨属性很可爱，可是真的作为队友打游戏，耳边叽叽咕咕的立体声环绕，她感觉耳朵好像一直被人扯着，没办法把所有注意力都放在游戏里。

她突然有点理解当初她在游戏里乱讲话时，林初宴的感受了。

向暖的大乔一个不慎又死了，她喝了口水，扫了一眼笔记本电脑的屏幕。

然后她看到，直播间的弹幕突然爆炸了，不知道观众在激动什么。难道是因为她刚才死亡的姿势过于美丽？

向暖好奇地凑近一些，见弹幕的内容大概是：

——谁？谁在我老公身边？我是不是出现幻听了？

——我也听到了！我的天，声音太好听了！小哥哥求多讲几句话！

——虽然只有四个字，但是我闻到了宠溺攻的气息。

——所以我虎哥终于要嫁出去了啊？啊啊啊，不行，虎哥你要嫁人的话我要当陪嫁！我和你一起伺候咱老公！

——想听小哥哥娇喘的扣 1。

——11111。

——11111111111。

——111。

——你们别吓到小哥哥。小哥哥你放心，我们是正经人，求求你再说句话。

——正经人 +1。小哥哥，你喜欢男的还是女的？我会 PS 邪术，保证你认不出男女。

——怎么不说话了？虎哥，他到底是谁？

——刚来，请问发生了什么？

“噗——哈哈哈哈哈！”向暖看乐了。

然后直播间又疯了：

——啊啊啊啊，还有女孩子！

——怎么会有女孩子，虎哥我看错你了，我对你很失望！

——是虎嫂吗，是虎嫂吗？

——虎哥果然男女通吃。不过小姐姐笑声好好听啊，她一笑我也笑了。

——用变声器的吧？

——瞎说，不可能是变声器，这笑声一点不造作，变声器可变不出来。

——小姐姐，求你再笑笑。

向暖看到大乔复活了，连忙回到游戏里。直播间还在闹腾。

好不容易直播间听不到他们的声音，慢慢地停歇了，林初宴突然又说话了，这次是因为和陈应虎抢蓝 buff。

“我要蓝，我是李白。”

“我要蓝，我需要 carry。”

“你看清楚，现在 carry 的是我。”

“不要看战绩，一会儿看输出。我输出低于百分之三十五，我管你叫爸爸。”

“呵，我有预感要多个儿子了。”

直播间已经沸腾。

三人专注游戏，谁也没去看弹幕。林初宴正在跟陈应虎抢蓝，眼看就要打完了，这时向暖突然开了个大招。

大乔的大招俗称“我叫兄弟来打你”，她往地上画个大圈，队友们可以传进这个圈里。

这招是集合团战的利器。当然，用不好就是集合团灭的利器。

这会儿向暖的队友有一个在挺尸，敌军都集结在她附近，见她放出大招，已经开始在周围选站位。陈应虎只看了一眼，就飞快做出判断："打不赢，别去。"

另外一个活着的队友也做出了这样的判断。但是林初宴想也没想就传过去了。

"你干吗要送死呀，死一个总比死两个好，再说她刚才死那么多次已经不值钱了——"陈应虎的话突然顿住。

他虽然知道林初宴他们俩铁定得死，还是忍不住在小地图上查看战况。但是他看到了什么？

向暖深陷重围被控住了，林初宴冲进去把自己当坦克给她挡伤害，通过骚气十足的走位和技能躲了别的伤害。然后呢？

向暖解控后看到二技能冷却好，及时在地上扔了个二技能。大乔的二技能俗称"画个圈圈送你回家"，她往地上画个圈，过段时间里面的队友都可以直接传送回自家水晶。

这个圈圈来得及时，被打残的大乔和李白都回家了，瞬间满血。

"呜呜呜，吓死我了。"向暖的心还在狂跳，太紧张太刺激了！

林初宴笑："别怕。"安慰的语气，有点温柔。

陈应虎回家补了个状态，顺便扫一眼弹幕。

弹幕又炸开了：

——哈哈哈哈，原来如此！天真的我，真以为虎哥男女通吃。原来是别人秀恩爱虎哥打酱油？

——心疼虎哥的扣1。

——1111111。

——11。

——1111。

——我一个单身狗，看个游戏直播都不放过我？

——我们虎哥眼里只有游戏，女朋友哪有游戏好玩。

——你们怎么知道虎哥没有女朋友。万一有呢？

——前边的，“万一”用得好。

——没人觉得这个李白操作很骚吗？要是我早死一万次了。

——死一万次 +1。

——感觉虎哥是专门批发零售大神的。上次那个表哥也贼溜。

——小哥哥小姐姐，求求你们多说话，想听。

——多说话 +1。想吸吸恋爱的酸臭味。

陈应虎眨了眨湿润的鹿眼，看看林初宴又看看向暖，若有所思。

晚上，陈应虎下直播后，给沈则木发消息。

陈应虎：表哥，原来初宴是你情敌啊？

沈则木：嗯？

陈应虎：我都看出来了！

沈则木：别误会。

过了一会儿，沈则木又有点好奇，问了他一个问题。

沈则木：如果我们真的是情敌，你帮谁？

陈应虎：你说呢？表哥你是我的亲人。

沈则木：嗯。

陈应虎：我选初宴。

沈则木：……

他有点累。

陈应虎第二天的行程是参观南山大学，沈则木下午第二堂没课，原本的计划是由沈则木带着陈应虎参观。但是沈则木突然不想要这个表弟了，所以导游的重任又落到林初宴的头上。

虽然林初宴喊他一声“虎哥”，实际陈应虎与向暖同岁，比林初宴小一年。

陈应虎比向暖大两个月，不过他和向暖站一起时，看起来更像向暖的弟弟。一来向暖比他态度大方一些，他总显得拘谨和被动；二来，陈应虎的圆脸和鹿眼十分减龄。

陈应虎高二就退学了，这会儿在国内顶级大学的校园里参观，他眼里有毫不掩饰的羡慕。

要说为退学而后悔，倒也没有。不是他不想上学，实在不是那块料，没办法。

参观完主校区，林初宴又和陈应虎去了鸢池校区。相比主校区的古朴苍郁，鸢池校区的建筑更加现代化。

昨天的雪还没化完，今天鸢池校区像披了一层洁白的纱，看起来倒别有一番意境。

向暖下课时天都黑了，她和闵离离一起去找林初宴和陈应虎吃饭。

闵离离对林初宴的印象停留在论坛里的描述。目前论坛里又增加了新的八卦热点，且这八卦还与向暖有关——

据说，林初宴一边和沈则木眉来眼去，一边追求向暖学妹；沈则木一边和林初宴眉来眼去，一边和向暖学妹搞暧昧；向暖学妹和两个人眉来眼去，纠缠不清……三角恋大家见得多了，但是很少有人能把三角恋玩成这样的正三角形。林初宴不愧是风云人物，玩个三角恋都这么别致，害人不浅。

闵离离就很担心，怕向暖被骗，另外她也很好奇向暖的偶像是什么样的。

四个人一同去了本地特色菜馆。闵离离坐陈应虎对面，她发现陈应虎很腼腆，就老逗他玩，把陈应虎弄得更害羞了，不敢和她说话，埋着头拼命吃饭。

“小祖宗，你少说话多吃菜。”向暖不停给闵离离夹菜，希望借此堵住她的嘴巴。

林初宴去了趟洗手间，闵离离见状跟了上去。在洗手间外边，林初宴被向暖这位小闺密警告了。

闵离离身高不到一米六，和他讲话时要吃力地仰着头，虽如此，她依旧努力保持着自己的气势。她说：“我们家向暖很单纯。你是什么人我可是很清楚，你要是敢骗她，呵呵，姑奶奶把你腿打断。我把话放在这儿。”

林初宴一怔："我是什么人？"她怎么就清楚了？

闵离离却摆出一副"言尽于此"的神情，转身就走。与人对峙的要诀就是不能多说话，话越多，气场越小。

"喂。"林初宴突然叫住她，"是不是向暖对你说了什么？"

她背对着他，答道："没有。"

他轻轻地松了口气，又一头雾水。

林初宴在洗手间的镜子前照了半天，像个自恋狂。他无法理解，向暖觉得他欺骗陈应虎，闵离离防备他欺骗向暖……他看起来很像骗子吗？

陈应虎其实是个心思玲珑的人，远不像外表那样傻白甜。

他看得出向暖和林初宴都想继续跟他做直播，但是大晚上也不太方便把女孩往酒店领。就算向暖不介意，林初宴介不介意呢？就算林初宴不介意，万一可可知道了多想呢……

所以陈应虎背着电脑出门，晚饭后在茶室开了个包间，三人又可以一起玩耍了。

向暖昨晚已经被虎哥直播间的粉丝认出来，就是曾经在虎哥面前装小学生的那个二百五。粉丝们叽叽喳喳讨论了好久，有人认为这缘分真奇妙，有人认为那时候就是为了节目效果搞的表演，君不见虎哥因为那次直播被投稿到热帖，涨了不少粉……

但这些都是少数，最主流的弹幕是要求他们多讲话，还有人请求林初宴唱歌。

向暖当时来了一句："不许唱。"

林初宴笑道："好，不唱。"

弹幕又炸起来，向暖看着那些暧昧的讨论内容，感觉她和林初宴的关系是解释不清楚了……有点脸热。

陈应虎适时说道："那就由我来给你们唱首歌吧。"

弹幕立刻变成了：

——虎哥，自己人不要唱！

——跪求虎哥闭嘴，谢谢！

——虎哥，不唱歌我给你刷礼物。

——虎哥，上次你唱歌我开着外放，我妈差点报警你知道吗？

但是陈应虎坚持唱了一首，人气当场流失了百分之三十。之后他不唱了，勤勤恳恳专注游戏，人气又回来了。

向暖跟着虎哥做直播的这两天，玩了好多场大乔，算是尽兴了。

陈应虎对向暖说："你并不是操作不好，你缺少的是全局观。全局观不好的人玩不好大乔。"

因为大乔这个英雄的特色是批量空投队友，走的是快递流，什么时候救人，什么时候开启团战，什么时候撤退，都需要一个准确的判断。

"那我怎样培养全局观呢？"向暖虚心求教。

"需要多打，加深对整个游戏的理解。"

其实不单向暖有这样的问题，陈应虎发现林初宴也差不多。这两人都是第一次玩此类游戏，就算反应快操作好，也无法完全弥补经验和意识的不足。所以林初宴不管玩什么英雄，那操作，骚起来时亮瞎人眼，浪起来时浪出人命，发挥极其不稳定。

这天晚上，向暖玩够了之后回去，林初宴送她。两人走在路灯下，向暖说："我终于知道你为什么喜欢虎哥了，他性格真的超好啊。"

林初宴一皱眉："你把话说清楚，什么叫我喜欢他？"

"你不喜欢他吗？"

"我……是直的。"

向暖乐了："林初宴，你脑子是怎么长的？长歪了啊？"

林初宴望着她笑，也不说话。暖黄的路灯下，他脸部的线条显得分外柔和，连着目光都带了几分柔化效果。

向暖被他注视着，她想起虎哥直播间那些弹幕，便有些赧然，低头说："笑什么呀。"

"没事儿。我是真把他当朋友，所以你放心了？"

向暖其实一开始特别意外，不是说不相信林初宴，而是无法理解两人怎么能够只用一星期就建立那么好的交情。但是通过这两天的相处，她得出一个结论：只要林初宴认真对某个人好，那人是很难有抵抗力的。

所以就一点也不奇怪了。

向暖不好意思说出自己的真实想法。其实，看到虎哥和林初宴相处得那么和谐，她……她有点羡慕嫉妒恨……

陈应虎是星期二晚上的飞机回家。

这天下午，林初宴有实验课，他问陈应虎要不要参观他做实验，陈应虎打听了一下实验的内容，从林初宴讲的陌生词汇里，陈应虎想起了高中时被物理支配的恐惧，于是谨慎地谢绝了。

陈应虎突然就不羡慕那些大学生了，他们要读书、上课、做实验……好可怜。

林初宴的实验课是两个人一组。他和郑东凯一组，做实验向来是最快的，因为林初宴的动手能力很强。

郑东凯每每想到这里就嫉妒得牙痒痒，林初宴那么懒，他怎么配得上那么好的动手能力啊……

毛毛球和大雨今天的实验出了点麻烦，他们的实验数据不对劲儿，不需要算，看一眼就知道不是正常的结果。别人都做完实验下课走了，这两个人守着一堆数据急出了汗。

林初宴难得同学爱泛滥，安慰他们："不要着急，我们的数据给你们抄，随便修改一下就行。"

"我们才不抄呢！"

郑东凯擦了一下额头："初宴，哪有你这样安慰人的。"

林初宴摸了一下鼻子："那我帮你们做吧，或者我指挥你们。"

毛毛球和大雨都是一脸狐疑，防备心很重的样子，问他："你有什么目的？"

"没有目的。"

"呵呵。"

林初宴摸了摸下巴，问他们：“我看起来像是在骗人？”

“特——别——像！”

所以，他这是又被人当骗子了？

压倒骆驼的最后一根稻草出现在晚上。

晚上，林初宴给他妈妈发了条微信——自那次顺利帮妈妈要到向大画家的作品，爸妈的微信又把他加回来了。

林初宴：妈，我好像恋爱了。

越盈盈手机收到儿子的信息时，她正坐在梳妆台前对着镜子弄面膜，所以她没看到。

林雪原靠在床上看书，见她手机屏幕亮了，说道：“老婆，你有消息。”

“谁呀？”

“我看一眼。”林雪原胳膊一伸，拿过手机，“小浑蛋。”

“干什么呀？”越盈盈脸上贴着面膜走过来。

“还能干什么，骗钱呗。”

“哦，这没良心的。”

“我帮你删了他。”

“嗯，删吧。”

越盈盈也没太当回事儿，她又撕开一张面膜：“老公，我给你也敷一下。”

林雪原一阵头大：“我一个大男人，不用。”

“不行，你要是皱纹太多我嫌弃。”

林雪原只好乖乖地让越盈盈给他敷面膜，他倒是想自己弄，人家看不上。

两人穿着情侣睡衣，一人一张面膜，靠在床上休息。

林雪原突然也接到一条信息，他顶着面膜摸过手机看了一眼。

林初宴：爸，我好像恋爱了。

呵呵，想也不想地删掉联系人。

在连续被全世界的人不信任之后，林初宴基本确定，他也许长着一张诈骗犯的脸。

林初宴周四没能去开社团例会，他要回家给妈妈过生日。

越盈盈不喜欢人多，所以她过生日一般不办生日会，就自家人在一起庆祝一下。虽然已经够低调了，但每年依旧会收到很多生日礼物。

今年她收到的最满意的生日礼物是向大英的画，最奇葩的生日礼物是儿子送的。

林初宴这学期上了门选修课叫 3D 设计，他自己设计了一款生日蛋糕，用学校实验室的 3D 打印机打印出来，送给他妈做生日礼物。

越盈盈有点嫌弃，但是又不想伤了儿子的自尊心，所以还是给他包了五百块的红包。

林初宴也有点嫌弃。

“别嫌少，你租衣服得租五天才能赚这么多呢！”

好吧，他租衣服的事儿还是被爸妈知道了。

事实上，林初宴的出租生意做得并不顺利。那套衣服是按照他的身材定做的，人与人千差万别，能把他的衣服穿合适的并不多。胖子穿不上，瘦子穿着像猴戴帽。尤其那条裤子，很多同学穿的时候要挽裤脚，搞得像插秧大队的，特别尴尬。

“你到底是怎么和向画家搭上线的？”林雪原还是好奇。

林初宴因为爸妈对他的不信任，还是有点小情绪，所以偏不说。

林雪原又说：“你知不知道，人家向画家给画这幅画，分文未取。”

“那你怎么好意思？”

“我当然不好意思，人家不要我有什么办法？再说了，他是艺术家，性情中人，我要是总揪着钱不放，显得我多庸俗。”

林初宴沉吟半晌：“你把钱给我，我去给他。”

“滚！”

于是林初宴老实了。

过了一会儿，林初宴又问他爸："那位向画家，没有跟你打听过我吗？"

"没有，你问这干什么？"

"没什么。"林初宴低头假装看手机，眼帘垂下，掩饰住眼底那一闪而过的落寞。

转眼又到了星期六，向暖他们要打半决赛了。

半决赛的对手是黑色空间战队。

黑色空间战队的五个人都是最强王者。向暖在赛前做了点功课，知道这个战队的五个人是同班同学，虽然都是最强王者，实力却是参差不齐。

其中最厉害的是他们的上单，擅长英雄老夫子。

上单的意思是单独一个人走上路，一般来说跟他对抗的是敌方的射手和辅助，一人对两人，经常讨不到好，压力很大。所以上路又称"抗压路"。

老夫子能打能扛跑得快，既能够团战，也非常适合单独作战。黑色空间战队的老夫子经常是一个人默默地带兵线推塔，留队友们在别处玩耍，玩着玩着，老夫子一个人默默地把敌人的塔都推掉了……很可怕。

所以向暖他们这次半决赛是绝不可能把老夫子放出来的，必须禁掉。

敌方还以颜色，禁了向暖的东皇太一，和林初宴的李白。

林初宴的李白也不是说多好，主要是不稳定性太大了，你不知道他是骚还是浪，是神还是鬼，所以就没法应对。

林初宴也没打算玩李白，他这次还是选法师。

到了比较高端的局里，妲己这类没有位移技能的法师出场次数就少了，因为柔弱，太容易被针对到。最近林初宴练的是貂蝉。

貂蝉这个英雄看起来很美，实际却散发着来自开发组的深深恶意。因为貂蝉所有技能里最大的亮点，并没有写进技能描述——貂蝉二技能释放的那一瞬间，有一个零点几秒的无敌状态。如果时间掐得准，凭借这个小无敌，她能躲掉任何攻击。

二技能的位移和无敌效果，使貂蝉的生存能力大大提高，使身为法师的她可以贴身和敌人肉搏，如果装备好一点，可以一打三，唱着歌跳着舞把敌人都耗死。

当然，前提是装备要好。所以貂蝉很需要队友的宠爱，让钱让经验让蓝 buff，好东西通通留给她。

这么一想，向暖竟然觉得貂蝉和林初宴有点像，都是那种看起来娇滴滴的，需要别人宠爱，杀伤力又很可怕……

向暖选的辅助是蔡文姬。

这局游戏，林初宴的貂蝉发挥还不错，不过并没有恶心到对方。真正让敌人恶心的是蔡文姬。

蔡文姬的操作很简单，主要技能是加血，次要技能是眩晕控制。眩晕时间并不长，所以一般来说不可怕，但要看放在谁手里。向暖手里的蔡文姬，疯狂加血就不用说了，眩晕技能用得那叫一个到位，拉满了仇恨。

这局游戏赢了，她的蔡文姬也被禁了。

向暖觉得好委屈，别人禁英雄都是禁战士、打野之类的，怎么她玩个辅助老是被禁。辅助那么萌，又不杀人，干吗要欺负辅助。

被禁了蔡文姬，向暖配合初宴，拿了个庄周。貂蝉最怕的是被控制，庄周最擅长的是给队友解控，这两个英雄可谓一拍即合。

所以第二局打得比第一局还顺利一点。

敌方这才发觉貂蝉的可怖之处，可惜为时已晚。一个经济发展壮大的貂蝉，配上犀利的操作和可靠的队友，基本可以藐视众生了。

但这局游戏其实差点输了。因为某次团战到关键时刻，向暖突然来了个电话。她才想起自己忘记设置免打扰了，于是看也不看地挂掉。

电话又打来，她这才看清是妈妈的电话。

“离离，你帮我给我妈回个电话！”向暖挂断电话，飞快地报了一串电话号码给坐在一旁的闵离离。

闵离离今天无聊，来看他们的比赛。她又看不懂，只好坐在一旁发呆。听到向暖这样说，闵离离连忙起身出去打电话给向妈妈。

过一会儿向暖比赛结束，顺利进入决赛，她和小伙伴们击掌欢呼。

闵离离拿着手机回来，说：“暖暖，你爸妈来了，现在正在湖边的凉亭等你。”

“啊？他们怎么招呼也不打一声就过来了。”向暖很奇怪。

“我不知道。叔叔阿姨听说你在比赛，说……”

“说什么？”

“说要请你的战友们吃饭。”

向暖一脸的莫名其妙。她总觉得哪里怪异，好像有一个重要细节被她漏掉了，可又说不上是什么。她只好看看她的“战友们”，问：“我爸妈想请你们吃饭，你们要去吗？”

郑东凯他们三个人一起看向林初宴，寝室老大是谁一目了然。

林初宴难得看起来一本正经，说了一句：“却之不恭。”

郑东凯视线向下飘了一下，看到林初宴正在用力握着拳。这表明，初宴他紧张了。

哈哈哈哈哈哈……

向大英和妻子任丹妍今天之所以搞突然袭击，看望女儿在其次，主要是想看看传说中和女儿玩在一起的那个学长。

他们也是没办法，每次问起，向暖都会岔开话题，好像很不想谈论那个人。

向大英又好奇，又不放心，又夹杂着一点“宝贝女儿长大了，有小秘密了”之类的伤感，总之感觉很复杂。任丹妍的心态也差不多。

他们又不想找林雪原打听。要是没那么回事，被误会了也不好。思来想去，只好亲自走一遭了。

夫妻两人在凉亭里没等太久，就等来向暖一行人。

向暖和闵离离并肩走在前面，像两个小头领，身后跟着四个男生，对比起来，男生们显得人高马大。

“爸妈，你们怎么来了？冷不冷啊？”

“不冷不冷。”任丹妍说着话，看一眼向暖身边的女孩，“你就是离离吧？真可爱！”

“谢谢阿姨，叔叔阿姨好！”

然后向暖把自己的战友们介绍给爸爸妈妈。

向大英和任丹妍不动声色地打量林初宴。

第一感觉：孩子长得可真好。

第二感觉：看起来很乖啊。

单看外表的话，尚算满意吧。向大英即便想挑剔，这会儿也挑不出什么。

嗯，再看看。

林初宴手心全是汗，他不敢多说话。

林初宴近期对自己的脸极度缺乏信心，他不想被人当成骗子，尤其不想被眼前这对夫妻当成骗子。所以就尽量少说话，言多语失。

别人不问，他就不开口，问了他也尽量答得简单。

向大英和任丹妍表现得很自然，并没有把全部注意力都放在他身上，与林初宴聊几句，又与别的孩子聊几句，每个人都照顾到。

他们一边走一边聊天，气氛倒是挺热闹。

午饭他们吃的海底捞。

吃了会儿饭，向氏夫妇把林初宴的基本情况套得差不多了。

当过班长；学习成绩好，高考比向暖高几十分；钢琴十级；理想是做科研；上大学后爸妈就不给生活费了……

向暖总算回过味了，急道：“爸妈，你们干什么呢！”

“哈哈，暖暖快吃肉，妈妈给你夹……离离还要不要呀？”

闵离离吃得嘴唇通红，抬起小脸说：“要！谢谢阿姨！”

向暖脸都红了，不自在地拧了拧身体：“你们怎么净瞎闹啊！”

林初宴就坐在她身旁。他视线一斜看了她一眼，觉得她这样子很可爱，但是他不敢笑。

他绷住表情给她倒了点酸梅汤，接着给另一边室友们的杯子也续上，无视掉室友们受宠若惊的眼神，他长臂又一伸，越过向暖和闵离离，把任丹妍空了一半的杯子也拿过来续上，非常自然不做作。

任丹妍笑着道了声谢。

林初宴嘴角轻轻一抿："不用客气。"

接着林初宴问向暖："要吃肉丸吗？"

"不吃。"

"吃虾吗？"

"不吃不吃……唉，你先不要和我讲话了！"向暖感觉林初宴理解不了她现在的尴尬，她也没法和他解释。

于是林初宴乖乖闭嘴，默默地吃东西。

任丹妍偷偷打量林初宴，感觉这个男孩真是越看越乖巧。

第十三章 喜欢与不喜欢

吃过午饭，向大英和任丹妍在向暖的学校逛了一圈，之后就回去了。他们给向暖带了些吃的，是向暖的外婆做的酱牛肉和卤鸡蛋，从车上拿下来，鼓鼓囊囊一大包，提在手里特别沉。

林初宴帮向暖把东西提回去，在路上向暖翻了一下，见酱牛肉有三个保鲜盒，卤鸡蛋是用一个大的餐桶装的，她自己留下一盒牛肉和一小部分鸡蛋，剩下的全让林初宴他们提走。

“你自己留着吃。”林初宴不想拿。

“我吃不了。”

“留给室友。”

“室友也吃不了。”

向暖没办法告诉林初宴，她们寝室四人，只有闵离离和她关系好，另外两个室友一直和她保持着距离，不远也不近，平常客客气气的，但很少一起玩。

原因有点狗血。那两个室友同时喜欢同系的一个男生，全宿舍人都知道，本来这两人之间别扭，结果没过多久，她们共同喜欢的男生跟向暖表白了。

向暖窘窘地拒绝了他。

从此以后，那两个女生团结一心、形影不离了，对向暖都有点疏离。当然，也没到有敌意的程度，最多就是心里有疙瘩，别扭。

这会儿，向暖把东西给林初宴，自己和闵离离回宿舍了。林初宴望着她的背影，把手里的东西递给身旁的郑东凯。

郑东凯像个大总管一样，态度略显狗腿，接过那些吃的，然后他说："向暖人可真好。"

林初宴心想，废话。

林初宴有点心事，没办法和人说。

任丹妍和向大英开着车，不久后便上了高速。向大英的驾驶技术很渣，以前开车不是违规就是剐蹭，所以一般是任丹妍开车。

任丹妍一边开着车，一边问身旁的丈夫："你觉得怎么样？"

向大英很难对林初宴有好感，毕竟，这小子有可能是来拱他家白菜的。人只要用心挑，仔细挑，总能挑出缺点，所以他说："长得好有什么用，没准是个绣花枕头。"

任丹妍一乐："你是说你自己吗？"

向大英："……"

向大英又说："沉默寡言，木讷。"

"我倒觉得话少点好，显得稳重。而且他谈吐很好啊，一点也不木讷。孩子可能只是老实，害羞。"

向大英低头继续想词。

任丹妍笑道："好了，我们也不操孩子的心。今天只是不放心来看一看，暖暖都不高兴了呢……哎，我说，你有没有觉得，咱们暖暖和以前不太一样了？"

向大英点了下头："她性格变得外放了些，话也比以前多了。"

"是呢。而且，暖暖在他们那个什么战队里——是这么说的吧？"

"对，战队。"

"她在他们战队里好像是领头羊。"任丹妍说到这里笑了笑，神色中有点自豪，“你看出来没？别人都听她的话。原来我们的女儿还有领袖气质呢。”

向大英也笑了，眼望着车窗外飞快掠过的山色，说道：“小孩们瞎闹呗。”

任丹妍想到一事儿，敛了敛笑容说：“可是我感觉暖暖有点霸道了。你看她跟林初宴讲话时的样子，你说她平时会不会老欺负人家？”

向大英有点纠结，他既不想承认自己女儿欺负人，又觉得……暖暖欺负林初宴……这事儿想一想似乎还蛮解气的……

任丹妍视线飞快地斜了一下，看到他的表情，她以为他又在担忧，于是安慰道：“你就放心吧。林初宴高考分数那么高，肯定是个好孩子。暖暖要不要跟他交往那是暖暖自己的事情，我们就不要多管了。”

第二天的麻将决赛和《节奏大师》决赛，林初宴不负众望，都拿了冠军。

歪歪学长亲自把奖金交到他手里。

这两个项目都是小众项目，麻将比赛又是临时加的，奖金不多，两个冠军加起来，奖金一千多块。

林初宴把这些钱给向暖，向暖没要。

她还记着昨天爸爸妈妈来捣乱，虽然这会儿她表面看不出什么，但心里多少还是别扭，所以现在这个时刻就想和林初宴把界限划一划，于是说：“不要了。”

“说过给你的。”

“赏你啦。”

林初宴就请她吃了个饭，向暖又叫上了闵离离。

吃一顿饭只花了二百多，奖金还剩一千三。林初宴用剩下的钱给向暖买了件新年礼物。

是啊，新年快到了。

今年的元旦小长假从 31 号开始放，31 号是周五，如果平时遇到三天长假，向暖肯定回家。但是这次不成，因为星期六有决赛，她要好好准备。

31号这天，郑东凯回家了，毛毛球和大雨因为上次实验课失误事件而幡然醒悟，做人呢，不能太林初宴，他们这些凡人还是要兼顾一下学习的，于是两人相约去上自习了。

向暖在图书馆上游戏，组林初宴，被拒绝。

林初宴：你在哪儿？

向暖：图书馆，怎么了？

林初宴：等我。

向暖：嗯？

什么鬼啊……向暖有点不懂。

她扒拉了一下好友菜单，看到虎哥在线，但是她没组他。她知道虎哥这两天庆祝新年，要搞活动，每天带粉丝群的水友。

很多主播都会有带水友的活动。粉丝跟着厉害的主播组队五排，赢多输少，多上几次主播的车，段位就能慢慢打上去。所以《王者荣耀》里拥有较高段位的玩家，未必拥有同样高的实力。他们有可能是自己打上去的，有可能是主播带上去的，也有可能是虚荣心作祟花钱让代练打上去的。

熟悉的队友都不在线，向暖只好自己去单排。

自从跟林初宴混在一块，她就极少单排了，渐渐地忘记了单排的风险。今天才排第一局，那种熟悉的无力感又回来了。

向暖为了不坑队友，用了自己熟稔的张飞，结果一进游戏，同队里一个孙悟空和一个虞姬因为抢红buff吵起来了。双方情绪激动，又不能杀队友，只好搞文斗。

向暖一阵头疼。

中路法师是不知火舞，看了会儿热闹，冷漠地点评了一句：菜鸡互啄。

向暖一看，哟呵，这气势，不错不错，一定是个会玩的。于是她不那么关心虞姬了，打算多多地配合不知火舞，结果这不知火舞差点把她坑死。

于是两个菜鸡互啄就变成三个菜鸡互啄了……

向暖有点心灰意冷。她认为一定是系统觉得她太优秀了，所以给匹配了这么一群人。

这游戏从一开局就这么乱糟糟地打着，辅助的无能为力就体现出来了。向暖已经做好了掉星星的准备，又不想坐以待毙，于是忙得焦头烂额。

他们还在吵，吵了一会儿就开始点投降。

五个队友里，如果有四个同意投降，这把游戏就可以直接裁定为输，然后结束。

向暖打游戏的原则是宁可被打成皮皮虾，也绝不投降。所以遇到有人发起投降，她就点拒绝。

她发现，每次发起的投降，都是三个人同意，两个人拒绝。拒绝的人里一个是她，另一个……应该是那位一直默不作声的队友。

那个队友玩的是露娜。

露娜号称是一个“有着无限可能”的英雄，玩得好了能一打五，当然绝大多数是玩不好的，连单挑都成问题。

向暖调出数据面板看了一下，露娜的战绩是0，没有杀人没有助攻也没有死亡。这个战绩乍一看像条咸鱼，但放在眼前这局游戏里算很好了。因为向暖他们这队已经被敌人打出脑浆了，而露娜竟然一次都没死，简直是奇迹。

向暖又看了一眼露娜的金币，很好，和敌方最有钱的英雄持平。

她立刻虎躯一震，扔下那三个逗比，飞奔着跑去找露娜。什么虞姬啊，不知火舞啊，你们自生自灭吧，我要保护好我的露娜小姐姐！

露娜没有辜负她的厚望，在某次团战中打出一个五杀，团灭了敌人。

向暖知道这个露娜厉害，没想到有这么厉害，她看得有点呆。

但是那之后，向暖刚刚燃起的信心被一盆凉水浇灭——露娜躲进草丛回家，接着回到泉水之后就不动了！

啊啊啊……怎么回事儿，露娜小姐姐掉线了吗？还是说打完队友的脸就突然不想玩了？不不不，至少先把敌人的水晶推了再说啊……你快回来，我一人承受不来……

向暖的心情一起一伏的，赶上蹦极了，真刺激。就在向暖感觉已经绝望时，她看到队伍频道多出一行字。

忘却：好好打能赢。

是暖暖啊：呜呜呜，露娜！你刚才是掉线了吗？我还以为你不玩了！

忘却：没。

这个字出现的时间太晚，有点不正常。联想到刚才那句话出现的时间……向暖的脑中突然产生了一个可怕的想法。

是暖暖啊：露娜刚才不会只是在打字吧？

忘却：嗯。

又是很慢才出现的一个字。

是暖暖啊：……

是暖暖啊：你这打字速度跟你玩游戏的手速不像是一个人，哈哈哈哈。

忘却：……

是暖暖啊：露娜别回我了，这局游戏全指望你了。

是暖暖啊：其他三个小可爱，你们怎么玩随便你们，把蓝让给露娜啊，摸摸头。

又是小可爱又是摸摸头，那三个人被猛男张飞这样对待，有点不好意思，后来就没再吵。

最后露娜带着他们走向胜利。

向暖这把游戏打出了超级逆袭的感觉，神清气爽。游戏结束后，她加了这位叫忘却的玩家好友，很快通过了。但是她再邀请忘却打排位时，被拒绝了。

向暖心想，难道她刚才被嫌弃了吗？也是，人家操作得那么犀利，估计一般人根本入不了这位的眼……

她正玻璃心呢，忘却给她发了条信息。

忘却：我搬砖去。

向暖发现这朋友还挺逗，工作就工作呗，还搬砖。她一乐，回道：哦哦，你忙你忙，有空再一起玩，不用回我。

忘却：嗯。

向暖在图书馆玩了一会儿，发现自己并没有看书的可能，于是决定回寝室玩。

她在路上遇到了姚嘉木，也不知道姚嘉木受了什么刺激，脸色看起来不太好。向暖跟她打了个招呼意思一下，想走自己的，结果姚嘉木叫住了她。

"向暖，我们谈谈。"

林初宴并没有告诉向暖他要来鸢池校区，他想给她一个惊喜。

他穿着件褐色条纹复古大衣，脖子上松松垮垮地围了条浅灰色围巾，两手抄着兜。兜里躺着一个小盒子，他的手一直握着那个小盒子。

这小子天生是个衣服架子，加上一张帅脸，现在穿成这样，有点风骚，一路走来，男女老少的视线都追着他。

门口保安室的大叔可能是有点寂寞，头探出窗口问他："同学，是不是要约会呀？"

林初宴低头笑了笑，没作声。

他本打算直接去图书馆找向暖，却没料到，在路上就看到她。不只她，还有姚嘉木。但她们没有看到他。

林初宴觉得有点奇怪，向暖和姚嘉木应该是没什么共同语言的，她们唯一的共同语言可能只有沈则木了。

他对姚嘉木没兴趣，但是对沈则木就……

林初宴走过去，那两人只顾自己说话，并没有注意到他。他躲在墙后，听她们说话。

姚嘉木说："向暖，你都有林初宴了，为什么还要缠着沈则木不放呢？"语气有点哀怨。

林初宴紧紧握着口袋里的小盒子，他突然无法抑制地心跳加速。

向暖有点啼笑皆非，答道："学姐，你这话说得没道理啊。人和人在一起靠的又不是计划分配，而是感觉。我对林初宴没感觉对沈则木有感觉，不行吗？每个人都有喜欢沈学长的自由，学姐可以喜欢他，我一样也可以。"

林初宴只觉心口仿佛突然遭到一拳重击，沉闷而有力。他靠着墙面，仰了仰头。冬天的阳光照进他眼睛里，有点刺目。

后来向暖和姚嘉木又争了一会儿，两人虽都负着点气，但到底是性情温和的女孩子，并没有真的吵起来，彼此给对方留了点面子，说了几句就不欢而散了。

她们离开之后，林初宴还靠着墙，发着呆，像一尊雕塑。

待了一会儿，他缓缓地，将口袋里握了许久的东西掏出来。那是一个黑色的小盒子，打开盒子，里面躺着一枚胸针。

胸针的价格只有一千多块，并没有用什么名贵材料，但胜在有设计感。青铜做的枝叶上吊着两颗樱桃，樱桃是用玻璃珠做的，通透而内敛的暗红色，低调，耐看，又不失活泼。

林初宴第一眼见到这枚胸针时，就觉得向暖一定会喜欢。

这会儿他托着盒子，在阳光下转了转，随着角度的变化，光线在那暗红的玻璃珠中折射出不同的光彩。看了一会儿，他有点无聊，啪的一下合上盒子，转身走了。

路过一家小卖部时，林初宴脚步一绕走进去："给我包烟。"

他穿得太风骚，小卖部的老板觉得是个冤大头，给了他一包中华。

林初宴买了烟，又买了个打火机。他这是第一次抽烟，没经验，吸第一口就呛出眼泪，肺部特别难受，像是被火燎了。

颓废路线不太好走，林初宴把烟捻灭在垃圾桶边，剩下的都给了门口的保安大叔。

走出学校，他站在人来人往的路口。

高楼大厦，车水马龙，天高云淡，阳光灿烂。

周围那么喧嚣，他却有点孤独。

那之后林初宴找了一家安静的酒吧，一边喝酒一边听音乐。心里头郁结的那点小九九，被酒一浇，更加郁结。

向暖给他发了一条信息：林初宴！我在游戏里遇到一个超级厉害的人！露娜玩得特别棒！

那么多感叹号，可见她心情有多激动。

林初宴就没见过比她更没心没肺的人，前脚才跟情敌过了招，后脚就关心游戏里的陌生高手。

他现在不想回她信息，于是继续喝酒。

这酒吧里的音乐，下午的时候是民谣，晚饭之后就换成了流行歌曲，夹杂着摇滚。歌手撕心裂肺地吼，林初宴感觉内脏都要被震出来了，实在受不了，他只好放弃借酒消愁，出来了。

出来之后，被凛冽的夜风一吹，他有点头疼。

手机在不停震动，是很多人在发新年快乐之类的。林初宴握着手机，指尖轻轻划着，一条一条地看，他看到向暖在一小时前又给他发过一条信息：林初宴，你怎么突然失踪啦？搞什么飞机？

林初宴给向暖打了个电话。

“喂？”

“向暖，我在你学校附近。”

“啊？”

“我想见你。”

“不行，林初宴，我现在没时间见你。”

林初宴突然有些火气，说道：“你是不是在躲我？”

“林初宴……”

“是不是在躲我？嗯？”

“林初宴。”向暖讲话的语气带着点哭腔，“离离她好像食物中毒了。”

林初宴的脑子立刻清醒了几分：“你在哪里？”

“我还在寝室呢，离离她肚子疼，不停地吐。”

林初宴感觉校医院可能不靠谱。他拦了辆车，车可以开进学校，但只能停在主干道，去不了宿舍楼那边。他去向暖的寝室，把闵离离背下来，背到出租车里。三人坐出租车去了离学校最近的一家私立医院。逢年过节公立医院的人很多，私立医院相对好一些。

医生问闵离离今天吃了什么，然后给她做了检查，开药，让护士带她去病房输液。

闵离离靠在病床上，小脸惨白，泪珠子啪嗒啪嗒地顺着脸颊滑落。

向暖问道："离离，你是不是哪里还不舒服？我去跟医生说。"

"没有，我就是想家了。"

向暖摸了摸她的头，人在脆弱的时候就特别容易想家。

闵离离说："你们出去，不许看我哭。"

"那你不要哭了。"

"我忍不住啊。"

两人只好离开病房，坐在楼道的休息椅上。

向暖这才发觉林初宴身上有股很浓的酒气，她问："你喝酒了啊？"

"喝了点。"林初宴靠着椅背，头微微向后仰，后脑抵着雪白的墙面。他垂着眼睛，视线落在她急出一层薄汗的额头上。

林初宴掏出一包纸巾递给她："擦擦汗，别着凉。"

"谢谢。"向暖接过纸巾，扭脸看他，见他目光有些迷离，看来喝得不少，她有点敬佩，"你喝那么多，还能背得动离离。"

林初宴吊着嘴角笑了笑："又没醉。"那个样子，怎么看怎么不像正经人。

护士走过来，往病房里看了一眼，对他们俩说："她睡着了。你们要有事儿可以走了，这里我们照看就行。"

向暖一边擦了擦脸，一边说："我们也没什么事儿。"

林初宴起身："走吧，去吃夜宵。"

他这么一说，向暖还真有点饿了。

两人去吃了米线，冬天吃这种热热的东西最是舒服熨帖。

等餐的时候，向暖对林初宴说："今天谢谢你啊。"

"不用客气。"

向暖感觉他这一路话特别少，安静得很不同寻常，目光因喝酒而显得迷醉，有时候视线扫到她，也看不出是什么情绪。

米线端上来，滚烫的汤水蒸腾起白色的水汽，雾一样朦胧。向暖隔着这片白雾看他，问道：“林初宴，你是不是有什么事儿呀？”

林初宴摇了下头，眉眼低垂，轻声否认：“没。”

“那……你是不是心情不好呀？”

“挺好的，吃吧。”

向暖点的米线是麻辣味的，她吃得很过瘾，吃了一会儿，辣得直流鼻涕，于是不停地用纸巾擦鼻子。

林初宴感觉自己真的喝多了，他竟然觉得她擦鼻涕的样子也很可爱。

吃了一会儿，向暖见林初宴吃得那么少，她把筷子一放，说道：“林初宴，虽然我不知道你为什么心情不好，但是我有解决的好办法。”

“哦？是什么？”

“来，开黑吧。游戏使人忘记烦恼，比什么都管用。”

林初宴被她逗得终于有了点笑模样：“好。”

两人肩并肩坐在沙发上。林初宴视线一偏就能看到她乌黑的发丝，以及她无意间撩头发时露出的白皙耳郭。

林初宴有些心不在焉，一边打游戏，一边问向暖：“向暖，你的新年愿望是什么？”

“我？我想上王者。”向暖的新年愿望特别朴实和接地气。

林初宴没想到是这样的回答，他怔了一会儿，才说道：“我以为，你会说沈则木。”

“嗯，男神可以排在明年，反正一时半会儿也追不上。”

林初宴从下午到现在心头郁结的那口气仿佛疏散了一些。他看了眼时间，说：“那么，今晚十二点之前，我们一起上王者。”

“呜呜呜，你想得可真美！要不是你刚才死那么多次，我差点就信了。”

林初宴刚才玩游戏不专心，玩成了坑货。向暖觉得可能是因为喝了酒反应慢，她之前喝了酒也是这表现，不忍直视。所以她就没苛责他。

但林初宴就算慢了半拍的反应，也足以应对这个游戏了。他收起心思，打得格外认真。

其实他们距离最强王者已经不远了，之前冲击过一次，也不知道系统是不是故意的，冲击王者的那个渡劫局特别难打，所以段位又掉下来。

今天再次打到渡劫局，依旧艰难。林初宴的神情都有些肃穆。

晚上十一点五十七分，两人赢完这最艰难的一局，终于升上最强王者。

向暖有点蒙，她没想到自己随口一说的新年愿望竟然真的实现了。

她成为最强王者了！这历史性的一刻！

“哇哇哇，要庆祝要庆祝！要喝酒！”向暖去餐台拿了两罐啤酒，给了林初宴一罐。

刚拉下拉环，她看到玻璃窗外的天空中，突然绽开了大片的烟花。璀璨绚烂，夺人眼目。

电视机里传来钟声，许多人在欢呼尖叫。

“新年快乐！”向暖高高地举起啤酒。

林初宴的右手一直掏着衣兜，紧紧地握着那个小盒子。看到烟花时，他突然仿佛想通了什么，于是掌心一松，放下那盒子。

然后他举起啤酒和她碰杯，笑得眼睛弯起来，明亮的目光倒映着窗外七彩的烟火：“新年快乐。”

“林初宴，你的新年愿望又是什么呢？”向暖好奇地问他。

林初宴一手扶着啤酒罐，指尖轻轻摩挲着微凉的金属外壁，笑：“等实现了再告诉你。”

“好吧。”向暖说着，掩着嘴打了个哈欠，眼睛里因困倦有了点湿润。

“走吧。”林初宴站起身，“回去。”

“回哪里？寝室现在肯定锁门了。”

向暖想回医院，林初宴觉得没必要，闵离离有护士照顾，而在医院陪床太累了。他用手机搜了一下附近的酒店，选了一家还不错的拿给她看。

之后两人去酒店，开了两个房间。

第二天向暖是被手机铃声吵起来的。她一半脸埋在柔软的枕头里，迷迷瞪瞪地摸过手机：“喂？”

林初宴第一次听她清早起床时的声音，细细的，有点沙哑，发音不太清楚，带着点模糊的鼻音，一听就是还没清醒。

这声音，像小奶猫的爪子往他胸口上拍了拍，柔软无力，又痒痒的。

林初宴笑了笑。

在他莫名其妙的笑声中，向暖彻底清醒过来，说道："林初宴，你这个大傻子，大清早的笑什么笑。"

"没什么，我是想问你，要不要吃早餐？"

"要的要的。"

房费里包含早餐，不吃早餐就赔大了，必须吃，狠狠地吃。

早餐是自助餐，向暖七七八八地取了东西，坐下来，看了看时间，然后她对林初宴说："还有两个小时就比赛了，有没有信心？"

"你怎么满脑子都是游戏。"林初宴正在剥水煮蛋。这鸡蛋不知道是什么品种，超级难剥。他一手捏着鸡蛋，另一手一点点往下扯蛋壳，细碎的小蛋壳落在洁白的餐盘里。

向暖的视线跟着他的动作，觉得很是赏心悦目。这样一双手，做什么都好看。

林初宴把鸡蛋剥好，注意到向暖的视线，他一挑眉："想吃？"

"嗯。不用，我自己剥。"

他举着那颗被他剥得坑坑洼洼的鸡蛋："跟我说句好听的，就给你。"

"初神强，我投降。"

林初宴万万没想到向暖是如此才华横溢，任何话题都能被她带向游戏。

他默默地把鸡蛋放到她盘子里，又拿了一个来剥。

"你说，今天歪歪学长会用什么英雄呢？"向暖对同样打辅助位的歪歪学长甚是关怀，刚说了这句话，她突然抬高声音，语气惊讶，"咦，歪歪学长？"

林初宴顺着她的视线扭头看，见到不远处石化在当场的歪歪。

歪歪身后站着姚嘉木。

歪歪学长不愧是见过世面的人，只愣了三秒钟，立刻回过神，朝着他们这桌走过来，神情特别坦荡，像是名门正派的少侠。

四个人就这么诡异地坐在了一桌。坐好后，向暖和歪歪几乎同时开口：“我们不是你们想的那样。”

歪歪哈哈一笑：“理解万岁。”

向暖和姚嘉木坐在斜对面，两人相看两相厌，这会儿脸色都不好，从头到尾一句话没说。

吃过早饭，歪歪和姚嘉木回学校，向暖和林初宴去看望闵离离。闵离离今天又变回活蹦乱跳的样子，于是向暖放下心。

在医院时，向暖收到一条来自歪歪学长的信息。

歪歪：姚嘉木昨天失恋了，情绪不太稳定。不管她说什么做什么，向暖你别往心里去啊。

向暖瞬间就明白为什么昨天姚嘉木脸色那么差，还情绪失控地对她讲那些话，原来是失恋了。看样子应该是表白沈则木被拒，结果她被迁怒了。

为了避免双方相互影响，《王者荣耀》决赛时两支队伍待在不同的房间。向暖他们队在大会议室，沈则木他们那队在电竞社的办公室。

在禁选英雄的环节，时光战队把韩信放给了沈则木。韩信是沈则木最擅长的英雄，而沈则木是他们那队里实力最强的。

向暖直到现在心里都还没底，问林初宴：“你确定吗？”

“确定。”

于是真的没禁韩信。

他们不禁，沈则木顺理成章地就选了。

双方依次选好英雄。时光战队的第五楼只差法师位，林初宴几乎没犹豫，锁定了妲己。这一手选择像闹着玩，惊瞎了歪歪的狗眼。

“哪怕选个高渐离，都比妲己有优势。”歪歪说。

像妲己、安琪拉这类，俗称“站撸”英雄，不需要太多走位上的操作，站在那里放技能就足以造成毁天灭地的伤害。但这类英雄有着致命的缺点，那就是没有位移技能，生存能力很弱，很容易被对方针对。

尽管入场前的“闪现”是个不错的位移技能，可这个技能的冷却时间长达两分钟，不可能每次都指望闪现逃命。

因此，到钻石段位，由于玩家水平普遍提高，“站撸”型英雄的出场率会大幅降低，到王者局，就更少了。所以这会儿林初宴选个妲己，令歪歪他们很诧异。

“我们打我们的。”沈则木说，意思是不要管对方出什么幺蛾子。

歪歪对沈则木还是放心的。但是游戏开局几分钟后，沈则木连着死了两次，有点难以置信。

韩信这个英雄，可能是王者峡谷里最浪的英雄了。他的技能冷却短、位移多，机动性超级好，牵制能力一流，人送外号“韩跳跳”。正因为机动性好，所以生存力强，是不容易被抓死的。可是现在，沈则木的省第一韩信，连着被抓死两次。

“怎么那么不小心？”歪歪问。

“被埋伏。”

“埋伏你不会跑吗？你可是韩跳跳。”

“跑不了。”

“为什么？”

沈则木的语气有些无奈，说了两个字：“妲己。”

妲己虽然脆弱，可是对韩信来说，她有一颗自动导航的小心心足够了。任你跳来跳去，也跳不出我小狐狸的秋波。

韩信的生存能力全靠技能在撑，一旦被控制住，草丛里突然跳出妲己的同伙一起往他身上扔技能，他很难活下来。

歪歪也明白过来了，但他总体还是乐观的：“没事儿，就是运气不好，刚好被抓到。”

沈则木拧了一下眉，沉声道：“我可能被针对了。”

那之后事情的发展印证了他的猜测。

任谁都看得出，沈则木是这个队伍的核心，所以他被针对，一点也不奇怪。韩信是个带节奏能力很强的英雄，他们队伍围绕着韩信打，一旦韩信被针对，整个节奏都可能被打乱。

之前的比赛里，沈则木也被针对过，不过对方没能成功。

但是今天林初宴成功了，用的还是区区一个妲己。

“我觉得不科学。”歪歪说，“他们是怎么猜到你的动向的呢？”

是啊，韩信的机动性那么强，为什么他在林初宴面前仿佛是透明的，林初宴总能知道他在哪里？真的只是靠预判吗……

沈则木摇了一下头，感觉有点费解：“他好像很了解我。”

仅仅通过几场现有的比赛录像，就能把他的操作习惯分析得这样透彻吗？几乎不可能。

等等……沈则木脑子里突然闪过一个人的名字，他咬了咬牙：“陈——应——虎。”

呵呵，他真是有一个好表弟啊，卖表哥卖得风生水起，毫无压力。

这局游戏打到这里，沈则木他们的节奏已经乱了，最终是回天乏术，先输一局。

第二局他没再选韩信，没意义。

所以林初宴也没再选妲己，而是拿了一手貂蝉。

这局游戏就是按照正常来打，沈则木倒是没出问题，但是姚嘉木出问题了。

确切地说，其实姚嘉木上一局状态就不好。只不过沈则木被针对得太狠，吸引了所有注意力。这会儿沈则木恢复正常，姚嘉木的问题就显得尤其突出。

姚嘉木用的是法师不知火舞。她不仅频频操作失误，还总是把技能打到向暖的庄周身上。

一般来说，团战时把技能打到坦克身上相当于浪费。因为技能的数量就那么多，冷却时间在那儿摆着，把技能打了坦克，打别人的就少了。

坦克很难打死，再说打死又怎样，坦克的命远不如法师和射手金贵。

其实另外四个队友打得还不错，但是不知火舞和他们脱了节。这局游戏拖到后期，到了貂蝉的强势期，装备成型的林初宴，又开始势不可当了……

向暖之前想过他们有没有可能赢得决赛，但是在她的想象中，决赛肯定会打得分外艰难，打到第三局，拖到大后期，双方势均力敌，最后是她的挺身而出，为队伍创造出最精彩的反攻点……

却没想到，原来比想象中简单一些，只打了两局。而且带动队伍的是林初宴，不是她。

最后一波沈则木他们死了四个，只剩下姚嘉木的不知火舞在泉水里躲着。向暖和队友一起向水晶推进时，她看到公频里出现一句话，这也是两局游戏里唯一出现过的聊天记录。

南方有嘉木：最后一次和你一起玩这个游戏了。

向暖不喜欢姚嘉木这个人，但是看到这句话时，她觉得特别伤感。

水晶被推倒，屏幕上出现“胜利”的字样。向暖放下手机，长出一口气，悠悠叹道：“暗恋的人真可怜。”

“是啊。”林初宴低着头应了一句，样子有些漫不经心。

“不过。”向暖有一个问题不理解，“虎哥还真的把沈则木的情况都卖给你啦？林初宴呀林初宴，我发现你还真是个妲己啊，祸国殃民，连虎哥都被你——”

林初宴听她越说越离谱，打断她：“虎哥从小到大都活在表哥的阴影之下。”

向暖秒懂。虎哥是个学渣，表哥却那么优秀，可想而知，爸妈肯定经常拿表哥做样板来批评虎哥，导致虎哥现在的心理可能有那么一点小扭曲。

没错，对虎哥来说，沈则木就是那个“别人家的孩子”。

林初宴一边整理东西，一边问：“中午吃什么？”

“中午吃日料，我请！”

“好，吃完饭去唱歌，我请。”

“好呀好呀！”向暖的目光亮了八度。

林初宴知道她想的是什么，却并不戳破，只是低头压下唇畔的笑容：“走吧。”

第十四章 搞不好是单恋哦

向暖他们吃午饭时带上了闵离离。

闵离离今天已经好了，但不敢乱吃东西，只守着面前一碗清汤寡水的乌冬面，眼巴巴看着别人又是鱼又是虾。

“为什么要带我来这种地方啊？！”闵离离泪眼汪汪地控诉。

她的痛苦为别人带来快乐。郑东凯他们觉得闵离离特别逗，还给她取了个外号叫安琪拉，因为闵离离萝莉脸，戴大眼镜，看着和《王者荣耀》里的英雄安琪拉很像。

向暖发现林初宴并不吃生鱼片和生鱼做的寿司，只吃烤鳗鱼、豆腐、牛肉等熟食。她以为他不好意思，转念一想，林初宴还有不好意思的时候？

向暖问他：“林初宴，你不吃生食？”

“嗯。”

“为什么呀？”

没有为什么，他只是从小就不吃，养成了这样的饮食习惯：“我没吃过。”林初宴答。

向暖轻轻把一盘鱼片推到他面前：“你真的不尝一尝吗？可好吃了。”

鱼片色泽鲜美，摆放精致，可谓赏心悦目。但林初宴一点兴趣都没有，他摇了摇头。

这时，服务员端上来一盘用冰镇着的小青龙。小青龙有食指那么长，已经被剥去一部分壳，露出晶莹剔透的虾肉，像果冻一样。

向暖剥好一条小青龙，捏着虾尾蘸了点酱油，然后举着逗一旁的林初宴：“喂，你尝尝吧？特别好吃。”

林初宴目不斜视，不为所动。

“尝尝，尝尝。”

林初宴突然一低头，不等她反应过来，他已经就着她举虾的姿势，一口将虾肉咬下来。

咬得有点过，嘴唇碰到了她的指尖，触感柔软温热。

向暖第一次和异性有这样的接触，她本能地别扭，像是被电到一样，迅速收回手，手里的小青龙只剩下个小尾巴。

她是劝他尝，但没劝他抢啊……

她看一眼林初宴，发现他眯着眼睛咀嚼，一脸的享受。

生虾肉的滋味比林初宴想象中的要好，鲜嫩细滑，没有异味，虽不算多惊艳，反正不讨厌。尤其配上向暖一脸吃瘪的神情，食用效果更赞。

此时此刻，在“林初宴的奴隶们”微信群中——

毛毛球：是不是我的错觉，怎么感觉初宴他好像恋爱了？

郑东凯：搞不好是单恋哦。

毛毛球：哈哈哈！

大雨：哈哈哈哈！

郑东凯：哈哈哈哈哈哈哈！

闵离离：哈哈哈哈哈！

大雨：等等，怎么多出一个人！吓死妈妈了！

郑东凯：我拉她的。

闵离离：我刚进来，你们在笑什么？

毛毛球：你都不知道我们在笑什么，那你跟着笑什么？

闵离离：大家都在笑，我就礼貌性地笑一下。

毛毛球：妹子，你看一眼群名称，你也变成林初宴的奴隶了？

闵离离：没有呀，我也不知道为什么拉我。

郑东凯：喀……

郑东凯：难道你们不觉得，有妹子在，我们这个群能更活跃吗？

毛毛球：东凯，你是不是恋爱了？

大雨：搞不好是单恋哦。

毛毛球：哈哈哈哈哈哈！

大雨：哈哈哈哈哈！

闵离离：哈哈哈哈哈！

郑东凯：……

郑东凯以前总觉得自己的室友里潜伏着一个神经病。现在看来他错了，错得离谱——神经病岂止一个。

下午几人去的 KTV 比较高档，酒水单能吓死人。闵离离看了一眼酒水单就不想点了：“我们不渴，对吧？”

向暖本来挺想喝点小酒，看闵离离这么抗拒，于是她说：“等一会儿有需要再说吧。”

林初宴点了一扎柠檬水。

闵离离和大雨都是麦霸，不过两人走的路线不一样。闵离离是 KTV 里非常罕见的儿歌选手，大雨则十分偏好经典老歌，尤其喜欢他出生年份以前的那些歌。于是 KTV 里回荡着儿歌与老歌，关键两人唱得都跑调，向暖感觉有点承受不来。

她跑到点歌台前噼里啪啦点了很多，回头问林初宴：“你想唱什么？”

“你随便点。”

向暖吐了一下舌头，心想好嚣张哦，说得好像我点什么你都会一样。不管了，先把自己想听的都点一遍。

过了一会儿，大雨一首《光阴的故事》号完，终于轮到向暖点的第一首歌。

这首歌是《暖暖》。由于名字的原因，向暖每次在 KTV 必定要唱这首，搞得好像人家梁静茹这歌是为她写的一样。

向暖接过话筒等待前奏时，林初宴把大雨手里的话筒拿过来，说：“这首我会。”

这首歌的曲风清新轻快，温暖甜蜜，很适合小女生唱。但林初宴唱出来一点也不违和。

说到底，他的声音太好听了，温柔干净的声线，明快的语气，像一阵清新温润的风吹在人脸上，搭配这首歌的旋律，莫名就让人心情都变好了，仿佛真的能看到暖融融的日光。

向暖唱了几句就不唱了，专心听他唱。

她觉得很奇怪，这首歌她唱过很多遍，特别熟练，但是她做不到像林初宴那样，轻轻松松就能调动起听者的情绪。他把这首歌唱出了真正甜蜜的感觉。

向暖好羡慕，看着他的侧脸。他正盯着屏幕上的歌词，唱着唱着不知想到什么，自己笑了起来，然后他不经意间视线一移，恰好扫到她。

房间里灯光有点暗，他的眼睛却被那昏暗的光线映得明亮。

向暖赶紧偏开视线，假装没看到他。

林初宴唱完这首歌，向暖还在回味时，服务生推门走进来，托盘里放着瓶红酒和几个玻璃酒杯。

闵离离说：“这不是我们点的。”

服务生微笑道：“是一位姓邓的先生送的。”

几人面面相觑，都不清楚是哪个姓邓的。

林初宴有过几次经历，出去玩遇到认识的人，别人买单问候，尤其当他变穷之后，以前认识的那帮狐朋狗友特别喜欢给他买单，好像这样一来就能羞辱他似的。

他每次都是乐于接受，所以这会儿他本打算就这么接受，谁管是哪位呢。可是他看了一眼向暖，脑中立刻有了另一个猜测：如果有陌生人看到向暖长得漂亮，想讨好呢？

这个可能性是极大的，于是林初宴朝那服务生一挥手：“拿回去，我们不需要。”

“林初宴，不给我面子是吧？”门外突然响起这样一声，嗓门还挺大。

向暖循声望去，见门口站着一个男生，中等个，短头发，花衬衫，细长眼。那男生本来在看林初宴，说这话时，他的视线好奇地往房间内一扫，看到向暖，于是怔住。

向暖很确定自己不认识这个人。

他突然热情起来，甩开大步子走进来，朝着众人说道：“你们好，我是林初宴的好朋友邓文博，你们可以叫我文博，或者博哥，或者文哥。”说完，目光兜了一圈，又落回到向暖身上。

林初宴有点冷漠：“朋友就朋友，你把那个‘好’字去掉吧。”

邓文博呵呵一笑，也不生气，走过来要坐下。他看到林初宴一脸警惕，于是笑了笑，并没有往向暖身边靠，而是坐在林初宴的另一边。

然后邓文博就开始和林初宴的朋友们聊天。

坦白来说，他的谈吐并不让人讨厌，就是外表有些招摇。向暖听着他们讲话，得知邓文博的爸爸和林初宴的爸爸是朋友，他比林初宴大四岁，以哥哥自居。

向暖无聊地翻看手机。邓文博虽然装得一本正经，其实注意力全在向暖那儿，这会儿斜着眼睛看向暖的手机屏幕——也怪他眼神太好了，看到向暖装着《王者荣耀》。

“你也玩这个游戏呀？《王者荣耀》？”

“对啊，瞎玩。”

“你是什么段位？”

“我刚刚升到王者。”向暖说到这里有点小自豪。

邓文博心想，这女孩这么漂亮，王者多半是被人带上去的。

想到这里他更加自信了：“我也是王者，加个好友以后一起玩呗。”

邓文博还是很有分寸的，没要求加微信，就只加了个游戏号，搞得他好像真的只为玩游戏。

向暖刚上王者，思维还没转过来，在她眼里，所有的王者都是可敬的，这个人看外表很风骚，没准操作一样风骚。于是两人加了游戏好友。

邓文博问起林初宴的近况，接着又说自己的，说自己正在搞战队。

向暖问道：“是什么战队？”

邓文博等的就是这个发问，答道：“就是《王者荣耀》，我打算拉一支队伍去打职业。你有没有兴趣？”

“哈哈，我打不了的，我技术不行。”

郑东凯问道：“你组个职业队得花多少钱呀？”

“猜猜看。”

向暖忍不住猜了一个数字：“一百万？”

“一百万只够养一个人。”

向暖张了张嘴：“有这么夸张？”

“就是这么夸张，因为，我只要顶尖选手。”

“哇。”

林初宴突然站起身，回头看了邓文博一眼：“你来一下。”

“干什么干什么？”邓文博一边起身跟出去，一边笑道，“哟，你看不下去了？”

林初宴一言不发，等出门后走到电梯间，他突然拍了一下邓文博的肩膀。手掌按着邓文博的肩头，没有放开。

邓文博感觉到肩头一道力量压着他，搞得他压力有点大，然后他看到林初宴危险的目光。

“喂喂，弟弟，你干什么呀……”有点怕。

“没什么，就是跟你说一声，你要是敢打向暖的主意，老子亲自强奸你。”

“你……有你这么威胁人的吗？你还是不是人啊……”

林初宴他们出去后，向暖低头翻手机，看到电竞社的公众号发了条消息，是关于他们夺冠的新闻。歪歪学长虽输了比赛，但依旧怀着对对手的祝福，描写了比赛的精彩之处，最后还附上了比赛视频。

向暖把这篇文章认认真真地看了两遍，边看边笑。她感觉奖品什么的已经不重要了，重要的是胜利本身。赢得比赛所带来的快感，百尝不厌。

然后她给这篇文章点了个赞，接着往下拉，翻评论。

前几条评论都挺好的，后面有一条评论的内容让向暖有点蒙——向暖是代打的，不知道吧？论坛都扒出来了。

“什么鬼，我怎么不知道我是代打啊？”向暖觉得莫名其妙。

闵离离在唱歌，嗓子亮开了，房间有些吵，没人听到向暖的自言自语。

向暖登上校内论坛，试着搜索了一下关键词“向暖，代打”，还真搜出一个帖子。

主题帖：你们真相信向暖玩游戏能有这么溜？反正我是不信的。

发帖人：所向披靡

版块：《王者荣耀》

主题帖内容：这游戏我也玩，以我专业的眼光来看，女大学生不可能玩这么好。想知道向暖多少钱买的代打。

这种不讲证据、恶意满满的猜测，竟然引来很多赞同的声音。

——我以为只有我一个人这么想。

——楼主挺住，这版块很多女大学生的。

——楼主啊，不是我说你，有些话放在心里就行了，说出来不怕被人报复吗？林初宴可是在她身上花了好几万块呢。

——就是那个传说中很穷的林初宴吗？他怎么又有钱了？

——不是在说向暖吗，怎么扯上林初宴了？我怎么感觉林初宴无处不在，哪个版块都有他？

——漂亮的女孩运气都不会太差。有人给你花钱，有人带你升级，还有人代打游戏，哈哈哈。

向暖越看越气。

当然也有不少人保持着理智。

——楼主，你什么素质，女大学生招你惹你了？我也是女大学生，吃你家大米啦？

——证据呢？没证据就这样说别人，不太好吧？

——证据就是长得漂亮啊，哈哈哈……心疼向暖，长得漂亮也成缺点了。

——已举报。

后来楼主真的上了“证据”。那是《王者荣耀》助手的一个推送帖，证据显示在两个多月前，向暖身为小白一只，在游戏里装小学生被人拆穿。

这条“证据”简直是顶楼利器，一放出来后说什么的都有。有人大笑表示原来女神有这样不为人知的一面；有人认为这就是铁证，毕竟仅仅过了两个月，她的进步太大了，她的王者一定是别人带上去的，比赛一定是代打的；还有人觉得证据不足，要求更多证据……

然后更多的证据就是向暖和林初宴、沈则木的绯闻了。

向暖都不知道这其中的逻辑在哪里。人们在讨论一个女孩子时总喜欢拿她的私生活做文章，好像只要她私生活不好了，那么她无论做什么都是错的。

莫名其妙地，她就成了一个“依靠林初宴砸钱”“依靠沈则木放水”“为了赢比赛很可能又找了代打”……的花瓶。

这个帖子到最后吵成了一团，有人浑水摸鱼，有人吃瓜围观，有人仗义执言，向暖看得特别窝火，又为陌生人的仗义执言而感动。

林初宴把邓文博吓跑了。

邓文博跑掉之后，林初宴去前台点了些小食——其实他只是想溜达溜达，透口气。

点完小食，他又点了啤酒。一会儿那瓶红酒得让服务生拿走，谁爱喝谁喝，反正向暖不能随便喝邓文博送的酒，那小子没什么正经心肠。

做完这些，林初宴回到 K 歌房。

闵离离和大雨在唱歌，郑东凯和毛毛球在说悄悄话。林初宴目光随意一扫，看到向暖坐在沙发上，两腿并拢，坐姿像个小学生。她手里握着手机，室内的霓虹灯光扫到她脸上，一闪而过。她好像在发呆。

“你怎么了？”林初宴说着，坐在她身边，他感觉她有些不对劲儿。

“林初宴……”向暖开口叫他，声音透着一股委屈。

刚才并没有人注意到她状态异常。

离得近了，林初宴才看清她神情格外沮丧，他有些奇怪，难道刚才邓文博在他没注意的时候冒犯了她？

“到底怎么了？”他问道。

向暖把手机递给他，手机里还开着那个帖子。

林初宴看完，也有点气。总是有人这样心理阴暗，动不动就用最大的恶意揣测别人，以揣测做证据，不由分说地给人扣一顶帽子，然后把所有的辩解扭曲为洗白，进行新一轮的恶意揣测。

图什么？

这种时候，讲道理是行不通的。因为他既然在没证据的情况下胡说八道，出发点也不是和你讲道理，而是泼脏水。

林初宴特别想找出这人是谁，然后把他装在麻袋里打一顿。既然文的不行，那就来武的。

他感觉这事儿还是有可行性的，不过需要仔细规划一下，不能留下把柄，于是他说：“这事儿你别管，我来处理。”

“晚了，我跟他说留下游戏 ID，不服就单挑。”向暖说这话时，眼神透着心虚，轻轻地飘开不敢看他。

林初宴被逗笑了。她总是这样，看起来软绵绵的，做事儿却很有骨气。

“他怎么说？”林初宴问道。

“他留了 ID。他是最强王者，好像有十几颗星……”向暖快哭了。她自己的王者才上两天，目前还只有一颗星星。王者局以上升星星太难了，这人能升到十几颗，说明实力确实强。

向暖刚才看别人骂她，看得十分暴躁，加上自己是个最强王者了，就有点膨胀，一时冲动说了那样的话。谁会想到一下子钓起来那么大一条鱼啊，她自己都要被拖进河里了。

呜呜呜，好像自从她成为王者，满世界都是王者了，上哪儿说理去啊……

向暖越想越难过,她觉得自己的命运好悲惨,她要输了。输游戏不可怕,但她不想输给这个人。

很多事情,讲道理行不通,只有用实力去证明对错。她希望靠实力给自己澄清。可是现在,她明明站在正义的一方,却要输了!

林初宴看她快吓哭的样子,莫名有点想笑。他很想摸摸她的头,但是又不敢造次,于是只轻轻拍了拍她的肩膀,说道:“没事儿。”

“你当然没事儿,要和他单挑的是我。”

“不如这样,我先找人打他一顿,他住医院了就不会和你单挑了。到时候他爽约,直接判输。”

“不行,那有点过分。”

“那怎么办,你真的要和他打?”

“呜……”向暖艰难地点了点头。就算明知道会输,也不能退缩。就好像有时候打游戏明明赢不了,但坚决不投降。

“那好,我们先看一下他的资料。”

向暖登录游戏,找到那个人的ID,加了好友,那人很快通过了。

向暖看了一下他的常用英雄。

花木兰……曹操……老夫子……

啊啊啊,全是单挑大魔王!这怎么打啊!她只是个辅助而已啊……

向暖欲哭无泪,特别想删好友。仿佛感受到了她的无助,那人还发信息挑衅。

所向披靡:美女,不怕告诉你,明天我用花木兰,你用什么?

是暖暖啊:你为什么要告诉我,不怕我针对你做准备吗?

所向披靡:哈。

所向披靡:我看看你用什么,庄周?张飞?总不能是大乔吧?你想拿什么针对我?或者说,你能拿什么针对我?

是暖暖啊:你这么嚣张,等我明天让你叫爸爸。

所向披靡:你赢了我叫你一声爸爸,我要是赢了你叫我一声老公。

所向披靡：怎么样？

向暖快气死了。

林初宴见她脸色铁青，身体直发抖，他拿过她的手机看了一眼，皱起眉，脸色也很难看："明天只能赢不能输。"

"嗯！"向暖凶狠地点了下头，接着又捂脸，"呜呜呜，赢不了！"

"没关系，还有一天时间。"

K 歌房里太闹腾了，林初宴和向暖决定去咖啡厅商议此事儿。两人走的时候，郑东凯他们几个都用非常意味深长的眼神看着林初宴。

林初宴一手拎着向暖的包，一手拿着围巾递给她，目不斜视。

到咖啡厅，林初宴先给陈应虎打了个电话。

陈应虎是区排行榜第一，整个《王者荣耀》的英雄没有他玩不溜的。

"虎哥，做什么呢？"林初宴问了一句。陈应虎比他年纪小，不过虎哥叫习惯了，也就懒得改口了。

陈应虎那边传来咀嚼食物的声音，他含混道："吃早饭哪。"

"这个点吃早饭？"

"嗯，刚起没多久，现在几点了？"

事情比较急，林初宴没和陈应虎扯别的，直接把事情讲了一下。

陈应虎一听乐了："十八颗星敢这么嚣张？干死他！"

林初宴默默地提醒他："我和向暖只有一颗星……"

"对哦，你这菜鸡。"

林初宴没工夫和他对喷："虎哥，说正事儿，庄周和花木兰 1V1 的话，赢面有多大？"

"这要看操作了。如果是青铜花木兰，吊打；如果是王者花木兰，赢的可能性不大。花木兰现在是上单一姐，版本强势。"

"意思是没办法了？"

"你让她换个英雄嘛，难道她只会庄周？还会什么？"

"张飞。"

"……"陈应虎沉默了一会儿，说，"要不你把那个男的打一顿，打进医院去，他住院了就会爽约，然后向暖就可以赢了。”

“不行，我们要赢得光彩……虎哥，有什么英雄比较克制花木兰？不管操作，从特性上说。”

“貂蝉。”

林初宴结束和陈应虎的通话之后，用一种特别温柔的目光看着忧心忡忡的向暖，说：“你不是特别喜欢貂蝉吗？”

“对啊。”

“现在好了，你可以玩了，开不开心？”

向暖：“好开心哦！”

林初宴看了眼手表：“我们的时间不多了。从现在开始练，今晚通宵，你可以吗？”

“嗯！”

“明天务必让他叫你爸爸。”

向暖面色一紧，有点担忧：“那要是我输了怎么办？”输了就要叫他老公吗？死也不要啊！

林初宴看了她一眼，轻轻一笑：“这话是他自己说的，你又没答应。”

向暖：“……”

老哥，稳！

林初宴和向暖觉得咖啡厅不方便，于是又换了个有包间的茶室。今天他们就在这里备战。

茶室装潢风格不错，简约的仿古吊灯，原木桌椅，桌上摆着绿植，门口有个屏风。

向暖先花三千块搞了一套貂蝉专用的吸血铭文。为了争这口气，她付出的代价有点大。

林初宴说：“如果那人明天不用花木兰呢？”

向暖想了想感觉有点不能忍：“那我们就把他打进医院吧……”

陈应虎和他们连着麦，听到这里，说道：“貂蝉 solo 很给力的，就算那王八蛋不用花木兰，用别的，咱们也能吊打他。”

“那是你……”

在陈应虎嘴里，任何英雄都是给力的，都可以玩出花来。

陈应虎想了一下，说：“我认为单挑是对你们有利的。”

“怎么会，敌人有十八颗星。”

“他的十八颗星，是靠排位打上去的。”

向暖有些懂了。排位是五个人的战斗，靠的是意识和团队配合，个人操作反而在其次。向暖玩这个游戏的时间太短，这方面还真不能和那些老玩家比。但现在单挑，拼的是个人操作，这相当于把她和所向披靡拉回到同一起跑线上。

“可他既然有十八颗星，本身操作也不会差。”向暖说。

不等陈应虎说话，林初宴开口了：“你也不差。”

这是林初宴第一次夸她，向暖受到惊吓，愣在当场。

“呆子。”林初宴说。

向暖感觉这词挺耳熟，仔细一想，这不是孙悟空骂猪八戒的话吗?

“喂，林初宴！”

林初宴已经笑眯眯地起身，出门去前台拿了两个充电器过来。

人可以不吃饭，手机不能没有电。

看着他递过来的充电器，向暖有些歉疚了，说道：“其实你不用陪我熬夜的。”

林初宴满不在乎道：“我们不是队友吗，再说，我也是被污蔑的人之一。”

向暖想想也对。她突然地有些振奋，现在不光是为自己战斗了。

陈应虎已经吃完饭回到自己的猪窝，这会儿上游戏开了个1V1的房间，把向暖拉进去。

“我先和你打一把，你感受一下。”

“嗯。”

貂蝉是个舞姬，走路都是飘着走的，仙气十足。这么漂亮的小仙女，向暖竟然有点不适应了。她被张飞荼毒得太深了……

Solo 的战场很简单，只有一条路，没有野区，双方各自的水晶前有一座防御塔。把防御塔打掉再把水晶推掉就能获得胜利。

这会儿小仙女貂蝉和御姐花木兰在两座防御塔之间的空地上相遇了。向暖试着朝花木兰扔了个花球，花木兰上来一顿操作，把她捶死了。

“对不起对不起。”陈应虎很不好意思，“我没有想杀你。我有时候手速比脑速快。”

向暖：“……”还有这种操作?

为了避免经济差拉太大，虎哥干脆停止清兵，退回到防御塔里等向暖复活。他说：“我先给你介绍一下花木兰的技能吧。”

当前版本的花木兰能成为战士一姐，是有原因的。花木兰有两种武器——一把大刀和两把小刀，她可以在这两种武器之间切换，不同武器状态下的属性和技能是不一样的。因此她拥有更多的技能组合，在战场上可以打出很多可能性。总体来看，花木兰的技能很全面，有位移，有控制，有霸体，有免伤，还有伤害加成。这使得花木兰能跑、能追、能扛、能打，可谓十项全能完美女战士。

真是越听越可怕……

“不过你也不用担心。”陈应虎安利完花木兰，话锋一转又说，“貂蝉 solo 能完虐花木兰。”

“为什么呀？”

“因为花木兰主要的伤害技能是在一把大刀的状态下，这种状态的花木兰比较笨重，不够灵活，貂蝉走位飘逸，可以轻松躲掉。而且，貂蝉有真实伤害，还能吸血。”

所谓的“真实伤害”，是无视护甲的伤害，意思是买防御装对这部分伤害没用。就像南方的冬天，穿再厚的衣服也没什么用，依旧冻得人瑟瑟发抖。

虎哥的一番解释，让向暖对貂蝉肃然起敬。

陈应虎这天开直播后，直播间的粉丝发现虎哥今天玩1V1，看了一会儿，粉丝们发现，这哪是1V1，这是教学。两人从头到尾只用两个英雄，连着打了好几场，虎哥一边打一边教别人怎么针对自己，打来打去，但求一虐。然而被虐的总是“是暖暖啊”。

弹幕的内容大多是疑惑不解：

——虎哥今天直播带妹子啊？

——带妹就带妹，1V1你无聊不无聊？

——这不是暖暖吗？虎哥你什么意思，你要撬兄弟墙脚？

——前面的等等，暖暖是谁？撬墙脚又是什么意思？求八卦！

——虎哥，初晏怎么没来？

——初晏又是谁？

——初晏和暖暖是一对，以前和虎哥一起连麦排位。现在看这样子，虎哥是打算撬初晏的墙脚了……

——初晏小哥哥你快来，你老婆要跟别人跑了！

林初宴看这些弹幕，看得忍不住埋头笑。向暖回水晶补血，扫了他一眼，见他脑袋压得很低，肩膀轻轻抖着，像神经病。

她奇怪地问道：“你怎么了？”

“没事儿。”林初宴笑答。

他这一句话，又引得直播间的弹幕炸开了。有人问这个声音好听的小哥哥是谁，有人问候初晏，还有人喊他唱歌。

陈应虎给粉丝们解释了一下：“明天‘是暖暖啊’要和人单挑，我今天帮她练习一下。不出意外的话今天的直播内容都是这个了。”

很多粉丝都在抱怨，一整晚都是这两个英雄的教学，可以想象有多枯燥了。一些人开始威胁说要走，还有一些已经走了，直播间的人气哗啦啦地在流失。

向暖偏头看了一眼林初宴的手机屏幕，看到这些弹幕内容，她很过意不去的，说道：“虎哥，让初晏陪我练吧。”

“不行，他是个菜鸡。”

林初宴："……"

陈应虎的脑速突然变快了，他想到一个绝佳的主意："要不这样，初晏每隔半个小时唱一首歌，这样大家就不觉得无聊了，同意的打个1。"

弹幕被"1"刷屏了。

林初宴笑道："好。"

从这一刻开始，一直到林初宴一首歌唱完，直播间的弹幕始终处于爆炸模式。等他唱完之后，弹幕都说"再见虎哥，半个小时后回来"。

陈应虎发现自己直播间里好像没几个真粉，忧伤。

之后陈应虎和向暖继续进行1V1教学，有部分人留下来围观，看了一会儿，忍不住吐槽向暖的操作。林初宴把他们都禁言了。

半个小时后，虎哥直播间的人气暴涨，都是来听歌的。

"你们想听什么？"林初宴问。

弹幕一多半在刷《威风堂堂》。

向暖已经停止打游戏，因为林初宴唱歌的时候她的魂都飘起来，根本没心思操作，所以索性打算听他唱完再继续。这会儿她凑过脑袋看弹幕，问林初宴："《威风堂堂》是什么？"

林初宴目光飘开，抿了一下嘴角："不知道。"

向暖在看弹幕，并没有看到他发红的耳朵。

弹幕听到向暖的发问，都在热心解释：

——《威风堂堂》是一首非常小清新的歌曲！很适合秀嗓子！

——对的！暖暖，求求你让初晏唱《威风堂堂》！我愿意给你暖床！

——绝对是不可错过的好歌哦！

向暖越来越好奇了，这首歌这么神奇？她怎么没听过？不行，要听听。

于是她用手机搜了一下，搜出来的是日文，难怪呢，她很少听日语歌。

向暖也没多想，就点了播放。他们俩的手机都没插耳机，于是歌声直接流泻出来。

准确地说，那应该是叫声。

啊……哦……

嗯……嗯……

啊哈，嗯……

啊，啊，啊……

向暖："……"

林初宴："……"

两人都像被雷劈到一样。

令人面红耳赤的呻吟和喘息，既混乱又有节奏，就这么猝不及防地回荡在整个房间。

向暖都傻了。还是林初宴反应快，抢过她的手机，按了暂停键。

色气满满的呻吟声戛然而止，向暖终于反应过来，立刻羞得满脸通红。

林初宴也没比她强多少，他的脸也在发烧。

实在是刚才那个冲击波太强烈了，他又不是性冷淡，而且还是在和向暖共处一室的情况下……

他现在心脏跳得厉害，喉咙紧绷，嗓子有些发干。

向暖羞得动都不敢动一下，埋着头。从他的角度只能看到她乌黑柔亮的头发，和红成虾子的耳郭。竟然，有些迷人。

林初宴感觉这房间没法待了，只要有空气的地方就充盈着她的气息，寂静无声地诱引，弥漫进每个毛孔里，难以抵抗。

林初宴把手机塞进向暖的手里，他的指尖无意间划了一下她的手指。

然后他站起身，低声说："我出去一下。"

向暖轻轻点了一下头。

林初宴拿起手机出门，出去时扫了一眼弹幕，满屏的"哈哈哈"。

第十五章 向暖暖，小流氓

林初宴离开后，向暖刚感觉好了那么一点，陈应虎突然发声了。

“我可什么都没听到。”陈应虎的语气特别贴心。

向暖好窘：“我谢谢你。”

“那你现在还玩吗？”

“玩，怎么不玩。”

陈应虎把她拉进 1V1，继续给她解释：“你看出来了吧，花木兰是战士，攻击距离很近，你的貂蝉要拉开距离和她打，打消耗，最好不要被她贴上来。花木兰有不错的爆发力，黏上你之后可能会一套带走。”

虎哥直播间的粉丝在嚷嚷着“要初晏”，没人想听貂蝉教学，反正已经看过很多攻略了，依旧学不会，该坑还是坑。

陈应虎正给向暖讲解呢，趁着间隙扫一眼弹幕，于是幸灾乐祸了：“是你们把他吓跑的，别问我要人，没有，哈哈哈哈！继续说貂蝉，前期不许浪，把该打的兵都打了，保证发育。因为 solo 地图里没有野区，没地方给你刷蓝 buff，为了满足法力消耗，你前期先买个进化水晶，每次升级都能回蓝。”

“嗯嗯……”向暖比上课听讲都认真。

“我刚才讲的那些都是最基础的，现在才是重点。貂蝉想要赢，用好二技能是关键。二技能释放瞬间有 0.36 秒的无敌效果，能不能用好二技能，是高手貂蝉和普通貂蝉最大的区别。”

“那怎样才能用好二技能呢？”

“预判。你要提前判断出对手的意图，当然，这需要足够的反应力和手速。”

向暖对花木兰的技能还没熟悉到能预判的程度。陈应虎一边展示技能让她躲，一边说：“二技能不要随便乱用。有时候一个技能捏在手里，比放出去效果更好。”

这一点向暖特别理解。她用张飞的时候就这样，有时候明明有大招，就是捏着不放，敌人心里就有障碍，不敢冒进，毕竟丑男大变身时能丑哭一个团的人。

两人的教学活动进行得很投入，直播间的粉丝都在刷“初晏小哥哥快回来，你老婆要跟虎哥跑了”。

过了会儿，林初宴给向暖发信息：晚饭想吃什么？

向暖：什么都行。

林初宴回来时提着很多东西，有晚饭，有过夜的零食和饮料，还有一个小抱枕。如果困了可以垫着抱枕睡觉，总比枕着胳膊要舒服。

向暖一想到刚才的事儿，还有些不好意思，不知道怎么面对他。她埋头吃饭，一句话不说。

吃着吃着，她听到林初宴突然笑了一声。

“笑什么？”她看着他。

“没事儿。”林初宴低头压了压唇角。

“你不许笑了。”

“嗯。”林初宴刚答应完，就没忍住，轻轻牵起嘴角，看了她一眼。

向暖举着筷子作势要打他。

林初宴推了一下餐盒：“肉给你吃，别打我。”

“林初宴，大傻子。”

“向暖暖，小流氓。”

这晚，虎哥直播间的人气呈现了锯齿形变化。每隔半个小时，人气突然飙升，飙升几分钟后立刻落到谷底，然后再过半个小时重复这个过程。

在林初宴不唱歌的时间段里，直播间的人气少得可怜。

陈应虎倒是看得开，非凡的实力赋予他非凡的自信，今天人都走了没关系，明天他去打排位，稍微秀一秀骚操作，人就都回来了。

不过有一点他挺奇怪——直播间里还是有些人在坚守的，但是没人发弹幕。

“你们怎么不说话？”陈应虎问。

一个初级小号发了条弹幕：都被禁言了。

陈应虎：“为什么禁言？”

——因为说暖暖操作不好。

陈应虎心想，这确实是林初宴能干出来的事儿。

与此同时，在南山市郊区的某栋别墅里，一个戴眼镜的男人此刻正坐在电脑前沉思。

这栋别墅很大，客厅被一分为二，一边是会客室，一边是训练室，中间是用原木打造的隔断墙，墙上挂着面黑色的旗子，logo 和字都是土豪金，上书“无敌”两个字。

一个小个子的平头男生端着水杯路过，看到眼镜男神态认真地盯着电脑，他好奇地凑过来，问道：“常哥，看什么呢？唉，虎哥？你不会也想打他的主意吧？我可听隔壁战队的说……”

“不是。”眼镜男打断他，“小志，你看这个貂蝉。”

小志看了眼貂蝉的操作，点评道：“不怎么样。”

“是不怎么样，但是三个小时之前，她比这差很多。”

“常哥，你看了三个小时？”小志的重点抓得很准，“你不会真的在打虎哥的主意吧？”

“不是，我不喜欢话痨……我问你，你刚玩游戏那会儿，对很多英雄不了解，如果给你三个小时，你能把一个貂蝉从零练到这个程度吗？在有人给你讲解的情况下。”

小志愣了愣，接着非常认真地思考一番，终于摇头：“也许不能。”

貂蝉比较吃预判和手速，就算知道该怎么做，也不代表能做到，需要多练习。

常哥没拆穿小志说“也许”两个字时所透出的心虚，他只是推了推眼镜，说：“这世界上有很多事情是努力就能做到的，但还有一些因素在努力之外，比如天分。”

小志倒了两杯水，回来两人一起坐在电脑前看，就这样看了两个多小时。中间老有个男的跑出来唱歌，神烦。看到后来，小志的脸上已经带着不小的惊讶。

“会不会是为了节目效果？”小志说出了一个可能性。

“应该不是，明天再看看吧。明天这女孩和人约了单挑，陈应虎说会进行直播。”

“单挑直播也可能是为了节目效果，炒作什么的。”

“你小小年纪，怎么那么多心眼。”

小志吐了吐舌头。

向暖和那个所向披靡约的是下午一点钟，在电竞社的办公室面对面打一场 1V1，双方都可以带五个以内的人来观战，既能够加油助威，又可以互相做个见证，省得再被人说代打。

电竞社的办公室很大，歪歪学长听说此事儿之后，用一天时间卖了三十张观战门票，赚了小一千块钱。

所以向暖来到约好的比赛地点时，看到已经有好多人在等着围观。

大家可真够闲的……

手机屏幕太小了，那么多人看肯定不尽兴，还容易打扰到比赛中的两人，所以歪歪学长借了个投影平板，打算在墙上投影。

真是，够贴心的……

向暖一夜没睡，这会儿竟然一点也不困，反而特别兴奋，眼睛特别亮。

闵离离、郑东凯他们几个也都来了，给向暖加油打气。

向暖到之后两分钟，所向披靡终于出现了。此人个子瘦小，气势却很高昂，走在最前面，几乎要用鼻孔看人了。

林初宴站在向暖身旁，看到所向披靡的正脸时，他说道：“是你。”

向暖有点奇怪：“谁呀？”

这个所向披靡看着是有一点眼熟，但她感觉应该不认识。当她问出“谁呀”两个字时，所向披靡的脸色变得难看了一些。

“蜡烛，表白，丑拒。”林初宴说了几个关键词。

所向披靡的脸色更加难看。

向暖一下子想起来了。这男生在她宿舍楼下点蜡烛当众表白，光线不好她也没注意他长什么样，过后就忘了。所以他之所以在论坛上抹黑她，是因为被拒绝？因爱生恨？

这可真是……不知道说什么好了。但不管怎么说，那些乱七八糟的事情都要暂时抛开，她现在只想赢。

两人面对面坐下，开好房间。

“需不需要我让你一件装备啊？”所向披靡说道，语气特别嚣张。他总是无法忘记那天她对他的羞辱，今天他要把失去的尊严夺回来。

“不用。”向暖淡淡地拒绝。

歪歪学长听不下去了，说道：“所向披靡违背竞技精神，警告一次。”

向暖深深吸了口气，她突然有点紧张。

这时，肩头突然出现一只手掌。她侧过头，看到林初宴的脸，他正在对她笑，笑容那样干净温柔。

“加油。”他轻声说。

她心里一暖：“嗯！”

所向披靡果真选了花木兰，看到向暖选了貂蝉，他有一些意外，接着又是那样自负地笑：“我劝你还是用庄周这种傻瓜英雄。貂蝉固然能克制花木兰，可是你——秀得起来吗？”

歪歪学长好生气：“所向披靡骚扰对手，警告一次。”

有人问：“警告多了会有什么后果？”

歪歪谜之微笑："我们电竞社有几十号壮汉。"

所向披靡终于闭嘴了。

游戏开始。

向暖牢记虎哥的谆谆教诲，貂蝉前期不要浪，先老老实实清兵。但是所向披靡哪肯放过她，不打兵先打人，貂蝉走位失误，被花木兰的一技能打了个全套，接着打出沉默效果，向暖吓得把净化用了。

净化的冷却时间长达两分钟，一般是捏到关键时刻才肯用的。

所向披靡故意笑出声。向暖抿了抿嘴，虽然貂蝉被打掉很多血，但是她没有撤退，如果撤退这波兵线就浪费了，没有钱的貂蝉，和咸鱼有什么区别。

她和花木兰拉开距离周旋，打完兵升二级，安全地撤退，补了点血。然后依旧尿着打，先赚钱，和花木兰拉开距离，时不时地消耗一下。

花木兰几次试图贴身，都被她躲掉了。如此相安无事，两人都升到四级，都有大招了。

花木兰突然成功突进到貂蝉身边！

向暖看了眼血量，感觉可以一战，于是开了大招唱歌跳舞。唱着唱着，她发现其实打不过，于是不敢恋战，跑了。

花木兰停在原地释放一技能，大刀一技能有个蓄力过程，花木兰蓄力这会儿，向暖已经逃出技能范围，她以为安全了，却没想到花木兰突然用了闪现。

这招俗称"R 闪"，释放技能的同时按闪现，就可以调整技能的方向，经常能打一个出其不意、攻其不备的效果。

所以向暖又变得不安全了，她这会儿逃命技能已经用完，剩下的那点血直接被花木兰秒光了。

躺在泉水里，向暖有些懊恼。这一招她知道，虎哥教过的，她怎么就没意识到呢……

肩头突然又被按住，她听到一旁林初宴的低语："没关系，慢慢来。"平静温和的声音，像温开水。向暖听在耳里，冷静了不少。

其实眼前这个情况都在虎哥的预测中。花木兰只要不傻，开局一定会打得很凶，压制她。装备成型的貂蝉太可怕，前期一定要打压。

向暖感觉自己冒失了，她稳了稳心神，看一眼经济差。花木兰的金币已经领先她不少，她不可以使经济差继续拉大。

赚钱赚钱！

向暖又开启了尿包模式，收兵为主，隔着老远消耗花木兰，花木兰一旦试图靠近，她就会躲开。如此，慢慢地拖到第十分钟，貂蝉十三级，已经有了四件神装。

“神装在手，笑看疯狗。”向暖不自觉说了一句，这是虎哥经常说的。

“咳。”歪歪学长说，“是暖暖啊辱骂对手，嗯，警告一次。”

向暖操控着貂蝉小仙女继续和花木兰周旋，当花木兰再次靠近，打算用技能控住貂蝉时，向暖秒开净化，接着大招，唱歌跳舞，吸血杀人。

花木兰本来已经被她耗掉部分血量，这会儿直接一溜烟跑了。向暖借着花木兰回家补血的工夫，差不多补平了经济差。

终于，两人又站到同一起跑线。

再次狭路相逢时，花木兰欺身上前，向暖走位失误，被花木兰打了一套，掉了很多血，她没有跑，原地开大招和花木兰周旋。

两人的血量哗啦啦地往下掉，很快掉到了危险的程度。似乎接下来不管谁吃到下一个攻击，都会当场毙命。

花木兰切换武器了。切换武器会在一瞬间造成一波伤害，让人根本没时间做出反应。向暖此刻的位置离花木兰很近，跑已经来不及，这波伤害她吃定了！

有些观众已经开始为向暖惋惜。游戏打到后期，复活时间很长，死一次就可能定出胜负了。而向暖的貂蝉确实发挥不错，胜利已经离她如此之近，却突然摇手远去。

然而，花木兰的武器切换是切换了，向暖的血条却并没有动，稳如泰山。

貂蝉轻盈的身影突然飘开。她提前预判好了，时间掐得分毫不差，恰好用二技能的无敌状态抵消了花木兰的伤害。

貂蝉还活着，花木兰已经倒下了。

游戏结束时，向暖还不敢相信自己真的就这么赢了。放下手机，她发现自己的手在发抖。

她看着所向披靡，笑了：“叫爸爸。”

所向披靡刚输比赛时还是一脸茫然的，仿佛做梦一般。等到向暖让他喊“爸爸”，他回过神来，脸色黑得像包公。

歪歪学长带头鼓掌：“叫爸爸！叫爸爸！叫爸爸！”

其他人也跟着起哄。

所向披靡无比后悔自己昨晚手贱把和向暖的聊天记录发到论坛，现在被架在火上，只好叫了一声“爸爸”，声音像蚊子。

向暖：“我听不到。”

“爸爸！”

围观群众哄堂大笑。

所向披靡脸上十分挂不住，忽然起身离开，围在一起的人群给他让出了一条通道。

他快走到门口时，身后突然传来一声“喂”，不高不低的声音，中气十足。

所向披靡扭头看了一眼，是林初宴。

“你还没有道歉。”林初宴说。

所有人的目光都集中在所向披靡身上，就连他自己带过来的亲友，也觉得他确实需要跟向暖道个歉。

有一说一，错了就认，这才是爷们儿干的事儿。

这一刻，没人起哄或者调笑，所有人都静静地看着他，等待他的道歉。

“对不起。”所向披靡说道，终于低下头。他刚才输比赛没低头，叫爸爸没低头，但此刻，他低下了他骄傲的头颅。

这一声“对不起”，让向暖鼻子一酸，差点哭出来。她故意翘了翘嘴角，深吸一口气舒缓情绪，笑道：“我接受你的道歉。”

所向披靡如释重负，伸手开门。

“等一下。”林初宴又叫住他。

“你到底还要怎样？！”所向披靡有点崩溃。

“我也要和你单挑。”林初宴平静地看着他。

所向披靡气道：“好啊，来，solo，输了也要叫爸爸是不是？”

“我所谓的单挑，是指真人solo。”林初宴说着，缓缓站起身，慢慢走向他，边走边说道，“我要和你决斗，是男人就接受。”说完，不知从哪儿摸出来一只手套，嗖的一下扔在地上，“来吧，丑男。”

“我有名字！”

众目睽睽之下，这种雄性之间的挑衅行为，关乎着脸面，所向披靡没办法拒绝。

但他这次学聪明了，提前和林初宴约好：决斗是两个人的行为，不允许第三人观看。林初宴点头应允。

歪歪有点遗憾，不能卖票了。

当天下午，两个要决斗的男人去了学校西门的小树林。

西门那边还没规划好，小树林附近没什么人。树林里大部分是白杨树，这会儿树叶都掉光了，只剩下笔直的树干，远远望去，像一根根倒插在地上的白色铅笔。

向暖在树林外，守着林初宴的书包。

她有些无聊，登上游戏，刚一进去，就有人邀请她打排位。这人的ID是博哥哥。

向暖记得他，是林初宴的朋友，之前在KTV里碰到过，讲话天花乱坠的，最近在砸钱搞战队。

以上都不是重点，重点是——这位据说是个高手。

向暖欣然点了接受。进入队伍后，邓文博给她发了条奇怪的消息。

博哥哥：妹子，别跟初宴说你在游戏里遇到我。

是暖暖啊：啊？为什么呀？

博哥哥：他可能会非礼我。拜托拜托。

是暖暖啊：……

这都什么乱七八糟的。

两人进游戏，邓文博选了风流倜傥的李白。他以为向暖会选貂蝉啊，昭君啊这类美女英雄，方便和李白勾勾搭搭，结果妹子想也不想，锁定了张飞。

王者峡谷是适合滋生“奸情”的地方，但是让李白和张飞发生点什么……邓文博发现自己有点心理障碍。

不管怎么说，邓文博还是希望在美女面前展示自己强悍的实力。于是他让向暖开语音，他一边指挥一边用李白秀技术。

向暖表现得很乖，很听话，但是过了一会儿，她发现邓文博的李白不怎么样。不要说和虎哥比了，就连林初宴都比不上。

李白第三次被敌人抓死时，向暖无意识地点评了一句：“老年人手速。”

邓文博，卒。

向暖玩游戏就是有这样的缺点，有时候自己都没意识到自己说了什么，话就蹦出来了。那些骚话，百分之九十以上是从虎哥那里批发来的。

邓文博受到了伤害，一心想着翻身证明自己。但是最后没等他翻身，这局游戏就结束了。向暖和其他几个队友都比较稳，所以最后还是赢了。

他迫不及待地又邀请向暖再打一把。

向暖这会儿听到树林里传来脚步声，她连忙点了拒绝。

邓文博很受伤。

林初宴和所向披靡一起走出树林。

向暖看到林初宴脸上和身上都完好，只除了发丝有些乱，于是她放了心。

再看所向披靡，鼻青脸肿，一瘸一拐……有点惨。

两人走到向暖跟前时，所向披靡瞪了林初宴一眼：“死变态。”

林初宴朝他微微一笑，所向披靡像个瘸腿兔子一样跑了。

今天真是他二十年人生中最悲惨的一天，先是被迫对一个小女生叫爸爸，然后被一个死变态打了一顿，死变态把他按在地上，逼他叫妈妈……

他都快哭了。

向暖看着所向披靡的背影，有些奇怪地问林初宴："你不会非礼他了吧？"

"没，我再强调一遍，我是直男。"

向暖收起目光："喂，你没受伤吧？"

林初宴本来没受伤，但是向暖一关心他，他就感觉自己似乎有点受伤了，于是身体往树干上一靠，一条腿支撑着自身全部重量，另一条腿虚虚地点着地面。

"我其实，腿有点疼。"

"那怎么办，赶紧去医院吧？"

"没事儿，应该只是抻到筋了，你让我缓缓。"

林初宴的后脑抵着树干，垂着眼睛，目光正好落在她脸上。天气有些冷，她的脸冻得发白，这使她脸部的线条显得柔美而脆弱，让人特别想小心翼翼地捧住。

向暖拧起秀气的眉："疼吗？"

他看着她那双漂亮的桃花眼，眼底有担忧的情绪。他的心口突然有些柔软，禁不住牵着唇角笑了一下。

"你怎么还笑啊？"

"没事儿，走吧。"

林初宴不愧是老戏骨，演技拿捏得十分地道。他那条"疼"的腿轻轻点着地，走路倒是还能走，就是吃力，歪歪扭扭的样子，老让人觉得他下一刻就会摔下去。

向暖有些不放心，这样走出去几步，她干脆一拉他的手臂："还是我扶你吧，你不要害羞，我们是好兄弟。"

"嗯。"林初宴轻声应道。

他心想，我不害羞。接着又想，谁跟你是好兄弟。

向暖架着林初宴的手臂，两人的身体贴得很近，她都快扎进他怀里了。

林初宴的身材比她高大很多，这会儿几乎把她完全笼罩住，她感觉自己像是藏在老母鸡翅膀下的小鸡。

她有些脸热，毕竟和一个男生靠那么近，而且两人身形上的差距，让她有一种身为女性的本能的羞怯感。

头顶上方突然传来他的声音："想听歌吗？"

"好呀。"

她以为他的意思是用手机放音乐给她听，结果他清了清嗓子，亲自开口唱了。

唱的是《情非得已》。

他的声音离她那么近，像是附在耳边的深情诉说，温柔而动听，距离越近，杀伤力越大。向暖几乎醉死在他的歌声里。

那一刻，两人都希望这条小路不要那么快走完。

当天晚上，林初宴发了一条朋友圈，并且设置了分组查看，向暖没有权限，但是陈应虎可以看到。

朋友圈的内容是——女生都是好色的。

陈应虎回复：好奇你经历了什么……

林初宴：嘿嘿。

单挑事件之后，向暖竟然拥有了一小拨粉丝。

哦，不，是两小拨。

一部分是她本校的，当时在现场围观，之后跑到论坛讨论，绘声绘色地说了一番，于是向暖多了一些迷弟迷妹。

另一部分是在虎哥直播间看了单挑的，有些人觉得是为了节目效果炒作，也有些人深信不疑，视向暖为女神。

深信不疑的人里，包括无敌战队的教练常三思。

常三思没有贸然去找向暖，而是先联系了陈应虎。陈应虎虽然只打过几天职业，但职业圈一直流传着他的传说，很多人有他的联系方式。

常三思给陈应虎打了电话，两人扯了会儿皮，他开始跟陈应虎打听直播间那位姑娘。

陈应虎一听，笑了："常哥，什么意思？你战队还缺人呀？"

常三思倒也不遮掩，答道："我感觉她挺有天分的，我们这里虽然没有主力位置，不过可以请她先来试训看看。你能不能帮我问问她？或者给我个联系方式，我自己去问。"

其实常三思自觉把话说到这份儿上，已经是诚意十足了。他们招青训队员的基本条件是必须有至少三个特别拿手的英雄，要至少能胜任两个位置，另外，王者段位不能低于四十颗星。

这已经是最低条件了，但向暖远未达到此要求。

陈应虎没立刻答应，而是说道："常哥，我就跟你说一个事儿，你知道她是哪个学校的吗？"

"哪个？"

"南山大学。"

常三思想过各种可能，比如向暖愿不愿意来，有没有兴趣打职业，或者她通过训练到底有多大的上升空间，或者双方的薪资意愿能不能达成一致……他甚至想过如果姑娘把他当骗子，他要怎样证明自己……但他没想到最大的阻力不是这些。

人家是名牌大学的。

虽然这年头大学生越来越多，但南山大学是老牌名校，"南山大学"这四个字基本上意味着前途无量。

他们是天之骄子，有大好的前程，为什么要跑来跟你苦哈哈地打电竞？

许多人把电竞当梦想，假如朴素一点，回归到最根本的，这就是一份谋生的职业。作为职业，它充满残酷的竞争、优胜劣汰；它吃的是青春饭，选手的职业生涯短得要命；它的投入与回报难成正比，在这个行当里，努力是最不值钱的，因为每个人都很努力。

常三思一听那个女孩是南山大学的，立刻没了想法。就算他足够无耻，用梦想把姑娘拐来打职业，人家姑娘还有爹妈呢，爹妈要是知道了，怕是会一把火点了他。

陈应虎转头把这事儿给忘了，也没和向暖提，向暖并不知道自己竟然被职业战队看上了，否则她得美死。

拥有了粉丝的向暖也有了一点小烦恼，那就是老有人顺着ID摸过来加她好友，加完好友就让她带。向暖知道自己有几斤几两，她一个辅助要怎么带动别人？如果用貂蝉，到时候谁带谁还不一定呢……

她有点偶像包袱，不敢答应带人。然后她干脆把ID改了，这样别人就不会找过来了。

林初宴这晚登录游戏时，发现向暖的ID变成了暖神。

于是他也买了个改名卡，改成初神。

初神邀请暖神组队，暖神进队。

向暖开着语音，一看到林初宴的ID，立刻乐了："你好嚣张哦。"

林初宴笑了一声，学着她的语气："你也好嚣张哦。"

明明是个男生，非要学女生的腔调，向暖起了一身鸡皮疙瘩。

林初宴想起一事儿，问向暖："邓文博最近没骚扰你吧？"

"那个人技术可真不怎么样。"

林初宴心口一跳，问道："什么技术？"

"游戏技术啊，还能是什么？"

"没……没什么。"

向暖一阵莫名其妙，她看着手机屏幕，见好友栏里"忘却"是在线的，于是眼睛一亮，邀请了他。

忘却进入队伍。

初神：嗯？

暖神：容我隆重地介绍一下，这位就是我那天跟你说过的，超级厉害的露娜。

暖神：露娜还记得我吗？我用张飞和你玩过，原先叫是暖暖啊，现在改了个名字。

初神：你好。

过了一会儿，忘却：嗯。

三个人很快匹配好，选完英雄，进了游戏，忘却突然说话了。

忘却：你好。

初神：……

这反射弧……真的能玩好露娜？

向暖选了貂蝉，忘却用的还是露娜。貂蝉和露娜都是很需要蓝 buff 的，向暖知道自己貂蝉玩得一般，虽然她赢了花木兰，但 1V1 和 5V5 完全是两个概念。她不敢抢资源，于是发了条消息提醒露娜。

暖神：露娜你拿蓝。

忘却没有回应，而是跑去敌方野区搞事情，抢了敌人的蓝 buff。

然后忘却说：你拿。

这局游戏，忘却的露娜从始至终都是去抢敌人的蓝 buff，如果敌人先一步打了蓝 buff，他就把敌人杀了，然后继承死鬼的蓝 buff，自家的蓝一直留给貂蝉。

暖神感觉有点暖。

初神感觉有点酸。

一把游戏结束，林初宴拉向暖，向暖又拉了忘却。林初宴有股冲动想把忘却踢掉，不过还是忍住了。

暖神：大神加个微信，我有事儿和你说。

忘却报了微信号，林初宴靠着自己非凡的手速，第一时间加了忘却的微信，然后建了个群，把忘却和向暖都拉进微信群。

初晏：说吧。

是暖暖啊：……

她还没回过神呢。

忘却：嗯？

是暖暖啊：是这样，我看你操作这么犀利，你都可以去打职业了吧？

忘却：不清楚。

是暖暖啊：我正好认识一个人在搞职业战队，我帮你问问？

忘却：好，谢谢。

初晏：我去问吧。

向暖一想，正好，林初宴和邓文博更熟。

林初宴感觉向暖对忘却确实没有别的想法，他松了口气。

第二天，林初宴把这事儿跟邓文博提了一下，邓文博打听了一番忘却的情况，立刻表示了嫌弃。

他邓文博要搞的是炫酷吊炸天的战队，他只要已经成名的职业选手或者超级路人王，超级路人王必须至少是某个区的排行榜前三，没进前三就不要来和他打招呼。

排行榜前三不仅需要实力，而且需要时间。忘却白天要上班，只有晚上打会儿游戏，根本没时间冲排名。

当然了，这些情况邓文博并不想了解，他要的只是结果。

结果就是，在邓文博眼里忘却连根韭菜都不算，所以拒绝。

向暖有点遗憾。

不管怎么说，他们和忘却算认识了，偶尔三个人也会一块儿玩。时光战队原先的固定队伍，在夺得校内比赛冠军后，基本上算解散了，因为郑东凯、毛毛球、大雨他们都在积极地准备期末考试。

……等等，期末考试！啊啊啊啊啊啊啊！

期末考试！

“离离，你上自习怎么不喊我！快考试了！”

“姐姐我天天喊你，你不理我，我一颗心脏已经凉透了。”

“对不起对不起，是我的错，啊啊啊，要考试了，怎么办……”

“你早干吗去了？”

“呜呜……”

“稳住，我们能赢。”

向暖灵魂深处有一个叫负罪感的东西觉醒了。

呵呵，一头扎进游戏里，不好好学习，还抄作业，现在好了吧？要考试了！如果挂科，就太丢人了！

不行，不可以挂科！

她当机立断卸载了《王者荣耀》，决定备战考试。

卸完游戏后，她发了一条朋友圈：垃圾游戏，毁我青春！

林初宴问她：你怎么了？

向暖：我要考试了。

林初宴：摸摸头。

向暖：你不紧张吗？你也要考试好吧……

林初宴：我们的专业课挺简单的。

向暖：走开！无耻的人类，不要和我们仙女说话。

林初宴：……

期末的考试周是通宵自习的高发期。

南山大学虽然是名牌大学，学子相对来说比较优秀，不过总有那么一部分人平常不好好学习，临时抱佛脚，希望通过一晚上的突击复习蒙混过关。

学校是不赞成这样的，以前并没有通宵自习室。但几年前发生过一起事件，一个学生晚上独自去校外的24小时餐厅通宵自习，出去之后就再没回来，直到现在依旧下落不明。

校方基于安全方面的顾虑，终于还是弄了通宵自习室。

鸢池区在南山市的北面，以前算近郊，后来才慢慢开发起来，所以建分校时地皮不像市中心那么金贵，教学楼都盖得很大很宽敞，教室很多。通宵自习室不缺座位，不用提前去占座。

向暖吃过晚饭，去超市扫了点货，做好战前物资储备，这就斗志昂扬地去了教学楼。

她在教学楼门口遇到了沈则木，他正在摆弄一辆共享单车，一转身看到她，他朝她点了点头。

“学长好。”向暖跟他招呼一声，脚步不停。

沈则木视线扫过她手里提的塑料袋。那是超市两毛钱一个的袋子，半透明，通过袋子隐约能看到里面有些零食和饮料，饮料是红牛、雀巢咖啡，都是提神醒脑的。

沈则木丢开共享单车，长腿一迈跟了上去。

向暖正目不斜视地走着，一道身影突然走到她前面，是沈则木。

“学长，你也上自习呀？”

“嗯。”沈则木听到她和他说话，于是放缓脚步，两人并肩而行。

向暖不好意思告诉沈则木她要去通宵自习室，那意味着平常没有努力，是可耻的。结果她隐瞒实力的愿望还是落空了，因为最后他们两人一起站在了通宵自习室的门口。

向暖挠挠头，心想，原来是同道中人……